Südtiroler
Märchen und Sagen

Mit freundlicher Unterstützung

gefördert von Stiftung Südtiroler Sparkasse

AUTONOME PROVINZ BOZEN SÜDTIROL
PROVINCIA AUTONOMA DI BOLZANO ALTO ADIGE
Deutsche Kultur

REGIONE AUTONOMA TRENTINO-ALTO ADIGE
AUTONOME REGION TRENTINO-SÜDTIROL
REGION AUTONÓMA TRENTIN-SÜDTIROL

STIFTUNG BOZNER SCHLÖSSER
FONDAZIONE CASTELLI DI BOLZANO

Gemeinde Ratschings

Heimatpflegeverband SÜDTIROL

Autorenfoto: Foto Marco (S. 215 o.), Ingo Pertramer (S. 215 u.)
Grafische Gestaltung: Athesia Verlag
Druck: Athesiadruck, Bozen
ISBN 978-88-6011-157-9
www.athesiabuch.it

Südtiroler Märchen und Sagen

Neu erzählt von Marianne Ilmer Ebnicher,
mit Zeichnungen von Jakob Kirchmayr

SPECTRUM

Vom Dialog der Generationen

Märchen und Sagen sind alte und eng mit dem Volksglauben verwobene Geschichten, die in allen Kulturkreisen der Erde vorkommmen und von Generation zu Generation weitererzählt wurden und werden. Durch das Erzählen verkürzten sich unsere Vorfahren die Winterabende und reichten – was für sie besonders wichtig war – Informationen und Werterichtlinien weiter.

Märchen und Sagen führen uns in archaische und wundersame Welten vergangener Tage, erzählen uns von Naturphänomenen und historischen Ereignissen, von ungewöhnlichen Erscheinungen und mystischen Wesen (mehr dazu am Schluss des Buches).

Wer sich mit Südtirols Märchen und Sagen auseinandersetzt, begegnet nicht nur der Pachler Zottl aus dem Sarntal, die vor Jahrhunderten wirklich gelebt hat, und dem unglücklichen Zwergenkönig Laurin, der seinen Rosengarten verwünscht, sondern stößt unumgänglich auch auf Themen, die uns Menschen seit jeher beschäftigen: Liebe, Solidarität, Hoffnung ... – das sind einerseits Werte, die unsere Gesellschaft zusammenhalten, und andererseits große Erzählstoffe, die uns ein Gefühl dafür vermitteln, wie Menschen früher gelebt haben und wie schön das Land ist, in dem dieses Gemisch aus Volksglauben und historischen Begebenheiten gewachsen ist, und so wie eine Rose in König Laurins Garten immer noch blüht.

Als Autorin habe ich aus dieser Fülle von Figuren und Themen geschöpft und im vorliegenden Buch 34 Südtiroler Märchen und Sagen neu verarbeitet. Dabei berufe ich mich auf die Überlieferung, wage aber dennoch eine Verbindung zwischen Erzähltradition und moderner Erzählform. Ich beschreibe das Geschehen aus der Perspektive der Hauptfiguren, was den Gegenwartsbezug der Märchen- und Sagenthemen unterstreichen soll, und betone bewusst die Frauenrollen, die in der ursprünglichen Überlieferung den Männerrollen zahlenmäßig weit unterlegen sind.

Jakob Kirchmayrs Zeichnungen verströmen morbiden Charme. Skurril und geheimnisvoll sind seine Figuren, deren Wirkung durch eine unbändige Strichführung zusätzlich verstärkt wird. Die Kunst des Zeichners liegt in der Reduktion, in der Andeutung, welche die Phantasie beflügelt.

Marianne Ilmer Ebnicher

Märchen

Sagen

Märchen

Die Notwendigkeit des Salzes

Der König stand am Fenster seines Arbeitszimmers, blickte über die sonnenbeschienenen Dächer der Stadt und anschließend weit über sein Land.
Dort gab es nur fruchtbare Felder und stattliche Dörfer. Ein Gefühl von Stolz stieg im König hoch und ließ seine Brust anschwellen.
Ein Diener klopfte an die Tür und brachte Tee; mit vornehmen Handbewegungen nahm der König einen Schluck und ließ dann seine Familie rufen.
»Eine Aussprache mit uns allen, so etwas hat es noch nie gegeben«, flüsterte Selina und nahm neben der Mutter auf der ausladenden Polsterbank Platz.
»Das muss aber sehr wichtig sein«, tuschelten die Schwestern Viola und Rosalie und versanken in den breiten Ohrensesseln.
»Ich bin nicht mehr der Jüngste und möchte den Thron abgeben«, begann der König, schritt zwischen seinen Töchtern hin und her und hatte wie immer einen ungeduldigen, näselnden Ton in der Stimme. »Ich weiß aber nicht, welcher von euch dreien ich das Reich anvertrauen soll. Ihr seid alle klug, seid alle von den besten Lehrern unterrichtet worden ... Nun, in einer Woche ist mein Geburtstag. Schenkt mir Dinge, die im Leben höchst notwendig sind. Diejenige, deren Geschenk das notwendigste ist, wird zur Königin gekrönt.«
Der König entließ die Familie wieder, also ging Selina in den Schlossgarten und wollte dort über das Geschenk nachdenken.
Sie spazierte zur Rosenlaube und schlenderte weiter zum Springbrunnen. Was war im Leben höchst notwendig? Eine Rüstung? Ein Pferd? Das besaß ihr Vater doch längst.
Auf der Schaukel kam Selina endlich ein Gedanke: Salz.
Speisen wurden damit verfeinert, Nahrungsmittel haltbar gemacht. Der Stallmeister fütterte es in kleinen Mengen den Pferden, damit sie gesund blieben.
»Na also, so schwer war das doch gar nicht«, meinte Selina, ging in die Stadt und kaufte ein zierliches Keramikgefäß. Auf dem Markt ließ sie es mit feinem Salz füllen.
Im Stoffladen erstand sie ein Samtkissen, nachtblau und mit weißen Spitzen am Rand.

Darauf wollte sie dem Vater das Geschenk überreichen. Es war hübsch und originell. Es war wohl überlegt und würde ihm bestimmt gefallen.
Am Geburtstag trafen im Schloss über zweihundert Gäste ein und gratulierten dem König mit überschwänglichen Worten. Es gab einen Umtrunk und Musik, und danach traten die Prinzessinnen vor.
»Ich weiß, wie wertvoll Kleidung ist«, erklärte Viola und überreichte dem König einen roten Pelzmantel mit Hermelinkragen und Goldborten.
»Ich weiß, wie unentbehrlich Waffen sind«, erläuterte Rosalie und übergab ihm einen Dolch, dessen silberner Griff mit Mondstein verziert war.
»Wunderbar«, lobte der König und zeigte stolz die Geschenke herum. »Ganz wunderbar.«
Jetzt war Selina dran und streckte dem König das Samtkissen mit dem Gefäß entgegen. Doch was hatte der Vater? Wieso hob er so steif den Deckel und kostete angewidert mit dem kleinen Finger das Salz?
»Wie, ist das alles, was dir zu meinem Geburtstag eingefallen ist?«, brauste der König auf und schob das Gefäß von sich, als ob Gift drin wäre. »Ein läppisches Gewürz in einem läppischen Töpfchen?«
Selina fiel aus allen Wolken. »Um Himmels Willen, Vater, das versteht Ihr falsch. Salz ist etwas ...«
»... Herkömmliches, Gewöhnliches!«
»Nein!«, rief Selina. »Salz ist überaus wichtig! Außerdem ist es schwer zu gewinnen. Es kommt aus Bergwerken oder Salzseen und muss auf weiten Handelswegen hierher gebracht werden. Deshalb ist es teuer und manchmal gar nicht leicht zu bekommen.«
Im Saal wurde es still, doch plötzlich fegte der König das Gefäß vom Kissen.
»Schweig, sofort!«, fuhr er Selina an. »Ich biete dir die Möglichkeit, das Reich zu regieren, und was tust du? Du widersprichst mir, du blamierst mich. Verschwinde und lass dich im Schloss nie wieder blicken!«
Selina sah seine brennendroten Schläfen, sah das zerbrochene Gefäß, hörte das Schwatzen der Gäste: »Wie respektlos. Wie undankbar.«
»Ihr seid gemein, Vater«, schimpfte sie und ging aus dem Saal.

Im Gang wurde sie immer schneller, schließlich rannte sie.
Die Schwestern folgten Selina und baten sie, zu bleiben. Die Mutter kam ebenfalls nach und meinte, der König werde sich bald wieder beruhigen.
»Sorgt euch nicht«, antwortete Selina und umarmte alle drei. »Ich muss für eine Weile fort. Ich schreibe euch und schicke den Brief mit einem Boten.«
Selina lief aus dem Schloss, in der Stadt schob sie sich durch das Getümmel der Leute und wanderte beherzt die Landstraße entlang.
Gegen Abend betrat sie einen Gasthof, in dem häufig Edelleute einkehrten, und grüßte die Wirtin.
»Gute Frau, hättet Ihr vielleicht Arbeit für mich?«, fragte Selina freundlich. »Am besten in der Küche. Für die Kochkunst habe ich mich schon als Kind interessiert.«
Die Wirtin sagte ja – also half Selina ihr beim Zubereiten der Speisen, wälzte Kochbücher und probierte schon bald die schwierigsten Rezepte aus.
Die Edelleute konnten von diesen herrlichen Gerichten gar nicht genug kriegen. Das sprach sich herum, selbst der König erfuhr davon.
Eines Tages kam sein Abgesandter in den Gasthof und machte vor Selina einen Diener. »Ich habe eine Nachricht für Euch, mein Fräulein. Die Prinzessinnen Viola und Rosalie werden das Reich gemeinsam regieren, am Sonntag findet im Schloss die Krönungsfeier statt. Dazu hat der König die erlauchtesten Gäste eingeladen und wünscht für diesen Tag Eure Dienste als Köchin. Natürlich soll nur das Allerfeinste serviert werden.«
»Das Allerallerfeinste«, betonte Selina und kräuselte geschmeichelt die Lippen. »Grüßt den König von mir. Ich komme gern. Meine Speisen werden ihm stets in Erinnerung bleiben.«
Am Samstag traf sie im Schloss ein, besprach sich ausführlich mit den Mägden und schickte die Küchenjungen mit einer ellenlangen Liste einkaufen.
Am Sonntagmorgen setzte sie Fleischbrühe auf, füllte Gänse mit Gemüse, verzierte Kuchen mit Mandelsplittern und Marzipan. Dabei leuchteten ihre Wangen wie reife Erdbeeren im Feld. Die Mutter und die Schwestern wussten, dass sie da war.
Und der Vater?

Tja, der würde es früher erfahren, als ihm lieb war.
Um neun läuteten im ganzen Land die Glocken. Viola und Rosalie ritten auf Schimmeln durch die Stadt, Menschen jubelten ihnen zu und strömten zur Krönungszeremonie in die Kirche.
Gegen eins traf der Festzug wieder im Schloss ein. Viola und Rosalie schritten in den Saal, die Gäste kamen nach und nahmen an der Tafel Platz.
Selina hingegen stand in der Küche am Herd und gab Anweisungen. Auf den Sülzebrötchen fehlte noch die Petersilie, die Weißweinsuppe musste mit Zimt abgeschmeckt werden, der Gänsebraten war mit gedünsteten Apfelscheiben und Lauchstreifen zu garnieren.
Ein Gong kündigte das Essen an, Diener trugen übervolle Platten und dampfende Suppenterrinen in den Saal.
Die Vorspeisen zergingen den Gästen auf der Zunge, also schickte der Vater eine Zofe in die Küche und ließ der Köchin seine Anerkennung ausdrücken.
Bei der Hauptspeise aber rümpften die Gäste die Nase – der Vater ließ die Köchin in den Saal holen.
Als sie vor ihm stand, schob der Vater lautstark seinen Stuhl nach hinten, erhob sich und donnerte: »Der Braten ist ungenießbar! Das Salz fehlt! Und das an einem Tag wie diesem!«
»Das Salz geht Euch ab?«, fragte Selina mit spitzem Ton und hatte sich die Haube in die Stirn geschoben. »Was soll ich dazu sagen? Ich hab's weggelassen, mit Absicht. Ihr sollt endlich merken, dass es im Leben höchst notwendig ist.«
Der Vater sah sie entgeistert an und gab nur mehr abgehackte Sätze von sich. »Diese Worte sind von ... Bist du etwa ...?«
»... Selina«, half sie nach und nahm die Haube ab. »Ihr habt schon richtig verstanden. Ich bin Eure verstoßene Tochter.«
Die Mutter und die Schwestern nickten Selina verschwörerisch zu; der Vater wusste nicht, wo er mit den Händen hinsollte.
Er zupfte an der Serviette und rückte das Besteck zurecht. Dann sagte er kleinlaut: »Ich habe einen Fehler gemacht, Salz ist tatsächlich wichtig.«

»So, ist es das?«, hakte Selina nach.
»Ja.«
»Und ich? Bin ich auch wichtig?«
»Das bist du«, beteuerte der Vater. »Ich habe es längst bereut, dich fortgeschickt zu haben. Ich bin oft gereizt, ein unbeherrschtes Mannsbild eben. Aber ich verspreche dir, mich zu bessern. Und du musst mir versprechen, hierzubleiben. Dein Geschenk ist genauso viel wert wie das von Viola und Rosalie. Ich würde mich freuen, wenn es noch eine Krönungsfeier gäbe und ihr das Reich zu dritt regieren würdet.«

Der Holzhacker

Der Morgen war diesig, im Wald hämmerte ein Specht, ab und zu war der Schrei eines Kuckucks zu hören.
Jakob rumorte in seiner Hütte herum, steckte den Kopf in Regale und zog leere Schubladen auf.
»Kartoffeln und Mehl sind mir ausgegangen, Brot und Käse fehlen«, brummte er und hatte eine Laune, die sprichwörtlich im Keller war. Geld hatte er auch keines. Im Sommer brauchten die Leute kaum Brennmaterial. Einfach war es nicht, das Holzhackerleben.
Auf dem Tisch fand er noch einen Apfel, aß ihn und nahm dann einen Korb. »Wer wird denn Trübsal blasen«, ermahnte er sich selbst. Er konnte immer noch Himbeeren pflücken und in der Stadt verkaufen. Vielleicht fand er auch Pfifferlinge und Steinpilze. Voller Zuversicht machte sich Jakob auf den Weg.
Im Wald roch es nach Harz und Moos, bald brach die Sonne durch den Nebel und ließ den weichen Boden dampfen.

Nach einigem Suchen fand Jakob am Wegrand Himbeeren. Sie waren rot und süß. Er begann mit dem Pflücken, hatte inzwischen bessere Laune und stimmte ein Lied an. Der Korb war fast voll, da humpelte eine alte Frau auf Krücken heran und krächzte, ohne stehenzubleiben: »Du tust ja so, als würde es dir an nichts fehlen. Dabei ist dir das Geld ausgegangen. Und aus der Speisekammer kannst du dir auch nichts mehr holen.«

»Woher wisst Ihr das, könnt Ihr hellsehen?«, fragte Jakob und ließ vor Staunen ein paar Beeren fallen.

»Hellsehen, weit sehen, das tut hier nichts zur Sache. Komm mit in meinen unterirdischen Palast und versorge meine Löwen. Ich zahle überaus gut. Wenn du fleißig bist, wirst du bei mir ein fürstliches Leben führen.«

Mit diesen Worten verschwand die Alte hinter der nächsten Wegbiegung; Jakob überlegte nur kurz und lief ihr dann nach.

»So wartet doch«, rief er. »Nehmt mich mit.«

Was hätte ihn hier noch halten sollen? Löwen waren herrliche Tiere. Und ein fürstliches Leben war hundertmal besser, als Hunger zu leiden.

Die Alte wartete tatsächlich auf ihn. Danach holte sie mit den Krücken aus, humpelte über eine struppige Heide und setzte mit Schwung über Bäche und Gräben.

Jakob hatte Mühe, mit ihr Schritt zu halten. Wieso trank sie an der Quelle kein Wasser? Warum musste sie nie rasten? Taten ihr denn gar nicht die Füße weh?

Die Alte marschierte den ganzen Tag, am Abend schlüpfte sie in eine Höhle und sperrte ein schweres, eisenbeschlagenes Eichentor auf.

»Da sind wir«, meinte sie und schob Jakob in einen Saal.

Besser gesagt, schubste sie ihn fast und sperrte das Tor hinter ihm wieder zu.

Wie aufmerksam sie noch einmal auf die Klinke drückte und sich vergewisserte, dass auch wirklich abgeschlossen war. Und die Sorgfalt, mit der sie den Schlüssel abzog und in die Rocktasche schob ... Seltsam, die Alte. Äußerst seltsam.

»Donnerwetter!«, rief Jakob jetzt und hatte nur noch Augen für den Glanz, der ihn umgab: Kristallleuchter mit wunderbaren Lichterspielen, gewundene Säulen aus Alabaster, purpurrote Möbelstoffe ... »Das könnte gut und gerne einer Königin gehören.«

»Du meinst wohl Kaiserin«, verbesserte ihn die Alte und schob ihn schon wieder weiter.
In der Mitte des Saales war ein junger Löwe mit prächtiger Mähne und einem Halsband aus Eisen.
Doch was hatte er? Warum versteckte er sich? Freute er sich denn nicht, dass die Alte wieder da war?
Jakob hätte den Löwen gerne gestreichelt, doch die Alte öffnete Tür um Tür und führte ihn durch weitere Säle.
Auch hier waren Löwen mit Halsbändern. Auch sie drückten sich in die Ecken oder wichen der Alten ängstlich aus.
Im letzten Saal lag eine junge Löwin. Sie hatte ein sandgelbes Fell, einen wohlgeformten Kopf und einen Blick, wie er trauriger nicht hätte sein können.
»Ob sie Durst hat?«, fragte Jakob. »Soll ich ihr Wasser bringen?«
»Bist du verrückt, die kriegt das hier!«, schnarrte die Alte und nahm eine Peitsche zur Hand. »Du wirst die Löwen jeden Morgen schlagen. Wie schon gesagt: Wenn du fleißig bist, werde ich dich reich belohnen. Aber wage es nicht, nachlässig zu sein. Dann wird es dir nämlich schlecht ergehen.«
Jakob schluckte. Eine Viertelstunde später saß er in der Küche und stocherte im Essen herum. Kurz darauf starrte er in seinem Zimmer an die Wand. Das war also seine neue Arbeit: Tiere quälen! Was für ein Dummkopf er doch gewesen war! Wenn er doch nur im Wald geblieben wäre!
Jakob saß eine Weile so da, plötzlich kam von der Tür her ein Kratzen und Brummen.
»Hier sind die Löwin aus dem letzten und der Löwe aus dem ersten Saal. Die Alte ist eine Hexe, und wir sind verzauberte Menschen. Wir können dir doch vertrauen, oder?«
Jakob ging zur Tür. »Klar. Kann ich das auch?«
»Und ob!«, antworteten die Löwen und tappten leise ins Zimmer.
Genauso leise machte Jakob die Tür wieder zu.
Die Löwin setzte sich hin, der Löwe stellte sich zu ihr und legte seine Pranke um sie.
»Das ist Ines, die Tochter der Alten. Und ich bin Prinz Gerold, Ines' Verlobter. Vor ein paar Wochen kam ich mit einem Gefolge hierher, um Ines auf mein Schloss zu

holen. Doch die Alte will das nicht. Deshalb verwandelte sie uns in Löwen und lässt uns nicht mehr fort.«
Jakob strich den beiden übers Fell und gleichzeitig stieg Ärger in ihm hoch. »Diese Wahnsinnige scheut vor gar nichts zurück! Mich hat sie unter dem Vorwand hierhergelockt, euch zu versorgen. Stattdessen soll ich euch auspeitschen. Aber da täuscht sich die Hexe, ich schlage keine Tiere. Wir müssen von hier fort. Gibt es denn keinen zweiten Ausgang?«
Gerold schüttelte entschieden den Kopf, Ines aber erhob sich und schritt vor Jakob auf und ab.
»Du hast recht, meine Mutter ist wirklich wahnsinnig, größenwahnsinnig nämlich. Sie will immer mehr. Mehr Reichtum, mehr Glanz, mehr Prunk. Sie ist wie besessen von der Hexerei.«
Ines legte eine Sprechpause ein, danach schaute sie Jakob flehend an.
»Meine Mutter ist zu Bett gegangen. Würdest du in ihre Kammer schleichen, den Torschlüssel holen und uns befreien? Wir Löwen können das nicht, ein Zauber hält uns von ihr fern.«
Jakob spürte, wie sich in seinem Bauch ein flaues Gefühl ausbreitete. Trotzdem nickte er, eilte mit Ines und Gerold durch die Säle und blieb vor der Tür der Alten stehen.
»Gib acht auf dich«, flüsterten die beiden.
»Lass dich nicht erwischen«, wisperten die anderen Löwen.
Sie waren Jakob gefolgt und stupsten ihn mit den Schnauzen an. Kurz darauf befand er sich in einem Raum, der mit dem Glanz des Palasts nicht das Geringste zu tun hatte. Auf der Kommode flackerte eine verrußte Öllampe, an den Wänden klebten tote Fliegen, der Tisch stand auf drei Beinen und einem wackeligen Bücherstapel.
Jakob tastete sich auf Zehenspitzen voran und sah ein Himmelbett mit schwarzen zerrissenen Vorhängen, in dem die Alte schlief. Auf dem Boden waren Kleider verstreut, verhedderte Strümpfe, der Rock ... Nur der Schlüssel war nicht da. Wo hatte dieses Scheusal ihn hingetan?
Jakob blickte in den Schrank – dort flatterten nur Motten.
Er schaute unters Bett – da waren nur Staub und eine zweiköpfige Maus.

Als er zur Kommode schlich und an der Lade zog, riss die Alte die Augen auf.
Sie waren graublau und eiskalt.
Jetzt hat sie mich, dachte Jakob. Gleich gibt es im Palast einen Löwen mehr. Doch sie schloss die Augen wieder. Jakob wischte sich den kalten Schweiß von der Stirn. Glück braucht der Mensch, am besten zwei Portionen auf einmal.
»So, hier hast du deinen Plunder versteckt«, raunte Jakob und ertastete unter dem Kopfkissen alle möglichen Sachen: Ein Zauberbüchlein, eine Dose Hexensalbe, Pulver von Knollenblätterpilzen, Froschfüße und Krähenköpfe, die entsetzlich stanken. Angeekelt stopfte er die Sachen hinters Hemd und griff dann unters Leintuch, um die Suche nach dem Schlüssel fortzusetzen.
Dort fand er einen Beutel und ertastete darin sieben Schlüssel.
Hoffentlich ist der richtige dabei, schoss es ihm heiß durch den Kopf. Sonst gute Nacht. Schluss, aus, Ende vom Lied.
Als Jakob endlich aus der Kammer kam, war er so erleichtert, dass er ein paar Mal kräftig ausatmen musste. »Puh«, machte er. Diese Eisschollenaugen, dieser stierende Blick. »Puh.«
Anschließend gab Jakob den Löwen ein Zeichen und lief mit ihnen in Windeseile zum Tor. Dort kramte er die Schlüssel aus dem Beutel. Doch der erste war zu zierlich, der zweite zu behäbig.
Plötzlich wachte die Alte auf und kreischte: »Bei allen Magierinnen und Schwarzkünstlern, mein Lederbeutel ist weg! Das warst du, Holzhacker! Warte nur, gleich bin ich da! Du kommst mir nicht davon!«
Die Löwen zogen verschreckt den Kopf ein, Jakob steckte den dritten Schlüssel an, probierte es mit dem vierten und fünften.
»Zu spät!«, knarzte die Alte und stand schon im Saal. »Wie nett, du hast dich mit meinen Kätzchen zusammengetan. Weißt du was? Ich verwandle euch alle in Raupen und trete euch platt.«
»Wie willst du das anstellen, Zaubern ohne Zaubersachen?«, spöttelte Jakob, sperrte das Tor mit dem sechsten Schlüssel auf und zwängte sich schleunigst mit den Löwen hinaus.

Nachdem er das Tor von außen wieder versperrt hatte, sprang er vor Freude ausgelassen herum und warf sich in Siegerpose. Die Alte war im Palast eingeschlossen. Auf immer und ewig. Auch wenn sie noch so wild heulte und mit den Fäusten ans Tor trommelte.
Die Löwen konnten es kaum erwarten, wieder zu Menschen zu werden; also nahm Jakob den siebten Schlüssel und öffnete mit flinken Griffen die Halsbänder.
Aber wieso geschah nichts? Warum löste sich der Zauber nicht auf? Hatte die Hexe den Löwen nicht schon genug angetan?
Jakob befürchtete, das würde so bleiben, da begannen die Löwen zu zucken, als ob sie fürchterliche Krämpfe hätten. Unter Gebrüll formten sich Schnauzen zu Mündern, aus Pranken wurden Hände, die Hinterläufe wuchsen sich rasch zu Füßen aus.
»Du hast es geschafft, der Zauber ist gebrochen!«, jubelte Ines und drückte Jakob Küsse auf die Wangen.
»Danke, wir sind erlöst!«, rief das Gefolge und umarmte ihn so heftig, das er fast keine Luft mehr bekam.
Prinz Gerold schüttelte Jakob mindestens fünfmal die Hand, klopfte ihm auch noch auf die Schulter und lud ihn ein, mit auf sein Schloss zu kommen.
»Mit Vergnügen«, meinte Jakob und zog den Mund hoch bis zu den Ohren.
Jetzt würde er doch noch reich belohnt werden. Jetzt würde er doch noch leben wie ein Fürst.
Nicht übel für einen Holzhacker, oder?

Goldener

Die Sonne schien schräg ins Küchenfenster, Michel stand am Herd und hatte wieder einmal Fragen: Was brodelte nur im Kessel? Was befand sich im Kästchen an der Wand? Warum hatte das Mütterchen ihm so strikt verboten nachzusehen?
Michel ging in den Hof und spaltete Holz, doch die Fragen ließen sich nicht abschütteln: Wieso musste er darauf achten, dass das Feuer im Herd nicht ausging? Weshalb durfte er niemanden ins Haus lassen? Und warum war das Mütterchen immer so streng zu ihm, wenn es auf Besuch kam und nachschaute, ob alles in Ordnung war?
»Streng hin oder her, das ist mir jetzt egal«, meinte Michel, lief in die Küche und hob den Deckel vom Kessel. Gleich darauf pfiff er durch die Zähne. »Sieh einer an, das Mütterchen kocht Gold. Das würde ich auch geheim halten.«
Die Neugier zog ihn weiter zum Kästchen, mit schnellen Griffen zog er die Schubladen heraus.
»Aha, ein Buch. Ein ganz seltenes Buch«, brabbelte er.
Es war handlich und schwarz. Auf dem Umschlag waren verschnörkelte Buchstaben zu erkennen. Ars magica – Zauberei stand drauf.
Michel blätterte im Buch, plötzlich ließ er es in der Hosentasche verschwinden und wurde vor Schreck blass.
»Das Mütterchen«, murmelte er. »Donnerwetter noch mal!«
Es war im Haus. Er hatte es gar nicht kommen hören. Schon steckte es den Kopf zur Tür herein, sah den abgedeckten Kessel, das Kästchen mit den offenen Schubladen und begann mit verzerrter Stimme zu schreien: »Hexenkraut und Teufelskralle, was hast du getan? Ist das der Dank dafür, dass ich dich so gut bezahle? Das wirst du mir büßen, du neugieriger Kerl!«
Michel wollte das Buch zurücklegen, doch das Mütterchen bekam vor Wut rote Augen und riss den Kessel vom Herd.
Michel wollte sich entschuldigen, doch das Mütterchen warf ihm den Kessel nach; das Gold dampfte und zischte und schoss hoch auf.

»Hilfe!«, rief Michel, stürmte aus dem Haus, rannte über bucklige Felder und blieb völlig außer Atem in einem Birkenwald stehen. Ein neugieriger Kerl, das war er wirklich. Oder sollte er besser sagen ein Glückspilz?
Vorsichtig tastete er das Gesicht ab – da waren keine Verbrennungen.
Er fuhr sich über den Nacken und den Kopf – da war nicht eine Brandblase.
Das Gold hatte nur sein Haar benetzt. Es schimmerte wie Mond und Sterne am Nachthimmel.
Nur sonst hatte Michel nichts mehr. Kein Zuhause, kein Essen, auch den Lohn hatte er zurücklassen müssen.
Aber halt, da war doch das Buch. Damit konnte er auch Gold kochen.
»Nein, die Zauberei ist kein Spiel«, entschied er und wanderte einen Weg entlang. »Die spare ich mir für den Notfall auf.«
Nach einer Weile erreichte er ein Schloss und nahm dort eine Stelle als Gärtner an. Beherzt stutzte er im Park die Eibenhecken, hinterher schnitt er den Säulenwacholder und den kugelförmigen Buchsbaum nach. Aber das war nur ein Teil von dem, was er sich vorgenommen hatte. Der Blauregen brauchte Dung, die Rosenstämmchen waren zu veredeln und die Blumenbeete mussten auch neu bepflanzt werden.
Eines Morgens spazierte Prinzessin Simone durch den Park und blieb bei Michel stehen. »So viele Blüten, so viele wunderbare Düfte«, lobte sie. »Außerdem habe ich vom Fenster aus dein Haar glänzen sehen. Weißt du, dass du im Schloss Goldener genannt wirst?«
»Goldener, nicht Silberner?«, scherzte Michel und musste lachen.
»Nein, auch nicht Kupferner oder Bronzener«, meinte sie und gluckerte auch.
Von nun an kam die Prinzessin immer öfter in den Park; Michel führte sie voller Freude herum und pflückte für sie Schleierkraut und orangefarbene Dahlien.
Dabei verfing sich sein Blick in ihren Augen. Wenn ich Simone doch sagen könnte, wie schön sie ist, geisterte es durch seinen Kopf. Doch das ging nicht. Er war nur der Gärtner und sie war eine Adelige.
Eines Tages zog sie ihn auf eine Bank und seufzte: »Meine Eltern möchten, dass ich heirate, und stellen mir laufend Männer vor. Letzte Woche war ein Fürst zum Tee da,

gestern ein Baron, heute Mittag kommt ein Ritter, der sich bei Wettkämpfen einen Namen gemacht hat. Aber ich kann mit diesen Männern nichts anfangen. Ich liebe einen anderen.«

»So, tut Ihr das?«, fragte Michel und musste aufpassen, dass sich die Worte im Hals nicht querlegten wie Balken. »Ist er nett?«

»Sehr nett.«

Michl fragte weiter: »Ist er es wert?«

»Sag du's mir«, flüsterte Simone und tippte ihm einen Kuss auf die Lippen, der so süß war, wie alle Düfte des Parks zusammengenommen.

Um halb zwölf musste Simone wieder ins Schloss, Michel kam sich vor, als würde er schweben. Gleichzeitig war sein Herz tonnenschwer. »Ich mach das nicht mehr mit«, hatte Simone erklärt, »ich werde den Ritter nicht empfangen.« Ob ihre Eltern das gutheißen würden?

Michel harkte angespannt die Erde; gegen zwölf hörte er Stimmen, die vom Schloss herüberkamen.

»Ich will diesen Ritter nicht sehen und erst recht nicht heiraten!«, rief Simone. »Ich teile mein Leben nur mit einem Mann, zu dem ich mich wirklich hingezogen fühle.«

»Wie zu Goldener, diesem Habenichts und Möchtegern?!«, empörte sich die Königin. »Den meinst du damit doch, nicht wahr?!«

»Wenn du noch einmal zu ihm gehst, lassen wir dich aus dem Schloss werfen!«, drohte der König. »Und jetzt verschwinde, du bist nicht mehr unsere Tochter, sondern nur noch ein Dienstmädchen!«

Von nun an kam Simone nicht mehr in den Park, stattdessen schrieb sie Michel heimlich Briefe: »Mein Liebster, ich arbeite in der Küche und darf dich nicht mehr sehen. Du fehlst mir, dein Lachen, die Spaziergänge mit dir ...«

Michel legte Rosenblätter in ein Kuvert und schrieb zurück: »Meine Liebste, du fehlst mir auch. Hab Geduld, alles wird gut. Bald nehme ich dich in die Arme und lass dich nie wieder los.«

Der Herbst färbte die Blätter gelb, da trat ein Bote vor das Königspaar und sprach mit aufgewühlter Stimme: »Ich habe schlechte Nachrichten. An der Grenze stehen Feinde

und bedrohen unser Reich. Wir müssen uns verteidigen und brauchen jeden Mann.« Gleich darauf hallten Kommandos durch den Hof, Wagen wurden beladen, Soldaten stürmten in die Waffenkammer und besorgten sich Pfeile und Bogen, Lanze und Streitkolben.
Im Morgengrauen sattelten sie die Pferde und versammelten sich vor dem Tor. Der König trug eine schwere Rüstung und erteilte Befehle, die Königin brachte ihm sein Pferd und Wasser in Lederflaschen.
Doch was tat Michel hier? Wieso ging er so zielstrebig auf die beiden zu und verneigte sich? »Eure Majestät, Eure Hoheit«, sagte er jetzt, »ich will auch in die Schlacht ziehen und kämpfen.«
»Ah, der Gärtner. Er will ein Held sein«, giftete die Königin.
»Frauenheld, Kriegsheld«, spottete der König und ließ ihm ein verrostetes Schwert und einen dreibeinigen Schimmel bringen.
Dann lachte er, als ob ein Kübel über Steine rollen würde, gab den Soldaten das Zeichen zum Aufbruch und ritt erhobenen Hauptes davon.
»Unverschämter Kerl«, brummte Michel und stieg auf den Schimmel.
»Pfh«, machte der, »pfh, pfh.« Er gondelte wie ein Boot. Er schaukelte wie ein Schiff. Er kam nur im Schneckentempo voran.
Als Michel die Grenze erreichte, war die Schlacht längst im Gange.
Doch wohin er sich auch wandte, gegen Norden, Osten, Westen, überall waren Feinde zu sehen.
Sie kesselten die Soldaten ein, sie umzingelten den König und richteten Lanzen auf ihn.
»Hier geht alles den Bach runter!«, rief Michel, holte rasch das Zauberbuch heraus und ließ die Seiten über den Daumen flitzen.
Endlich fand er einen geeigneten Spruch: »Equus, gladius, vestitus.«
Schon saß er auf einem schnellen Pferd, trug ein prächtiges Gewand, einen geschlossenen Helm und ein blitzendes Schwert.
Kühn stürzte er sich in den Kampf und befreite den König, danach fegte er wie ein Sturm über das Schlachtfeld und schien überall gleichzeitig zu sein.

Kaum hatte er die Feinde in die Flucht geschlagen, wurde hinter ihm eine Stimme laut.
»Nehmt den Helm ab, Reiter. Gebt Euch zu erkennen!«
»Das ist keine gute Idee, Majestät!«, antwortete Michel, der die Stimme erkannt hatte und trieb sein Pferd an.
Voller Zorn griff der König zum Schwert; surrend schoss es durch die Luft, durchschlug Michels Stiefel und bohrte sich tief in seine Ferse.
»Heiliger Strohsack!«, schrie Michel und zog es heraus.
Doch die Klinge brach ab, ein Metallstück blieb im Knochen stecken und tat so weh, dass ihm fast schlecht wurde.
Mit Mühe erreichte Michel den Wald und las den Zauberspruch, der das Pferd in den dreibeinigen Schimmel zurückverwandelte und ihm selbst das gewohnte Erscheinungsbild gab. Danach ballte er die Faust. Wie selbstgefällig der König doch war, überheblich, unbedacht ... Aber Michel hatte sein Schwert. Ein Beweisstück sozusagen.
Die Nacht legte sich allmählich aufs Land, Michel traf im Schloss ein und begegnete prompt – dem König, der längst zuhause war.
»Du humpelst wie ein Greis, Goldener«, bellte er. »Hat dich der dreibeinige Gaul gebissen?«
»Lästern, ja, das könnt Ihr«, entgegnete Michel. »Wenn Ihr wüsstet, wie erbärmlich Ihr seid!«
Die Wut kroch wie rote Ameisen an ihm hoch, er nahm das Schwert und warf es dem König vor die Füße. »Schämt Ihr Euch vor gar nichts? Mich beleidigt Ihr, die Prinzessin erniedrigt Ihr. Und überhaupt, Euer Schwert hat meine Ferse getroffen. Die Spitze steckt noch drin.«
Der König hob das Schwert auf, seine Gesichtszüge schwankten wie Grashalme. »Ich warne dich, treib kein falsches Spiel mit mir!«, schnarrte er, brachte Michel flugs in den Rittersaal und rief einen Arzt.
Der untersuchte Michels Ferse und holte behutsam das Metallstück heraus.
Der König hielt es ans Schwert und murrte etwas, das wie »Teufelskerl« klang; daraufhin änderte sich sein Verhalten schlagartig.
Zuerst sprach er mit seiner Frau, hinterher ließ er den Hofstaat und Simone rufen.

Als alle da waren, zeigte er stolz auf Michel und sprach: »Das ist der Reiter, der für uns die Schlacht gewonnen hat. Ich bin ihm zu großem Dank verpflichtet. Außerdem müssen die Königin und ich einen Fehler gutmachen. Bei Goldener. Und bei unserer Tochter.«

»Ihr wollt was?«, staunte Simone, die sich zu Michel gesellt und liebevoll den Arm um ihn geschlungen hatte.

»Einen Fehler gutmachen«, wiederholte der König entschlossen.

»Einen großen Fehler«, fügte die Königin hinzu. »Mit einer Hochzeitsfeier im Park. Im Mai, wenn die Rosen knospen und der Blauregen blüht.«

Die schlaue Füchsin

Der Wind rauschte in den Tannen. Hie und da warf er Schnee ab, dann stob es und feine weiße Kristalle rieselten zu Boden.

Nelli stand vor ihrem Bau und zog die raue Luft in die Nase; in ihrem Magen rumorte es, als ob Geröll einen Hang hinunterrutschen würde.

»Stinkender Pelzknäuel, ekliges Zeckenbalg«, schimpfte Nelli und wirbelte mit den Pfoten Schnee auf.

Jetzt hatte ihr Bruno schon zum dritten Mal die Beute abgenommen. Vor zwei Tagen ein Lamm, gestern einen Hasen und soeben einen Hahn.

»Schämt der sich nicht?«, schimpfte sie. »Er ist doch ein Fuchs wie ich. Wenn das so weitergeht, muss ich seinetwegen verhungern.«

Nelli erfand für Bruno weitere Schimpfwörter, dann blickte sie ins Abendrot und dachte nach. Sie musste den Kerl loswerden. Am besten sofort. Aber verflixt noch mal: Wie?

Sollte sie gegen Bruno kämpfen? – Quatsch, dafür war er zu stark.
Sollte sie sich ein neues Revier suchen? – Unsinn, er war hier eingedrungen und nicht sie.
Der Himmel färbte sich pflaumenblau, Nelli wusste immer noch nicht, was sie tun sollte. Aus dem Geröll im Bauch war eine Lawine geworden. Vielleicht half es, wenn sie am Bach etwas Wasser trank.
Es war bereits dunkel, als Nelli den Bach erreichte und an einer eisfreien Stelle ein paar Schlucke nahm.
Brrr, kalt, das Wasser. So kalt, dass es in die Zähne zog. Aber die Luft war noch kälter. Morgen würde Nelli ins Tal laufen müssen, um zu trinken. In ein paar Stunden dürfte hier alles zugefroren sein.
Nelli wollte wieder zum Bau zurück, doch ein Wort ließ sie innehalten. »Zufrieren, das ist es!«, rief sie und lief noch einmal zum Bauernhaus, bei dem sie sich vorhin den Hahn geholt hatte.
Vielleicht habe ich Glück und kann Bruno überlisten, dachte sie. Viel hat er ja nicht im Kopf. Er ist ein Muskelprotz mit Spatzenhirn und sonst nichts.
Ein paar Atemzüge später erreichte Nelli das Haus, huschte wie ein Schatten um die Scheune und überquerte lautlos den Hof.
Bloß nicht die Bretter streifen! Nur keine Katze erschrecken! Die Bauersleute wussten noch nicht, dass der Hahn fehlte. Sonst stünden sie jetzt ohne Zweifel mit einem Knüppel Wache. Oder der garstige Zottelhund würde hier herumschnüffeln.
Endlich erreichte Nelli den Stall; die Hühner saßen in den Nestern und hatten ihren Kopf zwischen den Federn. Sie träumten wohl vom Weizenschrot. Oder vom Sommer und vom Scharren in warmen Erdkuhlen.
So merkten sie nicht, dass sich jemand anschlich.
Kurz darauf war Nelli im Wald, rupfte ein braun gefiedertes Huhn und fraß es zur Hälfte auf.
Mit der anderen Hälfte lief sie zu Brunos Bau und rief: »Ich hab mir den Bauch mit allerfeinstem Fleisch vollgeschlagen. Du bist doch so ein Feinschmecker. Möchtest du ein Stück kosten?«

Bruno ließ sich das nicht zweimal sagen. Er fuhr wie ein Blitz aus dem Bau, riss Nelli das Fleisch aus dem Maul, mampfte und schmatzte.

»Schmeckt fein, dein Hühnchen. Mutig, mutig, Füchsin, du bist noch einmal beim Bauernhaus gewesen, was?«

»Wo denkst du hin, die würden mich windelweich schlagen«, schwindelte Nelli. »Ich hab im Bach gefischt. Merkst du denn nicht, dass das ein Wasserhuhn ist?«

»Wasserhuhn?«, brummte Bruno. »Noch nie gehört. Was es alles gibt.«

Dann blies er sich auf, bis er doppelt so groß schien, wie er eh schon war, und knurrte: »Bring mich zum Bach, ich will auch fischen!«

»Aber ja«, sagte Nelli und tat so, als ob sie sich vor ihm fürchten würde. Flugs sprang sie durch den Schnee und führte ihn zu der Stelle, an der sie getrunken hatte.

Dort zeigte sie zum Bach und schwindelte munter weiter: »Weißt du, was ich hier schon für fette Hühner gefischt habc? Vier Kilo schwere, fünfeinhalb Kilo schwere. Dagegen ist das, was du heute gefressen hast, ein Appetithäppchen. Also ans Werk, du musst nur den Schweif ins Wasser halten. Dabei brauchst du aber Geduld. Diese Hühner sind misstrauisch. Es wird schon ein Weilchen dauern, bis eines anbeißt.«

»... ein Weilchen dauern«, äffte Bruno ihr nach, tunkte mürrisch den Schweif in den Bach und begann vor Gier zu sabbern.

»Wasserhuhn«, sagte er immer wieder, »Wasserhuhn«. Als könnte er dadurch eines herbeireden.

Es dauerte keine drei Minuten, da schnellte Bruno hoch und fuhr Nelli an: »Mir ist kalt, saukalt. Los, Füchsin, fisch du für mich!«

Nicht in hundert Jahren, dachte sie und machte Augen wie ein Dackel; ihre Stimme klang so, als

hätte sie Kreide gefressen. »Ich würde gerne für dich fischen, doch die Hühner kennen meinen Geruch. Bis sie den vergessen haben und bei mir wieder anbeißen, sind drei Tage um. Oder vier. Oder fünf.«
Das leuchtete Bruno ein – verdrossen tauchte er seinen Schweif wieder ins Nass und schob leidend die Lefzen vor und zurück.
Nelli hingegen blinzelte treuherzig. »Immer schön sitzen bleiben, alter Schmarotzer«, murmelte sie und blickte zum Bach.
Im Wasser tat sich etwas. Die Oberfläche war dabei, sich in einen wabernden, glasigen Brei zu verwandeln.
Die Kälte zog an, Bruno schlotterte erbärmlich mit den Beinen und sein Speichel erstarrte zu dünnen Eiszapfen.
»He, wo bleiben diese Viecher?«, murrte er.
»Beweg dich nicht«, mahnte Nelli, »da schwimmen zwei.«
»He, warum beißen die Viecher nicht an?«, brummte Bruno.
»Sei still«, warnte Nelli, »sonst verscheuchst du sie noch.«
Bruno nahm sich auch diesen Rat zu Herzen und presste die Schnauze zu, dass die Backen rund und die Augen groß wurden.
»Pst«, flüsterte Nelli. »Pst.«
Aus dem wabernden Brei war bald eine dicke, harte Schicht geworden. Gleich saß Bruno in der Falle, dieser Schafskopf.
Im Bauernhaus waren längst die Lichter ausgegangen, da grölte Bruno: »Ich hab ein Wasserhuhn. Es ist tonnenschwer und strohdumm obendrein. Wie kann es nur an meinem Schweif anbeißen? Da hängt doch kein Wurm dran.«
»Strohdumm bist schon du«, stellte Nelli klar, sprang um Bruno herum und zeigte auf seinen Schweif, der tief und fest im Eis gefroren war.
»Ja, ja, ein Hirn sollte man eben haben«, sagte sie, »nicht nur Muskeln und ein bisschen Fett drum herum.«
In aller Ruhe lief Nelli zu ihrem Bau zurück. Auf einem Hügel blieb sie noch einmal stehen und drehte sich zu Bruno um. »Das war's, du nimmst mir nie mehr die Beute weg. Ich schau im Frühjahr mal vorbei. Wenn das, was von dir übrig ist, wieder auftaut.«

Der Blinde

In der Dorfschenke waren nur noch ein paar Leute, die Wirtin räumte Gläser weg, Hartmut gähnte gelangweilt.
Schließlich ergriff er seinen Blindenstock und tastete sich zum Tresen.
»Schau, wie brav der Trottel zahlt«, lästerte Hugo und rülpste.
»Wir haben ihn eben gut erzogen«, spottete Rolf und bohrte in der Nase. »Stell dir vor, er hat den Familienschmuck verkauft. Das Zeug, an dem er so hängt. Den Erlös hat er bei sich. Dreihundert Taler trägt er mit sich herum, als wären es gerade mal eine Handvoll Nüsse. So verblödet ist der.«
Die beiden steckten die Köpfe zusammen, danach hängten sie sich ein öliges Grinsen ins Gesicht und stiefelten zu Hartmut.
»Im Schöller-Wald wird heute ein Gasthof eröffnet«, schwindelte Hugo.
»Mit Kegelspiel und Glückstopf«, behauptete Rolf und log das Blaue vom Himmel. »Sogar Zigeunermusik soll es geben.«
»Ah, Klarinetten, Geigen ...«, schwärmte Hartmut. »Ich liebe diese feurigen Rhythmen und schwermütigen Melodien. Auf geht's, Freunde. Nichts wie hin.«
Er hängte sich seinen Stock auf den Arm und ließ sich von den beiden aus der Schenke führen.
Hugo und Rolf zwinkerten sich verschwörerisch zu, Hartmut merkte das nicht und ging fröhlich zwischen ihnen her.
Klar, die Zeche in diesem Gasthaus werde auch wieder ich zahlen, dachte er. Essen und Bier, dazu die Getränke der Mädchen, die Hugo ständig einlädt. Aber das ist immer noch besser, als in meinem baufälligen Landhaus zu hocken und das Leben an mir vorbeiziehen zu lassen – nur weil ich blind bin und ohne Begleitung nirgendwohin kann.
Im Dorf schlenderten die drei durch die Gassen, auf der Landstraße drängte Rolf Hartmut dazu, schneller zu gehen.
Kurz darauf erreichten die drei einen Wald.

»Da geht's lang«, sagten Hugo und Rolf, zogen Hartmut von der Straße weg und schoben ihn unsanft durchs Gebüsch.
»Beeil dich, es dämmert bereits«, behaupteten sie. »Wir wollen nicht in die Dunkelheit geraten. Es ist besser, wir nehmen eine Abkürzung.«
Hartmut stieg über Wurzeln und Steine, später streifte er an Farnen und herabhängenden Weidenzweigen.
Als er auch noch modriges Laub unter seinen Füßen spürte, wurde er stutzig und blieb stehen. »He, das ist eine Aue und kein Wald«, meinte er. »Außerdem müssten wir längst da sein. Sagt mal, wo führt ihr mich hin?«
»Ins Schlaraffenland«, antwortete Hugo frech.
»Ins Paradies«, rotzte Rolf.
Dann wurde Hartmut von einem Prügel am Kopf getroffen, sackte zusammen und verlor das Bewusstsein.
Er lag eine Zeitlang so da; irgendwann wurde es Nacht, bohrende Schmerzen am Kopf ließen ihn wach werden.
Woher stammte die Beule über seiner linken Schläfe? Und wieso lag er im Schlamm?
Als Hartmut Wasser plätschern und Schilf rauschen hörte, dämmerte es ihm: Er war im Breitleg-Moor. Hugo und Rolf hatten ihn niedergeschlagen und hierhergeschleppt.
Gleich darauf fiel Hartmut das Geld ein, das er für den Familienschmuck bekommen hatte, durchwühlte die Jackentaschen, die Hosentaschen – aber umsonst. Sein Blindenstock fehlte auch; sein verlängerter Arm, sein Ersatz für die Augen. »Diese hinterhältigen Saukerle!«
Auf einmal wurde ein Knacken laut, ein hässliches Surren war zu hören.
Waren das Wespen? Hornissen?
»Nein, Riesenschlangen«, erkannte Hartmut. »Grundgütiger! Nichts wie weg!«
Das Surren kam näher – Hartmut duckte sich und schob sich durch fransige Binsen.
Das Surren schwoll an – Hartmut tappte durch knietiefe Pfützen und wäre um ein Haar im Morast versunken.
Endlich hatte er wieder festen Boden unter den Füßen. Er stieß an eine Erle und zog sich hinauf.

Die Schlangen kamen näher.
Sie schossen geradezu heran.
Sie zischten, dass es Hartmut durch Mark und Bein ging, ließen sich unter der Erle nieder und fingen an, sich zu unterhalten.
Eine Schlange dehnte das S gefährlich in die Länge und fragte: »Sssag mal, Linksss-wurm. Hassst du irgendwelche Neuigkeiten für unsss?«
»Sowieso«, lautete die Antwort. »Du kennst doch den Bauernhof da vorn auf dem Hügel. Dort wurden die Kühe verhext und werden bald sterben. Dabei müssten sie nur von der Quelle trinken, die oberhalb des Hofes entspringt und schon wären sie wieder gesund.«
Die Schlange mit dem gefährlichen S fragte weiter: »Sssag, Rechtssswurm, kannssst du unsss auch etwasss Neuesss erzählen?«
Die Antwort kam prompt. »Freilich, in der Stadt ist das Wasser versiegt, und die Leute werden jämmerlich verdursten. Dabei fließt unter dem Hauptplatz ein Bach. Hacken, graben, so einfach wäre das. Und alle wären gerettet.«
Linkswurm und Rechtswurm waren auch neugierig und fragten die Schlange mit dem langgezogenen S: »Wie steht's mit dir, Haselwurm? Kannst du uns auch etwas berichten?«
»Dasss will ich meinen«, zischelte die. »Der Tau hier hat Heilkräfte und lässsst Blinde wieder sssehen. Stellt euch vor, die kämen alle hierher. Pralle Waden, kräftige Schenkel. Hm, ich kann es förmlich riechen, leckeresss Menschenflei ...«
Haselwurms Stimme brach ab, Linkswurm und Rechtswurm schnellten wie auf Befehl hoch und züngelten.
Jetzt bin ich dran, schoss es Hartmut wie ein Blitz durch den Kopf. Die Schlangen haben mich gerochen!
Er zitterte so sehr, dass die Erle wackelte und die Blätter raschelten, als wäre Wind aufgekommen.
»Quak, quak«, machte es dann. »Quak, quak.«
Die Schlangen glitten eilig ins Wasser und verfolgten ein paar Enten.
Das war zwar kein Menschenfleisch, aber immerhin.

»Kommt bloß nicht wieder, ihr Mistviecher«, murrte Hartmut und spürte erst jetzt, wie wild sein Herz klopfte. Als ob es wegspringen möchte, auf und davon wie ein flüchtender Hase.

Hartmut befürchtete, dass die Schlangen wiederkommen könnten und blieb so lange auf der Erle, bis Vogelgezwitscher den Morgen ankündigte.

Dann stieg er leise hinab und tappte weiter durchs Moor. Er musste unbedingt den Tau finden, von dem Haselwurm gesprochen hatte. Viel Zeit blieb Hartmut nicht. Bald würde die Sonne aufgehen und die nasse Schicht auf den Pflanzen trocknen.

Auf der Suche nach dem Tau musste Hartmut wieder durchs Wasser und geriet immer tiefer in einen Teich hinein.

»Auch das noch«, beschwerte er sich und musste wohl oder übel schwimmen.

Wenn nur nicht die Schlangen wiederkommen, hoffte er. Diese Menschenfresser mit den komischen Namen.

Der Teich wurde allmählich seichter; Hartmut konnte es kaum glauben, dass er heil zum Ufer gelangt war.

Dort standen dicht an dicht Rohrkolben und Sträucher. Weiter hinten ertastete er Pfeilkraut. Auf den Blättern lag Tau. Es war genug da, um ein paar Tropfen sammeln zu können.

Noch im Wasser stehend, betupfte Hartmut seine Lider; hinterher setzte er sich ans Ufer und faltete die Hände zum Gebet. »Du da oben, gib, dass Haselwurm die Wahrheit gesagt hat. Lass ein Wunder geschehen. Lass, das Dunkel, das mich seit Jahren umgibt, verschwinden.«

Eine Weile geschah nichts, plötzlich nahm Hartmut einen Schimmer wahr – ihm schien es, als würde vor seinen Augen schwarzes Wasser zerfließen.

Danach tauchten Umrisse auf, Gräser und Bäume. Zuerst in grau, dann in gestochen scharfen Farben.

Hartmut musste warten, bis sich seine Augen an die Helligkeit gewöhnt hatten; er weinte wie ein Kind. »Du hast mich erhört!«, rief er und ließ ein Dankgebet zum Himmel steigen. »Ich kann sehen! Ich werde wieder heimfinden!« Aber zuerst wollte er den verhexten Kühen helfen und den armen Leuten in der Stadt.

Mit dem wiedergewonnenen Augenlicht war es nicht schwer, sich einen Weg aus dem Moor zu bahnen. Hartmut fand auch den Hügel, von dem Linkswurm gesprochen hatte, und stieg eilig hinauf.

»Wo sind die Kühe?«, fragte er die Bäuerin. »Ich kann sie gesund machen.«

»Dich schickt der Himmel!«, rief die und führte Hartmut schnell in den Stall.

Die Kühe lagen wie hingestreckt am Boden, hatten trockene Mäuler und einen trüben, leidenden Blick.

»Diese feigen Hexen!«, schimpfte Hartmut, griff nach zwei Melkkübeln und lief davon, um von der besagten Quelle Wasser herbeizuholen.

Als er mit dem heilenden Wasser zurückkehrte, hoben die Kühe die Köpfe und tranken. Mit jedem Schluck sahen sie besser aus.

Die Bäuerin schlug vor Glück die Hände zusammen und drückte Hartmut dankbar einen Beutel Silbermünzen in die Hand. Den Weg zur Stadt beschrieb sie ihm auch.

»Ich muss los«, sagte er dann. »Die Leute dort brauchen dringend Hilfe.«

Hartmut steckte den Beutel ein, hetzte den Hügel hinunter und rannte, was seine Beine hergaben.

Gegen Mittag war er in der Stadt und suchte den Hauptplatz, von dem Rechtswurm gesprochen hatte. Die Sonne brannte aufs Pflaster, nirgends waren Menschen, nicht einmal Katzen streunten herum.

»Hallo!«, rief Hartmut, ließ den Hauptplatz hinter sich und lief außer Atem durch die Gassen.

Wo waren die Leute? In den Kellern, weil es dort kühler war? Oder an einem anderen Ort?

Hartmut fand die Leute schließlich in der Kirche; sie saßen in den Bänken und waren so matt, dass er mit lauten Worten auf sich aufmerksam machen musste:

»Hört her, ich weiß, wo Wasser ist! Geht alle zum Hauptplatz. Helft euch gegenseitig und lasst niemanden zurück.«

Sofort begann Hartmut wieder zu laufen, besorgte sich Hacke und Schaufel und fing auf dem Hauptplatz fieberhaft zu graben an. Da waren nur Steine und eine Schicht trockene Erde. Doch nach einer Weile kam er zu einer Lage Kies, und aus dieser

quoll Wasser. Es gluckerte und sprudelte, breitete sich auf dem Platz aus und floss in den Rinnstein.
Die Leute bückten sich und tranken. Manche holten Häfen und Flaschen aus den Häusern und reichten das Wasser herum.
Sobald die Leute bei Kräften waren, drückten sie Hartmut an sich und hielten ergriffene Dankesreden. Außerdem schenkten sie ihm einen Sack voller Goldmünzen. Als er wieder gehen musste, begleiteten sie ihn zur Stadt hinaus und winkten ihm nach.
Mit langen Schritten kehrte Hartmut ins Dorf zurück und betrat die Schenke. Dort waren Hugo und Rolf. Diese hinterhältigen, gemeingefährlichen Schufte! Denen werde ich das Handwerk schon noch legen, dachte sich Hartmut.
»Hmkmh«, räusperte sich Hugo, als er Hartmut sah und verschüttete Schnaps.
»Oha«, würgte Rolf hervor und ließ den Mund auf- und zuschnappen.
Die beiden erholten sich wieder von dem Schrecken, heuchelten und logen, als müssten sie einen Wettbewerb gewinnen:
»Hartmut, alter Kumpel, wo bist du gewesen?«
»Du hast hier gestern zu tief ins Glas geschaut und warst auf einmal spurlos verschwunden. Hast du eine Ahnung davon, wie lange wir dich gesucht haben?«
»Tatsächlich?«, entgegnete Hartmut und tat so, als hätte er eine Gedächtnislücke. »Das würde so manches erklären.«
»Erklären musst du uns aber auch, wieso du ohne Blindenstock gehst«, meinten Hugo und Rolf. »Wie ist das möglich? Hast du dein Augenlicht zurückbekommen?«
Hartmut setzte sich zu den beiden an den Tisch und wühlte im Beutel mit Silbermünzen, dass es nur so klimperte. »Ich hab nicht nur mein Augenlicht wieder, ich bin auch reich geworden«, antwortete er. »Ich bin gestern irgendwie ins Breitleg-Moor geraten. Dort habe ich Riesenschlangen belauscht. Hui, die wissen Sachen. Das habt ihr noch nicht erlebt, Freunde.«
Anschließend erzählte er den beiden lang und breit, was er von den Schlangen erfahren hatte und wühlte auch noch im Sack mit den Goldmünzen.
»Hör dir diesen himmlischen Klang an«, flötete Rolf.
»Wie kleine Glocken«, schwärmte Hugo, »und Engelsgesänge dazu.«

Danach begann es in den Gesichtern der beiden wie in einem Uhrwerk zu arbeiten.
»Was meinst du?«, fragte Hugo und drehte sich zu Rolf. »Sollen wir die Schlangen auch belauschen?«
»Mah«, zweifelte der. »Die sind doch gefährlich, oder?«
»Gefährlich? Woher denn«, warf Hartmut ein und tat so, als würde ihm gleich ein Heiligenschein aus dem Kopf wachsen. »Wenn die Schlangen die Neuigkeiten ausgeplaudert haben, macht ihr Lärm und schon sind sie weg. Im Nullkommanichts. Die sind schreckhafter als Hasen.«
»Wenn's nur das ist«, meinte Hugo jetzt, stemmte sich vom Stuhl und stürmte aus der Schenke.
»Taler, Taler, du musst wandern...«, sang Rolf und rannte ihm nach.
Hartmut war froh, die beiden los zu sein, nickte der Wirtin einen Gruß zu und ging endlich heim.
Er hatte sein Haus noch nicht erreicht, da blieb er stehen und lauschte angestrengt in die Ferne. Täuschte er sich, oder hörte er da draußen ein Surren? Kam es ihm nur so vor, oder drangen von weit her ein böses Zischen an sein Ohr?
»Das war's. Auf Nimmerwiedersehen ihr beiden«, meinte Hartmut und freute sich darauf, diese Nacht in seinem Bett und nicht auf einem Baum zu verbringen.
Am nächsten Tag kaufte er den Familienschmuck zurück und fing an sein Landhaus herzurichten. Kaputte Dachziegel austauschen, die verwitterten Fassaden streichen ...
Neue Freunde suchte er sich auch. Aber ehrliche, keine Halunken.

Wer bekommt das Haus?

Es war Sonntag, die Stubenfenster standen weit offen, von draußen drang das Tschilpen der Spatzen herein.

Hans hatte gerade gegessen und half der Mutter beim Abräumen. Seine Brüder Friedl und Jockel hielten nichts von dieser Beschäftigung und wollten lieber zu Freunden ins Dorf.

»Bleibt da und nehmt noch mal Platz«, sagte der Vater und bat auch seine Frau an den Tisch. »Komm, Hans, setz dich auch her. Deine Mutter und ich müssen mit euch etwas bereden.«

Als die Familie versammelt war, rückte die Mutter nahe zum Vater hin und erklärte: »Wir werden bald siebzig und möchten das Haus übergeben.«

Der Vater nahm ihre Hand und ergänzte: »Wir haben lange überlegt, wie wir unseren Besitz gerecht aufteilen könnten, aber das Haus ist klein, leider. Deshalb haben wir Folgendes beschlossen: Derjenige, der uns als Erster einen Widder bringt, soll es bekommen.«

Die Eltern gingen in die Küche und spülten das Geschirr; Hans blieb in der Stube, stützte den Kopf in die Hände und überlegte, wer ihm einen Widder geben konnte. Er hing an dem Haus. Er mochte den Geruch von altem Holz, die knarrende Treppe, die vielen kleinen Fenster, die für ihn Gucklöcher in die Welt waren.

Friedl und Jockel waren beim Denken schneller als er, liefen aus der Stube und boxten ihm kräftig in die Rippen. »Bemüh dich nicht, wir kriegen das Haus. Wir wissen auch, wer einen Widder hat. Aber spionier uns nur nicht nach, du verblödetes Mondkalb.«

»Nachspionieren, pah«, murmelte Hans. »Ich weiß auch so, wo ihr hin wollt.« Dann rieb sich vor Schmerz die Rippen und grämte sich über Friedls und Jockels Gemeinheiten. Doch die waren nicht neu. Sticheln und stänkern, ja, das konnten die beiden! Hans wollte es den Brüdern heimzahlen, sprang auf und nahm die Abkürzung zur Bauhoferin.

»Zwei Kerle haben es auf deine Schafe abgesehen!«, rief er von weitem. »Schenk mir einen Widder und hol mir einen Stock. Ich will die Strolche für dich vertreiben.«
Die Bauhoferin erschrak, als sie von den Schafdieben hörte; Hans erhielt, was er verlangt hatte, und versteckte sich im Stall.
Sobald die Brüder auftauchten, schwang er den Stock und versetzte ihnen ein paar tüchtige Hiebe.
»Verdammt, ein Schaf hat mich getreten«, fluchte Friedl und suchte schleunigst das Weite.
»Au-au-au, die Bauhoferin hat mich erwischt«, jaulte Jockel und trat ebenfalls die Flucht an.
»Lauft nur«, meinte Hans, grinste von einem Ohr zum anderen und spazierte mit dem Widder davon. »Etwas wehleidig die beiden. Richtige Pflaumen eben.«
Auf dem Heimweg malte er sich in den schönsten Farben aus, was er an dem Haus ändern würde: Zuerst wollte er das Dach neu decken, später wollte er die Jalousien streichen und die Blumenkästen mit Geranien bepflanzen. Fleißig gießen würde er sie auch. »Das wird herrlich«, meinte er. »Ein behagliches Heim. Ein Nest mitten in einem Blütenmeer.«
Die Eltern waren kurz darauf dabei, ihm das Haus zu überschreiben, als die Brüder dazukamen und eine Wortlawine auf sie losließen: »Das dürft ihr nicht tun! Wir haben auch ein Recht auf das Haus! Und überhaupt, bei so etwas Wichtigem ist eine Aufgabe zu wenig!«
»Also gut«, meinten die Eltern geduldig, legten das Schriftstück weg und dachten über eine neue Aufgabe nach. »Das Haus kriegt derjenige, der uns als Erster eine Gans bringt.«
»Eine Gans, ein Gänschen. Wenn's nur das ist«, lachten Friedl und Jockel, rempelten Hans mit dem Ellenbogen an und stampften wie zwei Ochsen aus der Stube. »Bis gleich, du Einfaltspinsel, du Weinbergschnecke. Du kannst schon mal die Sachen packen und ausziehen.«
»Selber Einfaltspinsel«, murrte Hans, denn er wusste schließlich auch dieses Mal, was sie vorhatten, und lief schnurstracks zur Leitnerin.

»Zwei Lumpen wollen dein Federvieh stehlen«, behauptete er. »Leih mir eine Zange und schenk mir eine Gans. Ich werde sie dir mit Vergnügen vom Hals schaffen.«
Wieder erhielt er, was er verlangt hatte, eilte in den Anger und legte sich im hohen Gras auf die Lauer.
Klipp machte es, als die Brüder sich anschlichen, klipp-klapp. Die Zange schnappte wie von selbst auf und zu. Sie zwickte in Schenkel, in Waden und Zehen.
»Hilfe!«, plärrte Friedl und machte kehrt.
»Ui-ui-ui!«, heulte Jockel und hoppelte davon wie ein Hase.
»Weichlinge, Jammerlappen«, kicherte Hans und trug die Gans unter dem Arm heim. Jetzt war er Hausbesitzer. Und ein stolzer obendrein.
Die Eltern griffen zu Stift und Papier und wollten ihm das Haus erneut überschreiben, doch die Brüder kamen wieder und redeten wie übervolle Dachrinnen: »Das ist ungerecht! Das stinkt zum Himmel! Wo sollen wir denn wohnen, wenn Hans das Haus kriegt?«
Die Eltern seufzten und dachten sich eine neue Aufgabe aus. »Wer uns am meisten Geld bringt, kann das Haus haben«, sagten sie dann. »Das ist unser letztes Wort, dass das klar ist! Himmelherrgottnochmal!«
Diese Aufgabe war schwer, die Brüder schauten drein wie Runzelkartoffeln; Hans machte ein Fallobstgesicht und ließ Speichelblasen platzen.
Mensch Meier, Geld, das lag nicht auf dem Weg und wuchs auch nicht auf Bäumen. Er musste anderswo nachdenken, deshalb trottete er ins Dorf.
Auf dem Hauptplatz lief ihm der Huber-Karl über den Weg und sah drein, als ob er von Geistern verfolgt würde. »Stell dir vor, auf meiner Bergwiese treffen sich abends Hexen«, raunte er und hielt Hans am Ärmel fest, dass die Nähte nur so knackten. »Die Biester fliegen auf Besen daher und lassen sich auf der Eiche nieder, um Geld zu zählen. Ich müsste mähen, aber glaub mir, da trau ich mich selbst bei Tag nicht mehr hin. Wenn die mich kriegen, reißen sie mich in Stücke und fressen mich auf!«
»Gott bewahre!«, rief Hans und wusste jetzt, wie die dritte Aufgabe zu lösen war. Allein wollte er aber nicht zu den Hexen gehen. Er würde seine Brüder fragen. Dann konnten sie zeigen, was sie draufhatten, diese Maulhelden.

»Wenn ihr mit mir bis auf den letzten Pfennig teilt, verrate ich euch, wo Geld zu holen ist«, verkündete Hans und pflanzte sich vor Friedl und Jockel in der Stube auf.
»Zaster? Bares?«, tönten die beiden abwechselnd. »Wo ist es, du Esel?«
»Moment mal!«, fuhr Hans auf und sah die Brüder an, als würde er gleich Feuer spucken. »Keine Gemeinheiten mehr! Nicht eine Unstimmigkeit werde ich dulden! Und zusammenhalten müssen wir auch. Diese Sache ist nämlich gefährlich!«
Die Brüder versprachen es, also erzählte er ihnen die Geschichte vom Huber-Karl und von den Hexen auf seiner Bergwiese.
Danach mussten die beiden einen Kübel Wasser holen und kleine Steine suchen. Hans selbst schulterte eine Eisentür. Sie war klobig und schwer. Friedl band Hans ein Seil um und zog, Jockel stellte sich hinter Hans und schob ihn bergan.
Schließlich kamen die drei zur Wiese, hängten den Kübel in die Eiche, hinterher banden sie die Tür unterhalb der Baumkrone fest. Gestänkert wurde kein einziges Mal. Geboxt und gerempelt auch nicht.
Nach Sonnenuntergang versteckten sich die drei ganz oben auf der Eiche zwischen den Zweigen; Hans blickte zu den Brüdern und spürte, wie die Aufregung kam. Hoffentlich würde keiner in die Fänge der Hexen geraten. Was hatte der Huber-Karl gesagt? Zerreißen, auffressen ... Nur nicht zu viel nachdenken, ja!
Die Dämmerung stieg aus dem Tal, und plötzlich rauschte es in der Luft, als fegte ein Sturm über die Wiese hinweg.
Zuerst dachte Hans noch, ein Schwarm großer Vögel käme angeflogen, doch auf einmal sah er lauter kalkweise Fratzen. Haare flatterten, Röcke knatterten. Ihn schauderte zutiefst bei diesem Anblick.
»Alles absteigen!«, kommandierte eine spindeldürre Hexe und sprang wie eine Kröte vom Besen.
»Holla, hoppa, hossa«, johlten die anderen und machten es ihr nach.
Sie verteilten sich wie Ungeziefer auf den Ästen, kreischten und lachten.
Anschließend schnürten sie gierig die Geldsäcke auf und begannen zu zählen:
»Zwanzig Gulden, fünfundzwanzig, fünfunddreißig, vierzig ...«

»Schlangengift und Ochsenauge, es beginnt zu regnen«, knarzte die Dürre, als Hans die Hexen vorsichtig mit Wasser bespritzte. »Setzt euch zu mir unters dichte Blätterdach, sonst werdet ihr nass.«

»Krötenbein und Knabenzunge, nun hagelt es auch noch!«, greinte die Dürre, als Hans die Hexen mit Steinen bewarf. »Rückt näher zusammen. Noch ein Stück. Und noch ein Stück. Dann treffen euch die Hagelkörner nicht.«

»Gut so«, murmelte Hans und wartete, bis die Hexen nebeneinander auf den Ästen saßen. »Gleich seid ihr erledigt, ihr Süßen.«

Danach gab er den Brüdern ein Zeichen, Friedl und Jockel nickten und banden flink die Eisentür los.

Ächzend kippte sie nach vorn, krachend brach sie durch die Äste.

Die Hexen glaubten, es würde donnern. Schon erwischte sie die Tür. Einen Herzschlag später gab es die Fratzengesichter nicht mehr.

»Ich schätze, der Huber-Karl kann morgen sein Heu mähen«, witzelte Hans, stieg von der Eiche und zog die Geldsäcke unter der Eisentür hervor.

»Nun?«, fragte er und ließ stolz die Brust anschwellen. »Wem gehört das Klimperzeug jetzt?«

»Mir«, ereiferte sich Friedl.

»Nein, mir«, behauptete Jockel.

»Uns, wenn ich bitten darf!«, belehrte sie Hans. »Wie wir es ausgemacht haben.«

Die Eltern freuten sich über das viele Geld und ließen davon drei Häuser bauen. Friedl bekam eines mit Terrasse, Jockel eines mit Erkern, sie selbst bewohnten ein ebenerdiges Gebäude mit viel Licht und einem hübschen Vorgarten.

Hans zog es vor, im kleinen alten Haus zu bleiben.

Er tauschte die Dachziegel aus. Er strich die Jalousien und pflanzte mit Hingabe Geranien in die Blumenkästen.

Sie blühten zartweiß und weinrot.

»Das ist herrlich«, meinte er dann. »Das ist genau so, wie ich es mir vorgestellt habe: ein behagliches Heim, ein Nest mitten in einem Blütenmeer.«

Der Drache

Es war ein strahlender Sommertag, der Himmel war tiefblau, der Geruch von Tannennadeln und Harz zog vom Wald zum Haus herüber.
Der Jäger brachte Max zu den anderen Hunden in den Zwinger und sprang beschwingt die Stufen zur Terrasse hinauf. »Hallo, ihr Hübschen.«
»Hübsch und flott«, scherzte seine Frau Magda und goss die Blumen.
»Hübsch und fleißig«, fügte seine Tochter Lisa hinzu und legte Kamillen zum Trocknen aus.
Der Jäger drückte den beiden einen Kuss auf die Wange und hob ein paar Kamillen auf, die Lisa zu Boden gefallen waren.
»Ich habe nicht mehr daran geglaubt, für Max jemanden zu finden«, sagte er dann, »doch auf dem Berg ist mir ein Fremder begegnet. Er ist ganz begeistert von unserem Hund und möchte ihn unbedingt zu sich nehmen.«
Magda stellte erstaunt die Gießkanne hin, in Lisas Gesicht vermischte sich Freude mit Bedauern.
»Ist der Fremde nett?«, fragte Magda.
Der Jäger nickte. »Ja, er scheint ein richtiger Hundeliebhaber zu sein.«
»Weiß er, dass Max bei jeder Gelegenheit ausreißt und Hühner stiehlt?«, wollte Lisa wissen.
Der Jäger nickte wieder. »Ich hab's ihm erzählt, er will gut auf ihn Acht geben. Wenn ihr einverstanden seid, werde ich ihm Max morgen bringen.«
Magda stimmte zu; Lisa fragte, ob sie mitkommen dürfe. Sie wollte den Fremden kennenlernen. Vielleicht wohnte er nicht weit von hier, und sie konnte Max irgendwann besuchen.
Am nächsten Tag nahm der Jäger Max an die Leine und stieg mit Lisa auf den Berg. Doch der Fremde war nicht da. Ob er es sich anders überlegt hatte? Wollte er Max nicht mehr haben?
»Ach was«, meinte der Jäger, »er ist wohl nur spät dran.

Der Jäger setzte sich mit Lisa an den Wegrand. Das Wermutkraut stand hüfthoch und duftete, Dohlen kreisten um die Felsen ...
Auf einmal bellte Max und bleckte die Zähne. Im selben Moment sprang ein abscheulicher graugrüner Drache aus dem Wermutkraut, packte Lisa mit seinen Krallen, breitete die Flügel aus und flatterte auf.
Lisa schrie, Max sprang dem Drachen nach und zerrte an ihrem Kleid, so dass der Drache sich schwer tat, wegzufliegen.
»Nicht loslassen, Max!«, rief der Jäger und griff zum Gewehr. »Halt durch Lisa, halt durch!«
Der Drache wand sich wie ein Wurm, der Schuss ging daneben.
»Durchhalten!«, rief der Jäger wieder und lud hastig nach.
Dann riss Lisas Kleid, Max fiel rücklings zu Boden. Mit wildem Gebrüll flog der Drache davon, wich dem zweiten Schuss aus und verschwand mit kräftigen Flügelschlägen hinter den Felsen.
In seiner Verzweiflung stieg der Jäger in schwindelnde Höhen und hoffte den Drachen zu finden.
Doch da war nichts. Keine Höhle, in der sich das Untier verstecken konnte, kein Fußabdruck am Boden.
Wenn wenigstens der Fremde aufgetaucht wäre. Er hätte ins Tal laufen und Hilfe holen können.
Die Dämmerung färbte die Berge blau, der Jäger musste umkehren.
»Allmächtiger«, murmelte er verzweifelt und trug seinen Kummer ins Tal.
Lisa war weg. Vom Drachen zerrissen, gefressen. Mit welchen Worten sollte er das seiner lieben Frau erklären?
Am nächsten Morgen machte sich Magda mit dem Jäger auf die Suche, aber das war vergebens. Die Nachbarn streiften durch die Berge, doch auch das war umsonst.
Trotzdem hofften Magda und der Jäger, dass Lisa eines Tages wiederkommen würde. Wenn der Wind die Tür zuschlug, wenn der Briefträger die Post brachte. Aber Lisa kam nicht. Max war auf einmal so folgsam wie kein anderer Hund und führte auf der Jagd bald die anderen Hunde an.

Sieben Jahre vergingen; es war wieder Sommer, als ein Wildschwein in den Feldern große Schäden anrichtete. Der Jäger zögerte nicht lange und holte die Hunde aus dem Zwinger. »Sucht brav, sucht«, sagte er.
Max schnüffelte eine Weile herum, dann gab er ein langgezogenes Bellen von sich und stürmte mit den Hunden bergan.
Sie stöberten das Wildschwein auf und waren ihm eine Zeit lang dicht auf den Fersen. Am Abend jedoch verloren sie seine Spur und liefen im Kreis. Es war genau die Stelle, an der Lisa einst verschleppt worden war. Das Wermutkraut, die Felsen ... Seltsam. Noch seltsamer war, dass auf einem dieser Felsen Licht brannte. Ein schmaler Weg führte hinauf.
»Der war früher aber nicht da«, murmelte der Jäger. »Oder doch?«
Der Jäger schlug diesen Weg ein und stand kurz darauf vor einem Schloss. Er nahm ein unheimliches Pfauchen wahr. Es schwoll an, schwoll ab. Die Hunde hörten es auch und sträubten das Fell.
Mit gemischten Gefühlen klopfte der Jäger ans Tor, eine junge Frau öffnete und vergaß vor Staunen das Grüßen. »Was macht Ihr hier oben? Habt Ihr Euch verlaufen?«
»Naja«, antwortete der Jäger, wollte nicht lügen, aber auch nicht die Wahrheit sagen, »ich war hinter einem Wildschwein her.«
Die junge Frau nickte freundlich und ließ den Jäger eintreten. »Es wird gleich dunkel«, meinte sie, »Ihr könnt die Nacht hier verbringen. Und Hunger habt Ihr sicher auch.«
Der Jäger folgte ihr in einen Saal, bestaunte üppige Wandmalereien und gläserne Kronleuchter. Das Pfauchen war auch hier zu hören. Es schien fast so, als würden die Wände ein- und ausatmen.
Die Frau ließ den Jäger an der Tafel Platz nehmen und brachte Brot, Käse und ein Glas Wein. Sie freute sich, dass es ihrem Gast schmeckte. Später stellte sie ihm auch noch ein Stück Kuchen hin.
Als der Jäger gegessen hatte, setzte sie sich zu ihm und sprach mit eindringlichem Ton: »Gleich betritt ein Ungeheuer diesen Raum. Seid leise, dann tut es Euch nichts. Und die Hunde müssen auch ruhig bleiben.«
»Was für ein Ungeheuer?«, fragte der Jäger und sah sich erschrocken um.

»Es tut Euch nichts«, wiederholte die Frau, schob einen großen Bottich in den Saal und füllte ihn mit warmem Wasser auf.
Plötzlich wurde das Pfauchen lauter, ein gewaltiger Drache stampfte zur Tür herein. Er sabberte und stank. Seine Zähne glänzten gelb, die Haut war eine graugrüne Warzenlandschaft.
»Phuh-pfff«, machte der Drache. »Phuh-pfff.« Er sprang in den Bottich, dass das Wasser nur so aufspritzte und wollte gewaschen werden.
Die Frau seifte den Drachen ein – der Schaum färbte sich rot.
Die Frau spülte den Schaum weg – das Wasser nahm die Farbe von gestocktem Blut an.
»Heilige Maria«, murmelte der Jäger. Ihm schlotterten mächtig die Knie. Die Hunde zogen die Lefzen hoch und stellten sich schützend vor ihn hin.
Nach einer Weile stieg der Drache aus dem Bottich, verneigte sich vor der Frau und sprach mit ungeahnt zärtlicher Stimme: »Auf diesen Tag warte ich schon lange. Heute, und nur heute, darf ich dich nämlich etwas fragen. Willst du mich heiraten?«
»Das geht nicht«, antwortete die Frau und sah ihn entgeistert an. »Du bist ein Tier und ich bin ein Mensch. Zudem bin ich nicht freiwillig hier. Hast du das etwa vergessen?«
»Ja ... Nein!«, schwankte der Drache und brach unter der Last ihrer Worte fast zusammen. »Es gibt einen Grund dafür, dass ich dich vor sieben Jahren geraubt habe. Es gibt auch einen Grund dafür, dass ich dich jeden Abend bitte, mich zu waschen. Aber darüber darf ich nicht sprechen. Eines jedoch darf ich – dir mein Herz schenken. Ich liebe dich mehr als alles andere auf der Welt und bitte dich noch einmal inständig, mich zu heiraten.«
Die Frau rang mit sich selbst, der Drache aber bebte vor Anspannung.
Der Jäger hingegen war hellhörig geworden. Geraubt, vor sieben Jahren? Das war Lisa. Das konnte nur seine Tochter sein!
Aber was tat Lisa jetzt? Warum strich sie dem Drachen über den Hals?
»Du warst immer gut zu mir«, sagte sie. »Aufmerksam und zuvorkommend. Ja, ich liebe dich auch und will gerne deine Frau werden.«
In diesem Moment begann der Drache an den Seiten zu bluten, die Haut platzte auf wie eine reife Frucht und gab einen schönen, dunkelhaarigen Jüngling frei.

Er hob Lisa hoch und jubelte: »Du hast mich von einem bösen Zauber erlöst, eine Hexe hatte mich in den Drachen verwandelt. Aber jetzt ist er tot, und ich bin wieder ein Mensch. Der Herr dieses Schlosses und bald auch dein Mann.«
»Und mein Schwiegersohn«, stellte der Jäger fest und hielt es an der Tafel nicht mehr aus. Er ließ die Hunde los. Er lief auf die beiden zu und rief ergriffen: »Ich bin's, Lisa, dein Vater!«
Ein paar Wimpernschläge lang war es still, dann setzte der Jüngling Lisa ab, der Jäger fiel den beiden stürmisch um den Hals. Alle drei lachten und alle drei weinten. Die Hunde mischten auch mit, Leinen verhedderten sich mit Beinen.
Das Drunter und Drüber löste sich allmählich auf; danach bat der Jäger Lisa um Fackeln.
»Magda, deine Mutter ...«, meinte er nur. »Wir müssen ins Tal.«
»Ja, schnell«, antwortete Lisa. »Sie hat mir so gefehlt. Du mir auch, Vater. Und unser Haus und unsere Hunde.«
Kurz darauf verließen der Jäger, Lisa und der Jüngling das Schloss und schlugen den Weg ins Tal ein. Max sprang an ihnen hoch. Die anderen Hunde liefen neben ihnen her und bellten ausgelassen.

Der Schmied

In der Schmiede war es ungewohnt still. In der Esse prasselte kein Feuer, und Lorenz tat keinen Hammerschlag. Frühstück hatte er auch keins gegessen. Ihm war das Eisen ausgegangen. Das war noch nie passiert. Wem würde es da nicht den Appetit verschlagen?!

»Verflixt und zugenäht!«, schimpfte Lorenz jetzt, nahm eine Zange und schleuderte sie in die Ecke. »Das hab ich dem Wieserbauern, dem Fassbinder und dem Pferdehändler zu verdanken. Wenn die nicht endlich ihre Schulden zahlen, kann ich betteln gehen, zum Teufel!«

Kaum hatte er das gesagt, trat ein Jäger in die Schmiede und verzog den Mund zu einem breiten, fast schon schadenfrohen Grinsen. »Was schimpfst du so? Hast du Sorgen?«

»Sorgen, Sorgen«, murrte Lorenz, »ärgern tu ich mich. Doch was kümmert dich das?«

»Mehr als du denkst«, entgegnete der Jäger und lüpfte den Hut, sodass zwei spitze Hörner zum Vorschein kamen. »Verrate mir, was du brauchst, und ich hole es herbei. Du weißt doch, wer ich bin, oder?«

»Und ob«, antwortete Lorenz und schien vor dem Teufel gar keine Furcht zu haben. »Gut, dass du vorbeischaust«, lobte er ihn sogar. »Einen besseren Zeitpunkt hättest du dir gar nicht aussuchen können.«

Danach trug er dem Teufel auf, ihm ein paar Dinge zu besorgen: Eine Bank, von der niemand aufstehen konnte, wenn Lorenz es nicht wollte. Einen Kirschbaum, von dem man nur herunterkam, wenn er damit einverstanden war. Einen Sack, der sich nur öffnen ließ, wenn er seine Zustimmung gab.

»Ich weiß zwar nicht, was du mit dem Zeug tust, aber das geht mich auch nichts an«, bemerkte der Teufel, grinste noch breiter und schnipste dreimal mit den Fingern.

Mit einem pfeifenden Geräusch landete vor der Schmiede die gewünschte Bank, im Anger bohrte ein Kirschbaum seine Wurzeln in die Erde, am Amboss baumelten plötzlich ein Jutesack und eine Schnur zum Zubinden.

Umsonst gab es das Zeug, wie es der Teufel genannt hatte, natürlich nicht.

»In sieben Jahren hole ich dich«, lachte er und verschwand in einer stinkenden Rauchwolke.
»Wenn's dir Freude macht«, brummte Lorenz und zuckte lässig mit den Schultern. »Sieben Jahre sind lang. Bis dahin fließt noch viel Wasser den Bach hinunter.«
Lorenz rumorte noch eine Weile in der Schmiede herum, hob die Zange auf und rieb mit einem Lappen Gucklöcher in die blinden Fenster.
Hinterher setzte er sich auf die neue Bank vor dem Haus. Es war Freitag, viertel nach zehn. Gleich würde Adele vom Markt kommen, die Frau des Wieserbauern.
»Grüß dich«, rief er, sobald er Adele kommen sah. »Wie geht's, wie steht's? Leiste mir doch ein bisschen Gesellschaft.«
Adele freute sich über die Einladung und setzte sich zu ihm. Sie erzählte vom Gemüse, das sie verkauft hatte, und von den Leuten auf dem Markt.
Gegen elf wollte sie wieder gehen, drückte und zerrte, kam aber von der Bank nicht mehr los. Lorenz hätte ihr helfen können, doch der war nicht mehr da. Er musste dringend die Schmiede fegen. Und Brotzeit machen. Es war eh schon so spät.
Zuerst jammerte Adele nur, nach einer Weile aber schrie sie: »Hilfe! So helft mir doch!«
Der Wieserbauer hörte seine Frau rufen und stürmte in die Schmiede, als würde er von einem Schwarm Wespen verfolgt. »Was ist mit deiner Bank, Lorenz? Hast du da Leim draufgestrichen?«
»Leim, Mörtel, das ist doch egal«, bekam der Bauer zur Antwort. »Rück lieber das Geld raus, sonst hockt Adele bis zum Nimmerleinstag da.«
»Ach, der Lohn für die Egge und den Pflug«, sülzte der Wieserbauer jetzt und übergab Lorenz flink eine Handvoll Silbermünzen.
Der steckte sie ein, trat vor die Schmiede und ließ Adele frei.
»Blöder Kerl«, schimpfte sie und meinte ihren Mann. »Das eine sag ich dir. Du machst mir bei Lorenz keine Schulden mehr.«
Gegen halb zwölf klopfte der Sohn des Fassbinders an ein Fenster der Schmiede.
»Guten Tag. Darf ich im Anger Kirschen essen?«
»Nur zu«, ermutigte ihn Lorenz, der gerade Asche von der Esse in einen Kübel kratzte. »Iss, wie viel du willst, sonst kommen nur die Vögel und picken sie an.«

Der Bub bedankte sich herzlich, stieg auf den Baum und spuckte Kirschkerne. Nach einer Weile aber schrie er wie am Spieß: »Vater, Vater!«

»Herbert, wo bist du?«, tönte der Fassbinder und polterte in die Schmiede, als hätten ihn Hornissen gestochen.

»He, was ist mit meinem Sohn? Hast du ihn an die Äste gebunden?«

Lorenz stellte den Kübel weg. »Frag nicht, gib mir lieber mein Geld. Sonst bleibt der Bub auf ewig da oben.«

Der Fassbinder war wie vom Donner gerührt, wühlte in den Hosentaschen, ließ verbogene Nägel und ein dreckiges Schnäuztuch zu Boden fallen.

Dann kramte er ein paar Goldmünzen heraus. »Ich wollte dir das Geld für die Fassreifen eh am Abend bringen«, mümmelte er.

»Genau«, knirschte Lorenz, ging in den Anger und befreite den Buben. »In Zukunft zahlst du im Voraus, Fassbinder. Sonst kannst du deine Bestellung anderswo aufgeben.«

Kurz vor zwölf flog mit einem Mal die Tür auf, der Pferdehändler stiefelte breitbeinig in die Schmiede. »An die Arbeit, ich brauche vierzig Hufeisen!«

»Und ich dreißig Taler«, belehrte ihn Lorenz, stülpte ihm den Sack über und schnürte ihn zu.

»Verflucht, nimm mir dieses Ding ab!«, tobte der Pferdehändler und hüpfte wie ein wildgewordener Esel in der Schmiede herum.

Er rammte mit Wucht den Amboss, gleich darauf schlug er sich den Kopf an der Mauer an.

Danach heulte er wie ein Hund, ließ Münzen durch ein Loch aus dem Sack fallen und murrte: »Die sind für die alten und neuen Hufeisen. Und die sind dafür, dass du mich gehen lässt. Das tust du doch, oder?«

»Ungern«, brummte Lorenz, spannte ein Pferd vor den Wagen und kaufte in der Stadt Eisen ein.

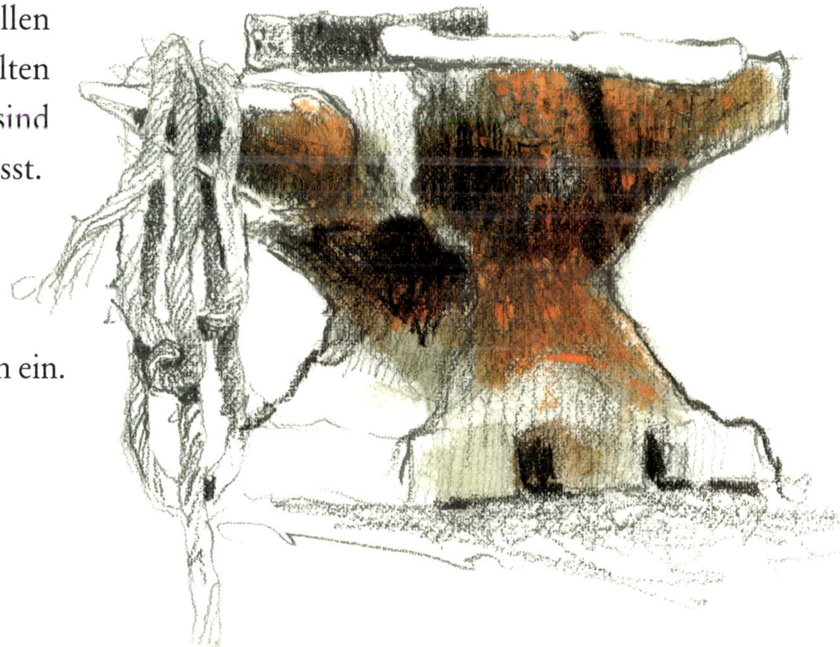

Den Sack schnürte er erst am Abend auf. Der Pferdehändler war ein windiger Kerl. Der brauchte schon lange einen Denkzettel.
Die Jahre zogen dahin und eines Tages tauchte der Teufel in der Schmiede auf und schnarrte: »Deine Frist ist um! Jetzt wirst du in der Hölle schwitzen!«
»Wenn's sein muss«, seufzte Lorenz. »Ich will mich nur noch kurz auf die Bank setzen und mich von diesem Ort verabschieden. So viel Zeit muss sein, bitteschön.«
Der Teufel konnte ihm diesen Wunsch nicht abschlagen, misstraute ihm aber und setzte sich auch auf die Bank.
»Ziegenbein und Geißbockhörner«, fluchte er Sekunden später.
»Das heißt wohl eher Holzkopf«, bemerkte Lorenz und ließ den Teufel erst wieder frei, nachdem er ihm weitere sieben Jahre auf der Erde zugesagt hatte.
Die Zeit verging wie im Flug, der Teufel kam wieder und knurrte: »Keine faulen Tricks. Dieses Mal kriege ich dich.«
»Aber ja«, meinte Lorenz. »Ich muss nur noch dieses Geländer fertig machen. Iss inzwischen ein paar Kirschen. Heuer sind sie besonders süß.«
Der Teufel ahnte nichts Böses und stieg auf den Baum, plötzlich rüttelte er an den Ästen, sodass es Blätter regnete und Kirschen im hohen Bogen davonflogen.
»Kürbiskopf«, stichelte Lorenz und rang dem Teufel die Zusage ab, weitere sieben Jahre auf der Erde bleiben zu dürfen, wenn er ihn dafür vom Baum herunterließ.
Auch diese Frist verstrich, der Teufel erschien mit einem Donnerschlag und dröhnte: »Dieses Mal gilt's, du wirst in der Hölle schmoren!«
»Vergiss es«, empfahl Lorenz und stülpte ihm den Sack über den Kopf. »Du lernst es ja doch nie.«
Dann drosch er mit dem Besen so lange auf den Teufel ein, bis dieser jaulte: »Hör auf! Bei allen bösen Geistern und Dämonen, ich will dich in der Hölle gar nicht mehr haben! Heute nicht, morgen nicht ... Sieh bloß zu, dass du an deinem Lebensende in den Himmel kommst. Sonst habe ich keine ruhige Minute mehr, du elender Mistkerl du.«

Was ist das Schönste, Stärkste und Reichste?

Es war Vormittag. Lena stand im Garten und bewunderte den Rosenstrauch, der in voller Blüte war. Später begann sie in den Gemüsebeeten Unkraut zu jäten.
Gegen Mittag kamen ihre Eltern aus der Stadt zurück und blieben bedrückt am Gartenzaun stehen.
»Ihr habt schlechte Nachrichten, nicht wahr?«, fragte Lena und ging zu den beiden hin. »Haben wir den Prozess verloren?«
»So gut wie«, antwortete die Mutter und mischte vor Enttäuschung lauter Seufzer unter die Worte. »Der Richter will dem Streit zwischen uns und dem Huberbauern ein Ende setzen und hat uns ein Rätsel aufgegeben: Was ist das Schönste, Stärkste und Reichste?«
»Demjenigen, der es löst, wird der See zugesprochen«, ergänzte der Vater. »Dumm ist nur, dass der Huberbauer die Lösung schon kennt. Das Schönste ist seine Frau, prahlt er, das Stärkste sind seine Ochsen, und der Reichste ist er selbst. Den kümmert es doch überhaupt nicht, dass der See von Rechts wegen uns gehört. Hauptsache, er kriegt ihn.«
»Da hab ich aber noch ein Wörtchen mitzureden«, meinte Lena und zeigte zu den Rosen, zum Gemüse und zum Apfelbaum, der nebenan im Anger stand. »Das Schönste ist der Frühling, das Stärkste ist die Erde und am reichsten ist der Herbst. Sagt das dem Richter, und er wird euch Recht geben.«
Als die Eltern am nächsten Tag aus der Stadt kamen, blieben sie erneut am Gartenzaun stehen und strahlten wie kleine Kinder zu Weihnachten.
»Der See gehört wieder uns«, riefen sie Lena zu, die dieses Mal Johannisbeeren pflückte. »Die Antwort des Huberbauern hat dem Richter gar nicht gefallen. Von deiner jedoch war er so begeistert, dass er dich unbedingt kennenlernen will. Deshalb hat er dir ein weiteres Rätsel aufgegeben. Du sollst unangekleidet und doch nicht nackt, nicht bei Tag und nicht bei Nacht, nicht auf der Straße und nicht auf Seitenwegen zu ihm gehen.«

»Der hat Vorstellungen«, scherzte Lena und vergaß die Johannisbeeren. »Wie ist der Richter denn so? Nett? Jung wie ich? Ist er mehr ein Stadtmensch oder mag er auch das Land?«

»Stadtmensch, Landmensch ...«, lachten die Eltern. »Stell uns doch nicht solche Fragen. Wie wir dich kennen, willst du das sowieso selbst herausfinden.«

Beim Kochen sagte Lena das Rätsel vor sich her, beim Essen wog sie den Kopf, am Nachmittag blies sie die Wangen auf, bis sie kugelrund waren.

»Ganz schön schwierig, was sich der Richter für mich ausgedacht hat«, murmelte sie. »Aber warte nur, es ist nicht schwierig genug.«

Mit diesen Worten ging sie ins Bootshaus und zeigte mit dem Finger herum. »Diese Bretter hier brauche ich, und das Netz wird mir ebenfalls nützlich sein. Das ist tatsächlich schon alles. Jetzt halt dich fest, lieber Richter.«

Lena wartete, bis die Sonne unterging, danach holte sie die Bretter aus dem Bootshaus und legte damit einen schmalen Steg zur Stadt.

Wieder daheim, zog sie ihr Kleid aus und hängte sich das Fischernetz um. Weil es ihr Spaß machte, schmückte sie das graue Ding mit Rosenblüten. Ein paar Lilien steckte sie auch noch dazu.

»Haltet mir den Daumen«, rief sie anschließend und schritt leichtfüßig über den Brettersteg.

Die Eltern winkten ihr nach. »Das machen wir.«

Gegen Abend erreichte Lena die Stadt, die Leute drehten sich nach ihr um, ein paar Kinder liefen ihr nach und lärmten: »Was trägst du nur für Zeug? Was machst du für komische Sachen?«

»Verrückt, nicht wahr?«, scherzte sie, schwenkte ihr Blumenkleid und schenkte ihnen eine Rose.

Der Richter stand vor dem Haus und staunte nicht schlecht, als er sie so daherkommen sah.

»Du bist nicht angekleidet und nicht nackt«, zählte er auf und küsste ihr die Hand wie einer Edelfrau. »Es dämmert, also ist es nicht Tag und nicht Nacht. Du benutzt keine Straße und keinen Seitenweg. Respekt, du hast das Rätsel blendend gelöst.«

Damit legte er Lena seinen Umhang um und brachte sie mit seiner Kutsche nach Hause. Sie unterhielten sich prächtig und spazierten zum See. Dort legte der Richter zärtlich seinen Arm um sie.

Die Wellen schlugen weich an den Steg, die Sterne spiegelten sich im Wasser und sahen aus, als gäbe es sie doppelt.

Aus den beiden wurde ein Paar; eines Tages schenkte der Richter Lena einen Ring und kniete sich ergeben vor sie hin. »Möchtest du meine Frau werden?«

Lena sah dem Richter lange in die Augen. »Ja, das möchte ich. Von Herzen gern.«

»Versprichst du, den Leuten, die vor mir einen Prozess führen, keine Ratschläge zu erteilen?«, fragte der Richter weiter.

Lena nickte. »Selbstverständlich, das Gericht ist deine Angelegenheit.«

Und so zog Lena zum Richter in die Stadt.

Eines Tages wurde sie von einem früheren Nachbarn angesprochen.

»Ich habe Streit mit dem Huberbauern. Er kann den Hals nicht voll genug kriegen und behauptet, dass mein Acker ihm gehört. Dein Mann hat uns ein Rätsel aufgegeben, doch ich verstehe von solchen Sachen nichts. Aber wie soll ich meine Familie ernähren, ohne den Acker? Sei so gut und hilf mir.«

Lena erklärte dem Nachbarn, dass das nicht ging, doch der redete so lange auf sie ein, bis sie das Rätsel für ihn löste.

Wohl fühlte sie sich dabei nicht. Sie hatte ihr Wort gebrochen. Außerdem würde ihr Mann Verdacht schöpfen.

Das Unvermeidliche geschah: Vor dem Prozess verabschiedete sich der Richter herzlich von Lena, hinterher aber machte er ihr die bittersten Vorwürfe.

»Der Huberbauer hat mir im Gerichtssaal auf den Kopf zugesagt, dass die Lösung des Rätsels von dir stammt. Die Leute haben gegrölt und gepfiffen. Sie haben sich geschüttelt vor Lachen.«

Lena senkte betroffen den Kopf: »Verzeih mir. Das war ein dummer Fehler.«

»Ein unwiderruflicher Fehler«, grollte der Richter. »Du hast mich vor den Leuten lächerlich gemacht. Du hast mein Vertrauen missbraucht. So leid mir es tut, du musst zu deinen Eltern zurück.«

Mit diesen Worten ging er ins Arbeitszimmer und warf die Tür hinter sich zu. Seine Worte schienen noch im Flur zu schweben und fielen nacheinander zu Boden, klobig wie gehacktes Holz.

Lena packte betrübt ihre Koffer und holte die Schuhe aus dem Schrank. Nur gehen wollte sie nicht. Sie liebte ihren Mann. Es ging gar nicht anders: Sie musste ihn umstimmen.

Lena überlegte, wie ihr das gelingen konnte, zog sich die Schuhe an, holte noch den Schal und die Tasche. Unterdessen aber dachte sie haarscharf nach. Und doch mit einer Leichtigkeit, die sie immer befiel, wenn sie schwierige Aufgaben zu lösen hatte.

»Ich habe gekocht und würde zum Abschied gerne mit dir essen«, sagte sie eine Stunde später zum Richter und stand mit einem Fuß im Arbeitszimmer und mit dem anderen im Flur. »Außerdem möchte ich das Liebste mitnehmen, das ich habe. Erlaubst du mir das?«

Der Richter war damit einverstanden und setzte sich an den Tisch, Lena trug das Essen auf und goss Wein in die Gläser.

»Prost. Ich werde dich nie vergessen«, seufzte sie und streifte ihn mit traurigen Blicken.

»Ich dich auch nicht«, gestand er, spülte den Kummer mit großen Schlucken hinunter und ließ sich wieder nachschenken.

Nach einer Weile war der Richter so betrunken, dass er nicht merkte, wie Lena ihn aus dem Haus brachte. Er merkte auch nicht, dass sie ihn in die Kutsche setzte und zu ihren Eltern fuhr.

Als der Richter am nächsten Morgen erwachte, fand er sich in Lenas altem Zimmer wieder, schüttelte den Kopf und musste herzhaft lachen.

»Das Liebste mitnehmen – wieso bin ich nicht schon gestern darauf gekommen?«

Lena strich ihm zärtlich durchs Haar. »Weil ich klüger bin als du?«

Der Richter schlang die Arme um sie. »Listiger, mein Schatz, listiger.«

Die Meisterdiebe

Es war Ende Februar, ein kühler Wind wehte den Hügel hinauf. Er ließ die Wachen frösteln und an heißen Tee mit Rum denken.

Paul war den Weg von der Stadt her gerannt und hatte andere Gedanken. Sie waren bei Ferdl, seinem Freund. Er war oben auf dem Hügel. Er genoss aber nicht die Aussicht auf die Stadt. Er war von den Soldaten des Grafen eingesperrt und heute Morgen an den Galgen geknüpft worden.

Paul schlich an den Wachen vorbei, kam schließlich zum Galgen und flüsterte: »Da baumelst du nun, Ferdl, und grinst, wie du immer gegrinst hast. Als wir den Hofdamen den Schmuck abgenommen haben. Als wir dem reichen Kaufmann das Geld stibitzt haben ... Das Größte aber ist, dass wir letzte Woche den Grafen um einen Sack Goldmünzen erleichtert haben. Schade, dass wir nicht mehr dazu gekommen sind, die Beute aufzuteilen. Der Graf hat den Blinden zu seinem Ratgeber ernannt. Der ist selbst einmal Dieb gewesen und weiß, wie wir denken. Seinetwegen hängst du jetzt da oben, Ferdl. Aber keine Bange, ich hole dich herunter und schaufle dir ein Grab. Dem Grafen und dem Blinden jedoch werde ich eine Lehre erteilen. Eine, die sie so schnell nicht vergessen werden.«

Paul überlegte, wie er das anstellen sollte, schlich wieder den Hügel hinab und ging zurück in die Stadt.

Bei den Spielleuten erstand er bunte Kleider, beim Weißen Rössl kaufte er ein Fass billigen Wein.

»Ho-ruck«, tönte er und lud das Fass auf einen Pferdewagen. Daheim schüttete er eine gehörige Portion Schlafpulver hinein.

Anschließend bohrte er kleine Löcher in die Dauben und drückte ebenso kleine Stöpsel drauf.

»Das wird ein Spaß!«, rief er dann und trieb die Pferde an. »Gleich bist du erlöst, Ferdl.«

Beim Galgen angekommen zog Paul die Stöpsel wieder heraus und schrie: »Das Fass ist gebrochen, der Wein rinnt davon! So ein Jammer, es ist ein ausgezeichneter Jahrgang!«

Die Wachen liefen herbei, hatten aber nichts, womit sie den Wein auffangen konnten, also sperrten sie kurzerhand die Münder auf und tranken. Einer schluckste, ein anderer rülpste. Danach kippten sie der Reihe nach um und fingen laut zu schnarchen an.
Paul wünschte ihnen angenehme Träume, nahm seinen Freund vom Galgen und begrub ihn an einer versteckten Stelle im Wald.
Hinterher streifte er den Wachen die Kleider über, die er von den Spielleuten erstanden hatte: Karierte Hosen, Hemden mit Punkten, Mützen mit Glöckchen. »Sehen sie nicht klasse aus, Ferdl?«, lachte er und redete mit seinem Freund, als ob er immer noch an seiner Seite wäre. »Wie echte Helden. Der Graf und sein Berater werden sich grün und blau ärgern.«
Zuhause holte Paul die gestohlenen Goldmünzen aus dem Schrank und begann sie zu zählen. Es waren viele, sehr viele. Genau genommen hätte Paul seinen Beruf an den Nagel hängen können.
Seinen Anteil versteckte er im Keller unter einem Haufen Kohlen, den Rest trug er sofort zu Ferdls Frau. »Damit hast du ausgesorgt«, sagte er und brachte ihr schonend bei, dass ihr Mann nicht mehr unter den Lebenden war. »Dein Ferdl ist jetzt im Himmel bei den Engeln«, meinte er noch. »Sein Grab ist bei den Birken in der Nähe vom Galgen. Da ist es ruhig, und die Sonne scheint schön hin.«
Am nächsten Morgen hörte Paul in der Gasse Hufgetrappel und warf einen Blick aus dem Fenster. Doch da war kein Reiter mit Pferd oder sonst etwas, was man bei diesem Geräusch hätte erwarten können. Da war ein Hirsch. Wie kam er in die Stadt? Und wer hatte sein Geweih vergoldet?

»Wer wohl?«, murrte Paul und dachte gleich an den neuen Ratgeber des Grafen. »Der Blinde natürlich. Der hat die verkleideten Wachen gefunden und will mir eine Falle stellen. Da muss er aber früher aufstehen, der Gute.«

Mit diesen Worten stieg Paul in den Keller, nahm eine Hacke und grub unter größter Anstrengung ein Loch zur Gasse hinauf. Aus dem Hinterhof holte er Zweige und Gras, bedeckte damit das Loch, stellte sich anschließend wieder ans Fenster und hielt nach dem Hirsch Ausschau. Der tappte unschlüssig von der Schneiderei zur Bäckerei. Dort roch er das Gras, machte kehrt und brach kopfüber durch die Zweige.

»Na also«, meinte Paul, lief in den Keller und schaufelte das Loch wieder zu. »Freu dich, Ferdl. Dir zu Ehren gibt es heute Hirschbraten.«

Er zerlegte den Hirsch, würzte ein Stück Fleisch und ließ es in einer feuerfesten Form im Rohr garen. Ein herrlicher Duft erfüllte die Küche und zog aus dem geöffneten Fenster durch die Gasse.

Kaum stand der Braten auf dem Tisch, klopfte es, ein Bettler steckte den Kopf zur Haustür herein.

»Bei dir riecht es so verlockend«, sagte er. »Ich habe einen Bärenhunger. Darf ich vielleicht ...«

»... mitessen«, kam Paul ihm zuvor und lüpfte die Brauen.

Der Bettler war blind und hatte einen Stock, mit dem er sich vorantastete. Das konnte nur einer sein: der Ratgeber des Grafen, oder?

Paul ließ den Blinden am Tisch Platz nehmen, legte ihm zwei Scheiben Braten auf den Teller und fing selbst zu essen an. Den Blinden behielt er im Auge. Das Schlitzohr hatte etwas vor, das war ihm anzusehen. Von den Haar- bis zu den Zehenspitzen.

»Schmeckt's?«, fragte Paul und staunte, wie geschickt der Blinde mit Messer und Gabel umging.

»Und wie«, antwortete der. »Was ist das für Fleisch? Wildschwein, Reh? Woher hast du es?«

»Es ist von einem Hirsch, er war plötzlich in der Gasse«, erklärte Paul und ließ sich bereitwillig aushorchen. »Das Geweih ist vergoldet, es hängt in meiner Stube. Aber sei so gut und verrate mich nicht.«

»Gott bewahre«, erwiderte der Blinde, legte scheinheilig drei Finger aufs Herz und aß den Teller leer.
Danach hatte er es plötzlich eilig, klapperte mit dem Stock zur Tür hinaus und bedankte sich vorher noch fürs Essen.
Paul wartete, bis das Klack-Klack in der Gasse verhallt war. Dann trat er vors Haus und rollte die Lippen zu Henkeln. »Hab ich's mir doch gedacht, der Blinde hat meine Tür mit Kreide gekennzeichnet. Aber dem gehen wir nicht auf den Leim, Ferdl. Der wird sich an uns beiden die Zähne ausbeißen.«
Paul schaffte es gerade noch, die Kreidestriche wegzuwischen, da rannten Soldaten von Haus zu Haus und schimpften: »Stinkende Pferdeäpfel, dampfende Kuhfladen, wo ist nun dieses Zeichen? Und wo ist der Kerl, der die Wachen hereingelegt und den Dieb vom Galgen genommen hat?«
»Wo wohl?«, kicherte Paul und schnitt vom Fenster aus Grimassen auf sie hinab. »Zugegeben, schlau ist er ja, der Blinde. Doch wir sind die Schlaueren, nicht wahr, Ferdl?!«
Die Soldaten rannten weiter, Paul hingegen wollte den Spieß umdrehen, griff sich ein Stück Kohle und gelangte auf Schleichwegen zum Schloss des Grafen.
Dort malte er ein weitum sichtbares X ans Tor. Daneben malte er noch ein Gesicht und schrieb mit dicken Buchstaben: »Punkt, Punkt, Komma, Strich. Hier drin wohnt der Bösewicht.«
Es dauerte eine Weile, bis die Soldaten unverrichteter Dinge zum Schloss zurückkehrten und am Tor die Zeichen sahen.
»Alarm, Alarm!«, schrien sie und holten den Grafen.
Der kochte vor Wut und donnerte: »Bringt mir diesen unfähigen Kerl, den Blinden, her! Und löscht diese Schmiererei weg! Bin ich denn von lauter Trotteln umgeben?«
»Stümper wäre treffender«, lachte Paul und genoss das Schauspiel aus sicherer Entfernung. »Das kommt davon, wenn man sich mit Meisterdieben wie uns anlegt. Stimmt's, Ferdl, oder habe ich recht?«
Am nächsten Tag hatte Paul nichts mehr zum Lachen – in der Stadt waren Soldaten ausgeschwärmt, stiefelten durch die Gasse, hämmerten an die Pforte der Bäckerei und der Schneiderei.

Nichts wie weg, dachte Paul, holte die Goldmünzen unter dem Kohlenhaufen hervor und schlich durch die Gassen. Den Grafen so an der Nase herumzuführen, naja, das war wohl doch keine gute Idee gewesen.

Vor dem Rathaus wurde Paul aufgehalten, aber nicht erkannt.

Auf dem Marktplatz wurde er von Soldaten verfolgt, ging ihnen aber durch die Lappen.

Am Stadttor wurde er von einem Trupp Soldaten umzingelt und mit Wucht zu Boden geworfen. »Haben wir dich, Halunke! Dieses Mal kommst du uns nicht davon!«

»Saubande«, maulte Paul und ärgerte sich darüber, dass der Blinde nun doch gewonnen hatte. »Das war's, Ferdl, Ende der Fahnenstange. Was denkst du, lässt der Graf mich köpfen oder hängen?«

»Weder noch«, behaupteten die Soldaten, brachen in schallendes Gelächter aus und halfen Paul unerwartet auf. »Er hat den Blinden entlassen und braucht einen neuen Ratgeber. Also komm mit, du Schelm. Und mach keine Faxen, du ausgefeimter Gauner du.«

Der Schmiedlehrling

Daniel ging über den staubigen Dorfplatz und trat in die Werkstatt.

Dort war es drückend heiß, in der Esse glühten Kohlen, am Amboss stand der Schmied und klopfte ein Stück Eisen flach.

»Guten Tag«, sagte Daniel und zeigte dem Schmied sein Schwert. »Das hab ich bei meinem früheren Meister angefertigt. Ich will aber noch lernen, wie man Degen schmiedet und Rüstungen macht. Könntet Ihr einen Lehrling wie mich brauchen?«

Der Schmied nahm das Schwert, prüfte den Schliff, die Form und den Stahl. »Respekt, junger Mann, das ist dir hervorragend gelungen. Doch ich hab schon einen

Lehrling. Probier's im Schloss, wenn du bei der Arbeit nicht wählerisch bist. Dort wird dringend ein Hirte gesucht. Und frag bei mir im Herbst wieder an, vielleicht ergibt sich bis dahin etwas.«

Daniel dankte dem Schmied und trat auf den Platz; anschließend lief er zum Schloss, das am Ende des Dorfes auf einer Anhöhe stand.

Es war nicht sonderlich groß, eher zierlich, mit oben spitz zulaufenden Fenstern und verträumten Erkern.

Nichts wie hin, dachte Daniel. An so einem schönen Ort zu arbeiten wird mir bestimmt gefallen.

Eine Magd brachte ihn zur Gräfin und zum Grafen, die ihn überaus höflich begrüßten.

Kurz darauf hatte Daniel die Stelle als Hirte. Das Grafenpaar führte ihn sogar herum, zeigte ihm seine Kammer und zuletzt noch die Schafe.

»Du musst sie dort hinauftreiben«, erläuterte die Gräfin, deutete mit der Hand zu einem niedrigen Berg und beschrieb Daniel den Weg.

»Pass aber auf, dass sie nicht zur Almwiese laufen«, mahnte der Graf. »Das ist ein verwunschener Ort. Wir möchten dich heil wiedersehen. Tu uns und dir selbst den Gefallen und geh da nicht hin.«

Daniel versprach es und ließ voller Tatendrang die Schafe aus dem Stall. Einige waren braun, andere weiß-schwarz. Sie wuselten über den Hof, hüpften herum, dass ihre Schellen bimmelten und blökten ausgelassen.

Am Tor stand ein hübsches Mädchen, mischte sich unter die Schafe und zeigte auf ein Lamm.

»Das ist Milli«, erklärte sie. »Tust du mir den Gefallen und achtest besonders gut auf sie?«

»Aha, ein Sonderwunsch, der kostet extra«, scherzte Daniel und spürte, wie seine Wangen rot wurden.

Das Mädchen hatte das dunkle Haar der Gräfin und die hellen Augen des Grafen. Es war Selda, ihre Tochter. Vorhin hatten sie von ihr gesprochen. Und er – Daniel – redete nur Blödsinn.

Selda sah ihm die Verlegenheit an und musste lachen, Daniel hingegen stotterte und kriegte auch noch rote Ohren.
»Ihr seht schon, ich bin neu hier«, meinte er schließlich. »Ich passe gerne auf Milli auf. Macht Euch keine Gedanken.«
Am liebsten wäre er noch länger geblieben, doch die Schafe drängten zum Tor hinaus, er musste hinter ihnen her. Dabei kam er sich vor wie eine Feder im Wind.
»Dieses helle Lachen, dieser Blick«, schwärmte er. »Und überhaupt, Selda, was für ein wohlklingender Name.«
Kaum war Daniel auf dem Berg, rissen die Schafe aus und grasten ausgerechnet dort, wo es verboten war.
»Raus da, sofort!«, rief er und lief ihnen nach.
Doch die Schafe wichen ihm aus. Sie ließen sich weder zurückpfeifen noch einfangen.
»Sture Vierbeiner«, brummte er und war vom Laufen bald so angestrengt, dass seine Lunge stach. »Meinetwegen könnt ihr auf der Almwiese bleiben. Hier ist nichts verwunschen. Die Grillen zirpen, die Schwalben jagen Mücken nach. Der Graf hat da wohl übertrieben.«
Plötzlich war in der Luft ein Rauschen: Ein abscheulicher Drache flog über die Wiese. Er klappte sein Falltür-Maul auf und wollte ein Lamm schnappen. Und zwar gerade Seldas Lamm. Das würde ihm nicht gelingen, diesem Wurm mit Fischschuppen und Fledermausflügeln!
»Vergiss Milli, an mir ist mehr dran!«, schrie Daniel. »Komm her, du hinterhältiges Vieh!«
Der Drache riss den Kopf herum und flog einen Bogen, Daniel griff furchtlos zum Schwert und ließ ihn herankommen.
Als er nahe genug war, schlug er mit aller Kraft zu.
Der Drache fiel wie ein Sack Kartoffeln zu Boden. Bevor er starb, spuckte er noch einen Schlüssel aus.
Daniel hob den Schlüssel auf und ließ ihn am Finger baumeln. »Groß, schwer«, bemerkte er, »passt vielleicht zu einem Tor.«
Ob es in der Nähe war? Bei einer Festung oder einem Bergbauernhof?

Daniel machte sich auf die Suche, streifte durch ein Waldstück und kam zu einem Felsen. Er war glatt wie Metall und glich einem Tor. Und da rechts – das war tatsächlich ein Schlüsselloch. Daniel zögerte nicht und steckte den Schlüssel hinein.
Knirschend schob sich das Tor auf. Ein großer, hell beleuchteter Saal und drei Pferde waren dahinter zu sehen. Es waren ein Rappe, ein Falbe und ein Schimmel. Sie trappelten auf Daniel zu und beschnupperten ihn zutraulich.
Die Pferde schubsten ihn sanft in den Saal, vorbei an Möbeln, Statuen, Schatullen mit Schmuck und Edelsteinen. Daniel kam aus dem Staunen nicht mehr heraus. Jetzt stand er vor Rüstungen, die so glänzten, als ob ein Schmied sie gerade eben poliert hätte.
»Aber hallo, wem gehören die?«, murmelte er und klopfte mit den Fingerknöcheln darauf. »Die ist aus Eisen, die aus Silber, die ist aus Gold. Ob ich sie vielleicht anprobieren kann?«
Die Pferde schienen zu nicken und so schlüpfte Daniel nacheinander in die Brustpanzer und stülpte sich abwechselnd die Helme über den Kopf. Alles passte wie angegossen. Seltsam, äußerst seltsam.
Daniel musste wieder zurück zu den Schafen; er schloss das Tor hinter sich ab und trug eine Menge Fragen zur Almwiese: Wem gehörte der unterirdische Saal? Wem gehörten die Rüstungen, wem die Schätze und die Pferde?
Aber eins nach dem anderen. Er hatte das Rätsel um den Schlüssel gelöst. Mit etwas Glück würde er dieses Geheimnis auch lüften.
Am Abend trieb Daniel die Schafe ins Tal und fand im Schlosshof unerwartet viele Leute vor. Knappen bauten Zelte auf, die Gräfin hieß edle Gäste willkommen, der Graf eilte mit fliegendem Mantel durch den Hof und redete mit mehreren Rittern gleichzeitig.
Im Stall war ein Knecht; er grüßte Daniel und gab den Schafen Wasser.
»Draußen geht's zu«, meinte er und holte noch Streu. »Morgen findet ein Pferderennen statt. Stell dir vor, der Sieger darf um Seldas Hand anhalten.«
Vor Schreck stolperte Daniel über Milli und hinterher stieß er auch noch den abgestellten Wassereimer um.

Schuld daran hatten fünf Buchstaben: S, e, l, d, a – Selda. Schuld daran hatten die Ritter und dieses Pferderennen.
Auf dem Weg zu seiner Kammer fiel Daniel ein, dass er auch Pferde hatte. Selbst Helme und Rüstungen standen ihm zur Verfügung.
Wie gut sich das trifft, dachte er und war fest entschlossen, sich am Rennen zu beteiligen. Gewinnen musste er auch. Und verhindern, dass so ein dahergelaufener Ritter um Seldas Hand anhielt.
Am nächsten Tag stand Daniel früh auf, trieb die Schafe zur Almwiese und trat in den unterirdischen Saal.
»Jetzt gilt's«, sagte er und machte sich Mut.
Die eiserne Rüstung war mit Nieten verziert. Der Rappe war ganz wild darauf, auszureiten.
Er jagte ins Tal, als ob er den Weg kennen würde, und mischte sich ins Rennen, das gerade begonnen hatte.
Der Rappe machte sich lang und war unglaublich schnell.
Wiehernd zog er an den anderen Pferden vorbei, mit einem Satz sprang er über die Ziellinie.
»Bravo, bravo!«, rief das Publikum von der Tribüne.
»Das war klasse«, lobte Selda und warf Daniel einen Veilchenstrauß zu.
Lächelnd ging sie zu ihm hin und fragte: »Wer seid Ihr, Ritter? Nehmt doch den Helm ab und lasst Euch anschauen.«
»Ich schaue viel lieber Euch an«, entgegnete Daniel, der nicht erkannt werden wollte. Dann verneigte er sich und sprengte mit dem Rappen davon.
Am nächsten Tag gab es ein weiteres Rennen, Daniel wollte wieder dabei sein und scheuchte die Schafe bergan.
Hastig schloss er das Felsentor auf und lief in den Saal. Die silberne Rüstung war leicht, auf dem Weg ins Tal schüttelte der Falbe stürmisch die Mähne.
Beim Rennen preschte er an den Reitern vorbei, als ob sie auf Mauleseln säßen, tänzelte und erreichte so die Ziellinie.
»Hurra!«, jubelte das Publikum und stampfte mit den Beinen.

»Das war fantastisch«, schmeichelte Selda und übergab Daniel den zweiten Veilchenstrauß.

Danach blickte sie ihn mit ihren hellen Augen an und sprach: »Nicht so schüchtern, mein Held. Nehmt den Helm ab und zeigt mir Euer Gesicht.«

»Wozu, wenn das Eure so hübsch ist?«, gab Daniel zurück.

Er warf ihr eine Kusshand zu, trieb den Falben an und machte sich erneut aus dem Staub.

Am kommenden Tag sollte das dritte und letzte Rennen stattfinden.

Vom eiligen Aufstieg kam Daniel schnaufend beim Felsentor an. »Aller guten Dinge sind drei«, scherzte er, schloss auf und zog flugs die goldene Rüstung an. Sie trug ein Wappen mit Lindwurm. Der Schimmel trabte ins Freie, galoppierte über die Almwiese und schien Flügel zu haben.

In kürzester Zeit war er im Tal, fegte wie ein Sturm über die Rennbahn und sprang übers Ziel, als würde er schweben. Der Applaus war wie ein tosender Wasserfall.

Daniel fing den dritten Veilchenstrauß auf, malte für Selda ein Herz in die Luft und verschwand, bevor sie zu Wort kam.

Voller Freude brachte er den Schimmel zurück in den unterirdischen Saal, sah nach den Schafen und ließ auf einmal den Kopf hängen. Die Erwartung in Seldas Augen, der traurige Blick ...

»Du Esel«, schimpfte er und redete mit sich in der zweiten Person. »Du hast Hoffnungen in ihr geweckt. Du hast sie enttäuscht. Sieh zu, dass du dich entschuldigst.«

Am Abend trieb er die Schafe ins Schloss und wartete, bis es dunkel war.

Dann tappte er durch den Hof, als würde er Prügel auf den Schultern tragen.

»Hallo«, wisperte er und bewarf Seldas Fenster mit Kieselsteinen.

Selda öffnete. »Ach, du bist's. Ist etwas mit Milli?«

Daniel schüttelte den Kopf. »Nein, ich bringe die Veilchen.«

Ein paar Atemzüge später stand Selda im Hof und hängte Frage an Frage.

»Du kennst den Ritter, der die Rennen gewonnen hat? Wieso schickt er dich und kommt nicht selbst? Warum macht er mir immer Komplimente? Und wieso reitet er nach jedem Rennen fort?«

»Weil ...«, stotterte Daniel und hielt die Veilchen in der Hand, als ob sie seine Rettung wären. »Weil er nicht das ist, was Ihr denkt.«
»So? Was ist er dann?«, forschte Selda.
»Ein Dummkopf, ein ...« stotterte Daniel erneut. »Er hätte sich ... falsch ... ich hätte mich an den Rennen gar nicht beteiligen dürfen.«
Damit übergab er Selda die Veilchen, sein Blick suchte den ihren und ließ ihn nicht mehr los. »So gern ich auch möchte, ich kann nicht um Eure Hand anhalten«, gestand er traurig. »Ich bin nur das was ich bin, ein Schmiedlehrling und kein Ritter.«
Stille breitete sich aus und wuchs über den Hof wie eine Schlingpflanze. Gleich setzt es Ohrfeigen, befürchtete Daniel. Gleich ruft Selda die Wachen und lässt mich ...
»... einsperren«, hörte er sie jetzt tatsächlich sagen. »Wenn du mir noch einmal den Rücken kehrst, lasse ich dich ins dunkelste Verließ dieses Schlosses bringen.«
Sie war aber nicht zornig, sondern lachte so hell, wie sie vor Tagen gelacht hatte. Daraufhin nahm sie Daniels Hand und brachte ihn zu ihren Eltern.
Dort begann er zu erzählen: Von den Schafen, die zur die Almwiese gelaufen waren, vom Drachen mit dem Schlüssel, von dem Felsen, der eigentlich ein Tor war.
Hinterher führte Daniel die drei auf den Berg und zeigte ihnen den unterirdischen Saal.
Zu seiner Verwunderung sprachen die Pferde plötzlich wie Menschen und wandten sich an den Grafen:
»Ich bin dein Urgroßvater und habe Daniels Vorfahren um die Almwiese betrogen«, bekannte der Rappe. »Zur Strafe wurde ich nach meinem Tod in ein Pferd verwandelt und an diesen Ort verbannt.«
»Ich bin dein Großvater und habe dem Urgroßvater geholfen«, gestand der Falbe. »Das war ein Fehler, den ich sehr bereue.«
»Ich bin dein Vater«, erklärte der Schimmel. »Ich habe alles gewusst und nichts dagegen unternommen.«
Anschließend entschuldigten sich die drei bei Daniel und wollten das Unrecht wieder gutmachen. »Die Almwiese gehört dir«, sagten sie wie aus einem Mund. »Auch der Saal, die Rüstungen, die Schätze in den Schatullen und alles andere dazu.«

»So viel?!«, staunte Daniel. »Das ist unfassbar, das ist ...«
Er brachte den Satz nicht zu Ende. Er hatte nur noch einen Gedanken und wandte sich an Selda. »Kannst du nun darüber hinwegsehen, dass ich kein Ritter bin? Ich meine, darf ich um deine Hand anhalten?«
Selda lachte wieder so hell und so schön. »Ich warte seit dem ersten Rennen darauf. Nein, ich warte schon darauf, seit wir uns begegnet sind. Mir ist nämlich egal, ob du Hirte, Schmiedlehrling oder sonst wer bist.«

Geschwind-wie-der-Wind, Pack-an und Eisenfest

In der Hütte war es dämmrig und still, Julian saß am Bett seines todkranken Vaters. »Hast du Durst?«, fragte er und hielt seine Hand. »Oder möchtest du ein bisschen Suppe?«
»Danke, ich brauche nichts«, antwortete der Vater und war so schwach, dass seine Stimme fast nur ein Hauch war. »Ich muss bald die Reise in die Ewigkeit antreten. Aber sorg dich nicht, ich bin immer bei dir, nur anders eben. Wie der Wind in den Bäumen. Wie die Sterne, die dir den Weg weisen. Außerdem hast du die drei Hunde. Geh mit ihnen auf Wanderschaft, und du wirst dein Glück machen.«
Der Abend kam, der Mond zog stumm seine Bahn. Am Morgen starb der Vater. Die Hunde winselten kläglich und Julian saß immer noch am Bett. Tränen liefen über seine Wangen und tropften auf seinen Hemdkragen.
Nach dem Begräbnis packte Julian tatsächlich seine Sachen und zog in die Welt, wie der Vater es ihm geraten hatte.
Einfach war das nicht, die Trauer machte seine Schritte schwer. Aber die Hunde sahen ihn mit treuen Augen an, als wollten sie sagen: »Du kannst jederzeit auf uns zählen.

Du bist nicht allein.« Auch sonst ließen sie es ihm an nichts fehlen. Geschwind-wie-der-Wind jagte für ihn die flinksten Hasen. Pack-an schlug bis auf die Zähne bewaffnete Wegelagerer in die Flucht, und Eisenfest machte selbst Wölfen und Bären den Garaus. So zog Julian mit ihnen von Ort zu Ort, lernte Land und Leute kennen und fand allmählich wieder Freude am Leben.
An einem Vormittag erreichte er eine Stadt und ging verwundert an den Häusern entlang. Warum hingen vor den Fenstern schwarze Tücher? Wieso war es in den Gassen so still? Kein Kinderlachen, kein Marktgeschrei ... Die Hunde sträubten das Fell, als ob sie Gefahr wittern würden.
»Das ist wegen des Drachens«, erklärte ein Bub, der vor dem Rathaus einen Krug mit Wasser füllte und so ängstlich war, dass seine Hände wie Blätter im Wind flatterten. »Das Untier haust oberhalb der Stadt und verschlingt täglich ein Mädchen. Gestern traf es meine Kusine, und heute ist die Prinzessin dran. Wehe, wenn sie um zwölf nicht vor der Drachenhöhle steht. Dann zerstört das Vieh die Häuser und frisst uns alle auf.«
»Wo gibt's denn so was?!«, empörte sich Julian und wollte mehr über den Drachen erfahren.
Doch der Krug war voll und der Bub lief in eine Gasse. Dabei verschüttete er das halbe Wasser.
Die Turmuhr schlug elf, eine Kutsche ratterte über die Pflastersteine. Sie war schwarz. Sie trug das Wappen der Königsfamilie.
Die Kutsche blieb am Brunnen stehen, ein älterer Herr stieg umständlich aus.
»Verliert nicht den Mut«, sagte er zu einer Frau, die noch in der Kutsche saß.
Sie war jung und hübsch und blass wie Pergamentpapier.
Der Herr ging zum Rathaus und plagte sich die Treppe zum Eingang hinauf. Dort angekommen, drehte er sich zum Platz hin und begann laut zu rufen: »Hört her, ihr Männer dieser Stadt. Die Prinzessin muss in einer Stunde zum Drachen. Das Königspaar lässt euch Folgendes ausrichten: Derjenige, der ihre Tochter rettet, bekommt als Belohnung das halbe Reich.«
Der Herr wiederholte die Kundmachung und hielt nach mutigen Männern Ausschau, die Turmuhr knackte und schlug Viertel nach elf.

Julian schaute sich ebenfalls um. Wo bleiben die nur, dachte er und hoffte, dass Türen aufspringen und Männer heraustreten würden. Doch die Türen blieben zu. Geschwind-wie-der-Wind, Pack-an und Eisenfest liefen vor dem Brunnen auf und ab und knurrten. Im Unterschied zu den Männern hätten sie es am liebsten gleich mit dem Drachen aufgenommen.

Enttäuscht plagte sich der Herr die Treppe hinab, in Julians Kopf hingegen standen die Gedanken Schlange. Ob es schnell ging, oben auf dem Hügel? Ob die Prinzessin sehr leiden würde? Grässliche Vorstellung, brrr.

»Ich tu's«, rief er entschlossen. »Ich kämpfe mit meinen Hunden gegen den Drachen.«

Als die Prinzessin das hörte, stieg sie auch aus und sah Julian traurig an. »Viele haben schon gegen den Drachen gekämpft, zu fünft, auch zu zehnt. Niemand hat überlebt. Sei nicht dumm, geh fort aus dieser unseligen Stadt. Der Aufruf meiner Eltern ist Wahnsinn.«

»Wahnsinn ist, wenn Ihr Euch opfert«, entgegnete Julian und hielt sie mit seinen Blicken fest. »Damit ist nur dem Drachen gedient. Morgen verlangt er womöglich zwei Mädchen.«

Als hätte er es mit den Hunden ausgemacht, sprangen sie an der Prinzessin hoch und fuhren ihr sacht mit der Zunge über die Wangen.

»Seid ihr nett. Ihr mögt mich wohl«, entfuhr es der Prinzessin.

»Das ist nicht schwer«, meinte Julian und entdeckte in ihrem Gesicht eine Spur Zuversicht und ein verhaltenes, dankbares Lächeln.

Um halb zwölf kehrte die Prinzessin ins Schloss zurück, Julian lief mit den Hunden zum Stadttor und sah einen Hügel. Dort sprachen die umgerissenen Bäume und die versengten Sträucher eine eindeutige Sprache. Der Drache spuckte also Feuer und er musste groß sein und verdammt stark.

Kurz vor zwölf hatte Julian den Hügel erklommen und blieb vor der Höhle stehen. Ein wüstes Schnauben kam heraus. Und ein Gestank, der an Aas und faule Eier erinnerte. Punkt zwölf wurde aus dem Schnauben ein Fauchen.

»In Deckung, der Drache ist im Anmarsch«, warnte Julian und wies die Hunde an, sich zu ducken.

Er selbst stellte sich breitbeinig hin und spürte, wie sein Herz einen Aussetzer hatte. Aber weglaufen galt nicht. Da war die Prinzessin. Da war der Bub mit dem Krug.
Der Drache stampfte aus der Höhle, drehte die schlitzförmigen Pupillen nach allen Seiten und hielt nach der Prinzessin Ausschau.
»Nichts da, heute gibt es kein Fressen«, rief Julian und merkte, dass sein Herz ein zweites Mal aussetzte.
Der Drache war noch größer, als er gedacht hatte. Die Krallen waren wie Haken, die Zähne glichen aneinandergereihten Klingen von Dolchen und Schwertern.
»Hierher! Komm schon, du Vielfraß!«
Der Drache rannte los und blies die Backen auf, ein gewaltiger Flammenstoß fuhr aus seinem Maul.
»Pfffch«, machte es, und noch einmal. »Pfffch.« Julian musste sich ducken und dehnen, damit er nicht verkohlt wurde.
Er ließ den Drachen so nahe herankommen, dass das Gesprenkelte in seinen Augen zu erkennen war. Dann pfiff er nach den Hunden. »Schnappt ihn euch, schnell!«
Die Hunde sprangen auf, Geschwind-wie-der-Wind erreichte den Drachen mit weiten Sätzen, lief bellend um ihn herum und brachte ihn dazu, stehen zu bleiben.
»Pfffch«, machte der Drache wieder, »pfffch.« Doch inzwischen war Pack-an da. Er sprang auf einen Stein und stürzte sich von dort aus mit Wucht auf den Drachen, so dass der aus dem Gleichgewicht kam und ächzend zu Boden ging.
»Pack-an, pass auf!«, schrie Julian und sah, wie der Drache im Fall nach dem Hund schnappte.
Doch Geschwind-wie-der-Wind biss dem Untier ins Bein und lenkte es ab. Julian brachte Pack-an in Sicherheit, dann war schon Eisenfest da.
Er schlug dem Drachen die Zähne in den Hals und ließ so lange nicht mehr los, bis das Untier tot war.
Julian vergewisserte sich, dass Pack-an keine Verletzungen davongetragen hatte, warf dann die Arme in die Höhe und jauchzte: »Ja, ja, der Drache ist erledigt!«
Vor Freude balgte er sich mit den Hunden auf dem rußigen Boden. »Ihr seid fantastisch, einmalig. Das hat er nun davon, dieser Mädchenfresser.«

Plötzlich waren Stimmen zu hören.
»Ihr vier solltet mal baden«, scherzte die Prinzessin, die den Kampf aus der Ferne gesehen hatte und nach seinem Ende auf den Hügel gestürmt war.
»Das wäre kein Fehler«, bestätigten die Königin und der König, die ihr mit unzähligen Leuten gefolgt waren.
Julian schmunzelte verlegen und kannte sich vor lauter Gedränge nicht mehr aus. Alle wollten den Hunden das Fell kraulen. Alle wollten sich bei Julian bedanken. Die Prinzessin tat das übrigens auch. Sie hieß Melinda. Ihre Küsse schmeckten nach Apfel oder nach Pfirsich. Oder nach beidem.
Der Trubel legte sich, also ließ der König den Drachen vergraben.
Danach trat die Königin vor und schüttelte Julian die Hand. »Wir stehen zu unserem Wort. Das halbe Reich gehört dir, nun bist du auch König.«
»Und das ist meine Königin«, lachte er und wollte gleich noch einmal wissen, wie Melindas Küsse schmeckten.
Dann fiel ihm sein Vater ein. Er war bestimmt in der Nähe und lachte auch. Auf seine Weise natürlich.

Die Müllerstochter

Draußen klapperte das Mühlrad, der Bach rauschte den Hügel hinab, Sofie wischte in der Mühle den Boden und ordnete die Gewichte nach deren Größe an.
Danach stellte sie sich ans Fenster und blickte in die untergehende Septembersonne. Endlich war Feierabend. Ihre Eltern waren noch mit dem Pferdewagen unterwegs und lieferten Mehl aus.
Auf einmal sah Sofie drei finstere Gesellen über die Wiesen laufen. Zerzaustes Haar, wilder Bart ... »Um Himmels Willen, wo wollen die denn hin?«, fragte sie sich. »Zur Pircherin? Zum Eller-Hof? Nein, zur Mühle herüber!«
Sofies Herz klopfte bis zum Hals und ihre Gedanken ballten sich zusammen. Im Schrank lag das Geld, mit dem die Eltern den Weizen zahlen mussten. »Wenn das den Schurken in die Hände fällt! Du liebe Zeit, das darf nicht passieren!«
Die Räuber stiegen über den Zaun und schlichen über den Hof; Sofie holte ein Holzscheit, stellte sich hinter die Tür und umklammerte es, dass ihre Fingerknöchel weiß hervorstanden.
»Gauner«, murmelte sie, als der erste Räuber zur Tür hereinschaute, und schlug ihn nieder.
»Lump«, zischte sie und schickte auch den zweiten ins Land der Träume.
Den dritten nannte sie einen Schuft, doch das Scheit streifte ihn nur.
Er taumelte und rannte fluchend davon. Im Hof fiel er fast hin, am Zaun drehte er sich um und brüllte: »Das zahl ich dir heim, Weibsbild!«
Sein Hemd war blutverschmiert, zwischen Stirn und Haaransatz klaffte eine längliche Platzwunde.
Gegen sechs kamen die Eltern heim und sahen die bewusstlosen Räuber im Flur liegen.
»Um Gottes Willen, warst du das, Sofie?«, rief die Mutter und drückte entsetzt die Hände an die Schläfen.
»Ja, die wollten uns ausrauben.«
»Drei ausgewachsene Kerle gegen ein Mädchen?«, empörte sich der Vater.

»Wie auch immer«, bemerkte Sofie zornig, »die sind bei mir an die Falsche geraten.«
Die Eltern holten Nachbarn herbei und ließen die beiden Räuber ins Gefängnis bringen. Danach lobten sie Sofie und staunten über ihren Mut.
»Jetzt heißt es aber vorsichtig sein, der entflohene Räuber könnte wiederkommen«, warnten sie. »Seine Drohung ist wohl ernst gemeint.«
Der Oktober färbte die Blätter gelb, der November brachte Regen, im Dezember fiel so viel Schnee wie seit langem nicht mehr. Zwischenfälle gab es keine. Sofie buk Kekse und freute sich auf Weihnachten. Den entflohenen Räuber hatte sie bald wieder vergessen.
Im Frühjahr betrat ein junger Mann die Mühle und rückte verlegen die Mütze zurecht. »Mein Name ist Kuno. Ich komme aus der Stadt und möchte Müller werden.«
»Das ist eine gute Entscheidung«, sagte die Mutter freundlich.
»Stimmt, das ist ein interessanter Beruf«, bestätigte der Vater. »Wenn du willst, kannst du bei uns in die Lehre gehen.«
Kuno nahm das Angebot an und schüttelte den beiden dankbar die Hand. Sofie führte ihn herum, erklärte ihm die Getreidesorten, die Lagerung und die Einstellung der Mühlsteine. Dabei beobachtete sie ihn aus den Augenwinkeln. Was für ein schönes Lachen er hatte. Wie kräftig und wissbegierig er war. Nur das mit der Mütze war seltsam. Warum nahm er sie nie ab? Hatte er eine Glatze oder Schlappohren?
Am Abend zeigte sie Kuno sein Zimmer und zupfte im Scherz an der Mütze. »Versteckst du da drunter Flöhe oder Läuse?«
»Finger weg!«, bellte er.
»Ich tu dir schon nichts, Schnappmaul.«
»Wie kommst du jetzt auf Schnappmaul?«, brummte Kuno und lachte schon wieder. »Du musst wissen, ich bin ein ausgesprochen seltenes Exemplar: ein Dauermützenträger nämlich.«
Die Zeit verging, Kuno scherzte viel und lernte fleißig; er schien nie müde zu werden, half beim Auf- und Abladen der Säcke und beim Ausliefern des Mahlgutes.
Im Sommer wollte er seine Eltern besuchen und lud Sofie ein, ihn in die Stadt zu begleiten.

Auf der Landstraße ging er neben ihr her und erzählte lustige Geschichten, in einem Waldstück jedoch riss er sich die Mütze vom Kopf und zeigte eine längliche Narbe her. »Du weißt, von wem die stammt, nicht wahr?! Jetzt bist du dran, Weibsbild!«
Sofie sah den Dolch, den er aus dem Stiefel zog, sah den Hass in seinen Augen und wurde weiß wie eine gekalkte Wand. Von wegen Lehrling und Eltern besuchen! Das war der Räuber, der sich an ihr rächen wollte!
Kuno hielt Sofie kaltblütig den Dolch an den Hals und brachte sie in eine Waldhütte, in der weitere Räuber waren. Sie spuckten Sofie ins Gesicht, fesselten sie an den Händen und banden sie auf einen Stuhl. Dann riefen sie die Haushälterin: »Bring reichlich Bier, Martina. Wir müssen auf Kunos Rückkehr anstoßen.«
Später trug die Haushälterin Essen auf, die Räuber setzten sich gierig an den Tisch und griffen zur Gabel. Es gab Rehbraten mit Preiselbeermarmelade. Gestritten wurde auch. Die Räuber waren wie kleine Kinder – jeder wollte zuerst aus dem Topf nehmen.
»Höh, ein Edelmann reitet durch den Wald«, rief plötzlich einer mit Schnurrbart und Schlapphut und steckte seinen klobigen Schädel zum Fenster herein. »Der noble Herr hat eine Schatulle mit Münzen bei sich. Die klingeln so hell wie ein Glockenspiel.«
»Ein feiner Pinkel, aha«, lachten die Räuber und vergaßen das Essen, »mit viel feinem Geld.«
Dann rammten sie die Gabeln in die Tischplatte und stürmten schubsend und drängelnd aus der Stube.
Nur Kuno war noch da und trat Sofie ans Schienbein.
»Bin gleich zurück«, schnarrte er. »Du kannst inzwischen anfangen zu beten!«
Damit rannte auch er davon und in der Stube wurde es still.
»Gemeiner Kerl«, schimpfte Sofie. »Hinterhältig und feig ...« Gleichzeitig stauten sich in ihrem Kopf die Gedanken:
Die Fesseln waren zu fest, um sich herauszuwinden.
Die Stuhlkante war zu stumpf, um sie durchzuscheuern.
Also blieb nur diese Martina.
Soeben kam sie aus der Küche und wollte das Essen warmstellen.
»Bind mich los«, flehte Sofie, »Kuno wird mir etwas antun.«

Die Haushälterin klapperte mit Topf und Deckel.
»Hilf mir, Kuno wird mich umbringen.«
Martina nahm den Topf, wieselte aus der Stube, die Küchentür fiel hinter ihr zu.
Im Wald gellten Schreie – Sofie riss verzweifelt an den Fesseln.
Draußen fielen Schüsse – drinnen stieß Sofie alles um, was sie mit den Füßen erreichen konnte.
Als im Wald ein Johlen laut wurde, ging Küchentür wieder auf.
»Lauf«, rief Martina und zerschnitt mit einem Messer die Fesseln, »und nimm mich mit, sonst bringt Kuno mich um.«
Sofie hetzte mit ihr aus der Hütte. Hinter einem Holzstapel schlugen sich die beiden Frauen ins Gebüsch.
»Da lang«, flüsterten sie abwechselnd, sprangen über Steine, Moos und Gestrüpp.
Die Frauen wähnten sich schon in Sicherheit, da bemerkten sie die Räuber, die auf sie zukamen. Sie sangen: »Lustig ist das Zigeunerleben ...«, schwenkten die Schatulle und prahlten voreinander damit, wie sie den Edelmann in die Flucht geschlagen hatten.
In ihrer Not kletterten die Frauen auf eine riesige alte Tanne und stellten sich auf einen Ast. Dumm war nur, dass die Räuber gerade unter dieser Tanne stehen blieben und die Schatulle aufbrachen. Als ob es keinen anderen Ort dafür gegeben hätte. Ausgerechnet!
»Was für ein Anblick!«, riefen die Räuber, wühlten mit den Händen in den Münzen und begannen sie zu zählen: »Eins, zwei, drei … zwanzig, dreißig, vierzig ...«
Bei sechzig knarrte der Ast, auf dem die Frauen standen; Sofies Atem flog, Martina hatte vor Anspannung Schweiß auf der Stirn.
Die Räuber waren im Zählen vertieft: »... siebzig, achtzig, neunzig …«
Bei hundert bog sich der Ast; Sofie konnte sich kaum noch halten, Martina rann der Schweiß über die Wangen und sammelte sich am Kinn.
Als die Räuber bei hundertdreißig angelangt waren, lehnte sich Martina vor, wodurch die Schweißtropfen auf die Männer hinabfielen.
Einer fluchte: »Sauwetter, es beginnt zu regnen.«
Ein anderer kommandierte: »Auf, Männer, da drüben ist ein Unterstand! Dort wird weitergezählt!«

Die Räuber stapften davon, die Frauen jedoch stiegen völlig erschöpft von der Tanne und lehnten sich an den Stamm.
»Was für Strohköpfe«, stellte Martina fest.
»Gefährliche Strohköpfe«, meinte Sofie. »Aber warte nur, jetzt wird abgerechnet.«
Sie nahm Martina an der Hand, hastete mit ihr ins nächste Dorf und trommelte Leute zusammen.
Die hatten mit den Räubern schon viele schlechte Erfahrungen gemacht. Sie holten Nudelhölzer, Mistgabeln und Sensen und folgten den Frauen zum Unterstand.
Die Bande war dabei, die Beute zu verteilen, und stritt sich heillos.
Als die Leute den Unterstand stürmten, waren die Räuber so überrascht, dass sie die Münzen fallen ließen und sich widerstandslos ergaben.
»Jetzt kommst du dorthin, wo du hingehörst«, knirschte Sofie und band Kuno unsanft die Hände auf den Rücken.
»Dort gibt es keinen Rehbraten mehr«, setzte Martina drauf und half mit, den Rest der Bande zu fesseln. »Nur Wasser und Brot. Herrschaftszeiten, bin ich froh, euch los zu sein.«
Die Räuber kamen ins Gefängnis, Sofie nickte zufrieden und hakte sich bei Martina ein.
»Danke, für alles«, sagte sie, »aber wo willst du jetzt hin? Hättest du Lust, bei uns in der Mühle zu arbeiten? Eine wie dich könnten wir dort gut gebrauchen.«
»Wenn du meinst, gerne«, antwortete Martina und machte sich mit Sofie auf den Weg. »Dann sind gleich zwei mutige Frauen im Haus. Wenn noch ein paar Räuber vorhaben, euch auszurauben, so sollen sie nur kommen.«

Die zwei Fischersöhne

Der See schillerte silbrig im Abendlicht, eine Amsel sang, die Brüder Simon und Johannes saßen mit ihren Eltern vor dem Haus und besserten Fischernetze aus. Simon schob eine lange Nadel durch die Maschen und stieß Johannes an, der gerissene Schnüre verknüpfte.

»Mutter, Vater, wir möchten eine Weile herumziehen und die Welt kennenlernen«, platzten die beiden wie auf Kommando heraus. »Wärt ihr damit einverstanden?«

Ihre Eltern sahen sich an, als ob sie diese Frage schon erwartet hätten, lächelten und seufzten gleichzeitig.

»Geht nur«, meinte der Vater. »In der Fremde kann man viel lernen.«

Die Mutter wischte heimlich eine Träne weg und mahnte: »Kommt aber beide heil wieder. Wir lieben euch sehr und möchten euch nicht verlieren.«

Mit diesen Worten ging sie ins Haus, brachte zwei Taschenmesser und schenkte sie ihren Söhnen. »Steckt sie in einen Baum, falls sich eure Wege einmal trennen«, sagte sie, »und kehrt später zurück, um nach den Klingen zu sehen. Glänzt die jeweilige Klinge, ist alles gut. Hat sie Rost angesetzt, braucht der Bruder in der Ferne dringend Hilfe.«

Simon und Johannes freuten sich über dieses besondere Geschenk, überließen die Fischernetze ihren Eltern und packten umgehend ihre Sachen.

»Die Welt ist groß, es gibt so viele Dinge zu sehen«, schwärmten sie abwechselnd. »Seit wir zehn Jahre alt sind, träumen wir schon davon herumzuziehen.«

Am nächsten Morgen marschierten die Brüder los; gegen Mittag kamen sie zu einer Weggabelung und blieben im Schatten einer Linde stehen.

Simon zeigte auf ein Schild, das eine Stadt ankündigte, und meinte: »Ich will Abenteuer erleben und gehe dorthin, wo etwas los ist.«

Johannes deutete auf das Schild, das in Richtung Meer wies, und erklärte: »Ich bin ein besonnener Mensch und will an einen Ort, wo Ruhe und Beschaulichkeit herrscht.«

Nach einigem Hin und Her beschlossen die beiden sich zu trennen und rammten die Messer in den Lindenstamm.

»Übertreib's nicht mit der Beschaulichkeit«, scherzte Simon und umarmte Johannes zum Abschied.
»Vergiss nicht, zwischen den Abenteuern auch mal Luft zu holen«, witzelte Johannes und klopfte seinem Bruder tüchtig auf die Schulter.
Danach wanderte Johannes zur Küste und fuhr mit den Fischern aufs Meer hinaus.
Simon hingegen erreichte nach ein paar Stunden die Stadt und schlenderte neugierig durch die Gassen. Aber wo waren die Leute? Auf den Feldern? Oder am See vor der Stadt? In was für ein verschlafenes Nest war er denn hier geraten?
Simon dachte schon ans Weiterziehen, da rannte eine Wache auf ihn zu und fuchtelte mit den Händen, als wollte sie Fliegen verjagen.
»Versteck dich!«, schrie sie. »Ein Ungeheuer lebt im See! Gleich kommt es an Land und frisst die Prinzessin auf. Wenn es nicht satt wird, reißt es die Stadtmauer nieder und verschlingt auch uns.«
»Verstecken soll ich mich? Niemals!«, stellte Simon klar und ließ sich von der Wache ein Schwert geben.
Das mit dem verschlafenen Nest nahm er wieder zurück. »Auf geht's, das Abenteuer ruft. Es kann doch nicht sein, dass ein Ungeheuer ein Mädchen frisst.«
Simon lief zum Stadttor hinaus, jagte eine lange Allee entlang und kam endlich zum See. Die Prinzessin stand alleine am Steg. Sie wirkte klein und verloren. Gerade so, als ob die Wellen sie angeschwemmt hätten.
»Was willst du hier?«, fragte sie und hatte vor Angst fast keine Stimme. »Geh weg, das Biest frisst auch dich.«
»Ich bleibe da«, antwortete Simon beharrlich. »Wenn du tust, was ich dir sage, wird das Biest keinem ein Haar krümmen.«
Die Prinzessin fasste Mut; kurz darauf schob das Ungeheuer seinen hässlichen Kopf aus dem Wasser, erblickte die beiden und schwamm aufs Ufer zu.
Es hatte ein Maul wie ein plattgedrücktes Tor, prustete und schnaubte. Es drosch mit der Schwanzflosse gegen den Steg, dass die Bretter im hohen Bogen davonflogen.
»Hierher!«, lärmte Simon und hastete am Strand auf und ab.
»Nein, hierher!«, tönte die Prinzessin und machte es ihm nach.

Das Ungeheuer wusste nicht, wen es zuerst fressen sollte und warf den Kopf nach links und nach rechts.
»Da schaust du, was?!«, meinte Simon und wartete, bis es den Kopf wieder zur Prinzessin drehte.
Dann nahm er Anlauf, sprang auf den massigen Rücken des Tieres, riss das Schwert nach oben und stieß mit aller Kraft zu.
Wieder am Boden versetzte er dem Ungeheuer mehrere Hiebe in die Seiten.
Mit einem gurgelnden Laut kippte es seitlich ins Wasser.
Es zuckte noch mit dem Schwanz, einmal, zweimal ... Danach war es mausetot.
Als die Prinzessin das sah, blies sie erleichtert die Luft aus den Backen und reichte Simon die Hand.
»Du bist ein Held«, sagte sie, um sich gleich darauf zu verbessern: »Du bist mein Held.«
»Und du meine Heldin«, entgegnete er.
Die beiden strahlten sich an, als hätte jemand in ihren Augen Laternen angezündet.
Die Prinzessin brachte Simon ins Schloss, ihre Eltern drückten ihm nasse Küsse auf die Wangen.
»Es ist unfassbar, du hast Julia zurückgebracht. Sie ist unser Ein und Alles, unser Leben. Wir stehen tief in deiner Schuld und treten das halbe Reich an dich ab.«
»Das halbe ...?«, begann Simon und kam vor Staunen nicht mehr weiter.
»... Reich«, bestätigten die beiden und legten gleich noch einige Küsse drauf.
Aus Julia und Simon wurde ein Paar. Sie wohnten im Schloss, lenkten die Geschicke des Reiches mit Umsicht und waren beim Volk sehr beliebt.
Eines Abends standen die beiden am Fenster und Simon zeigte zum Wald.
»Was ist das für ein bläuliches Licht?«, fragte er. »Sieh nur, wie hell es leuchtet.«
»Hell ja«, warnte Julia, »doch der Glanz täuscht. Diese Erscheinung lockt Menschen an. Viele haben sie gesucht, Alte, Junge. Sie alle sind nie zurückgekommen.«
Simon starrte sie entgeistert an, danach vergingen keine zehn Minuten und er ritt aus dem Schloss, als ob er hinter Räubern und Mördern her wäre.
In diesem Reich geht Schreckliches vor, hallte es in seinem Kopf. Ich muss dafür sorgen, dass das aufhört.

Die Stadt fiel hinter Simon zurück, die Dämmerung lag grau auf den Feldern, unaufhaltsam kroch die Nacht aus dem Wald.
Plötzlich erhob sich ein Wind, ließ die Tannen schwanken und das blaue Licht wie Zungen lodern.
Auf einmal erlosch es, stattdessen ragte ein Schloss in der Dunkelheit auf.
Es hatte verwitterte Simse und bröckelnde Zinnen, links und rechts von den Torflügeln stapelten sich schneeweiße Steinhaufen.
Und die Vermissten, wo waren die? In diesem alten Kasten vielleicht?
»Aufmachen!«, rief Simon, schwang sich vom Pferd und rüttelte kräftig am Tor.
Daraufhin tat sich etwas: Über ihm knarrte ein Fensterladen, eine Frau blickte herab.
Sie war makellos schön. Sie verneigte sich mit einer vornehmen Bewegung und grüßte mit einer Milch- und Honigstimme. Simon dachte nur an die Vermissten und hörte ihren Unterton nicht.
Die Frau beugte sich vor und fragte: »Mein Herr, was macht Ihr zu dieser späten Stunde noch hier?«
»Ich suche die Leute, die zum blauen Licht gegangen sind«, erwiderte Simon. »Wisst Ihr, wo sie sind?«
»Aber ja. Wartet, ich lasse Euch ein. Und stolpert nicht über die Steine. Ich bin dabei, dieses Gemäuer in Stand zu setzen, und brauche sie, um den Hof zu pflastern.«
Damit schloss die Frau den Fensterladen wieder. Kurz darauf öffnete sie das Tor und reichte Simon die Hand.
Doch was war das? Wieso sah die Frau auf einmal hässlich aus?
Warum schlug sie Simon jetzt mit einer Rute?
In seinem Körper machte sich eine unsägliche Kälte breit.
»Du hast mich verhext! Mach das rückgängig!«, schrie Simon und wollte zum Schwert greifen. Doch sein Arm ließ sich nicht mehr bewegen.
Er wollte weglaufen, doch in ihm begann es zu knirschen und zu knacken; er schrumpfte zusammen und verwandelte sich in einen flachen Marmorstein.
»Seltsam, wo kommt plötzlich dieser kühle Luftzug her?«, fragte sich zur gleichen Zeit Johannes und spürte, wie ihn fröstelte.

Es war Juli, die Nacht war warm. Vom Himmel blinzelten die ersten Sterne und das Meer lag da wie ein dunkelblaues Tuch aus Samt.
Johannes vertäute gerade ein Boot, da kam ihm Simon in den Sinn.
Wie lange war es her, dass sich ihre Wege getrennt hatten? Sechs Monate, sieben? Ob bei seinem Bruder alles in Ordnung war?
Im Morgengrauen sattelte Johannes ein Pferd, brach zur Linde auf und zog das Taschenmesser aus dem Stamm. Die Klinge – sie hatte Rost angesetzt! Bei Neptun und Poseidon, jetzt war Eile angesagt!
Johannes nahm den Weg, den Simon eingeschlagen hatte und ritt in die Stadt. Dort befragte er Fuhrknechte und Marktfrauen.
Schließlich wurde er von zwei Wachen zu Julia gebracht.
Simon hatte ihr von seinem Bruder berichtet; sie umarmte Johannes und begann unter Tränen zu erzählen: vom blauen Licht, von Simons Verschwinden, von fünfzig Soldaten, die Simon gesucht hatten und nun auch verschollen waren.
»Dass diese Menschen nicht wiedergekommen sind, heißt nicht, dass sie nicht mehr leben«, meinte Johannes und redete Julia gut zu. »Die Fischersleute haben mir etwas Ähnliches erzählt. Sorge dich nicht. Ich weiß, was dahintersteckt, und hole Simon zurück.«
Johannes wartete, bis das blaue Licht in der Ferne aufleuchtete, dann versteckte er einen Dolch im Hosenbund, nahm sein Pferd und ritt in den Wald.
Geduldig suchte er auf dem Boden Spuren, fand im Moos Fuß- und Hufabdrücke. Sie kamen von der Stadt und führten zum Licht.
»Es besteht kein Zweifel«, murmelte Johannes und folgte den Spuren. »Da ist Zauberei im Spiel.«
Bald schwappte die Nacht über die Hügel, ein Sturm wühlte in den Bäumen und ließ das blaue Licht zischen und züngeln.
Plötzlich erlosch es; vor Johannes ragte dasselbe Schloss auf, vor dem schon Simon gestanden hatte.
Vor dem Tor endeten die Fußspuren.
Und wozu waren diese Steinhaufen da?

Als Johannes ans Tor klopfte, machte die schöne Frau wieder den Fensterladen auf.
»Kann ich etwas für Euch tun, mein Herr?«, säuselte sie und hatte eine Stimme, die so flauschig wie Zuckerwatte war.
»Ja, ich habe mich verirrt«, schwindelte Johannes und schenkte ihr ein vertrauensvolles Lächeln.
»So schlaft hier im Schloss«, säuselte die Frau weiter. »Wartet, ich lasse Euch ein. Und stolpert nicht über die Steine. Ich bin dabei, dieses Gemäuer in Stand zu setzen und brauche sie, um den Hof zu pflastern.«
Die Frau öffnete das Tor und reichte Johannes die Hand. Mit einem Mal war sie hässlich und böse. »Jetzt gehörst du mir!«, knarzte sie und riss die Rute hoch.
Doch Johannes war darauf gefasst. Er griff zum Dolch und drohte der Frau damit.
»Wage es nicht, Hexe, sonst bist du dran! Wo ist mein Bruder? Und was du mit den anderen Leuten gemacht hast, will ich auch wissen!«
»Tut mir nichts«, jammerte die Frau. »ich … ich …«
»Soll ich nachhelfen?«, donnerte Johannes und hielt ihr den Dolch an den Hals.
»Neiiin!«, kreischte die Frau und klatschte folgsam mit der Rute auf die Steine. »Die Vermissten sind gleich wieder da.«
Es dauerte nicht lange, dann begannen die Steine zu knirschen und zu knacken. Schließlich schossen sie auf und nahmen die verschiedensten Formen an: Pferde wieherten, Kinder jubelten, Bäuerinnen und Handwerker fielen sich erleichtert in die Arme und redeten aufgeregt mit Soldaten.
Endlich war auch Simon vom Zauber befreit, riss der Frau die Rute aus der Hand und berührte damit voller Zorn ihren Arm.
Poff machte es – das Schloss verglühte in einem blauweißen Funkenregen. Die Frau hingegen schrumpfte zusammen, bis nur noch ein handgroßes Stück Granit übrig war.
Sicherheitshalber vergrub Johannes den Stein im Wald, hinterher knuffte er Simon fröhlich in die Rippen. »Na, hast du genug Abenteuer erlebt?«
»Für eine Weile reicht's«, meinte der und knuffte zurück. »Aber wenn ich es mir recht überlege, viel los war auf diesem Steinfriedhof nicht.«

Die beiden mussten lachten, danach trug Simon den Soldaten auf, die Leute nach Hause zu bringen. Er selbst ritt mit Johannes in die Stadt zurück und fragte: »Wie hast du es geschafft, der Hexe nicht auf den Leim zu gehen?«
»Sag nichts, ich weiß es eh«, rief er gleich darauf. »Du bist der Besonnenere von uns beiden. Weißt du was? Morgen holen wir Mutter und Vater zu uns. Ein Haus am See kriegen sie auch, mit Fischerboot, Netzen und allem Drum und Dran. Und du, mein lieber Johannes, du musst unbedingt mein Berater werden.«

Der furchtlose Franz

Franz war schon immer seltsam: Im Winter ging er barfuß. Beim Dorffest raufte er mit fünf Kerlen gleichzeitig. Um Mitternacht ging er mit ihnen zum Friedhof und schloss Wetten darüber ab, wer es dort am längsten aushielt. Er gewann jedes Mal und dann brummten alle und fragten: »Wieso hast du nie Angst? Warum kriegst du nie Gänsehaut? Wie ist es möglich, dass du nie vor Schreck zusammenzuckst?«
»Das reicht!«, schimpfte Franz und hatte keine Lust mehr, sich Löcher in den Bauch fragen zu lassen. Stattdessen beschloss er das Fürchten zu lernen.
Aber wo konnte er das? Wer würde ihm in dieser Sache weiterhelfen?
Der Totengräber zuckte mit den Schultern, der Nachtwächter kratzte sich nachdenklich am Kinn und die Wahrsagerin wusste erst recht keinen Rat.
Also zog Franz durch die Gegend und betrat eines Abends ein Gasthaus.
Dort erklärte er dem Wirt sein Anliegen, worauf dieser auf ein Schloss zeigte.
»Da oben ist es unheimlich, das Fürchtenlernen ginge auf eins, zwei, drei. Aber lass dir nicht einfallen, hinaufzugehen. Das haben andere Burschen auch versucht. Glaub mir, sie sind nie wiedergekommen.«

»Die Ärmsten, huh-huh«, tönte Franz und war schon halb aus der Tür. »Keine Sorge, ich werde nicht hinaufgehen – ich werde hinaufrennen.«

Kurz darauf streifte er durchs Schloss und machte ein Gesicht wie Sturm und Hagelwetter.

Was um alles in der Welt sollte hier unheimlich sein? Der hölzerne Wehrgang, der bei jedem Schritt knarrte, als ob er gleich zusammenbrechen würde? Der halb verfallene Turm? Franz gähnte vor Langeweile.

Es dämmerte bereits, da sah er im Hof einen Holunderstrauch und pflückte Beeren. Damit wollte er eine Süßspeise kochen, ein sogenanntes Hollermannl.

Als Franz genügend Beeren beisammen hatte, ging er in die Küche. Zuerst machte er Feuer im Herd, dann wusch er die Beeren und füllte sie in einen flachen Topf. Dazu kamen fünf Löffel Zucker und etwas Wasser. Nicht zu vergessen: Zimtrinde. Und vier Gewürznelken brauchte es auch.

Franz stellte den Topf auf den Herd, rührte mit einem Schneebesen um und konnte es kaum erwarten, vom Hollermannl zu kosten.

Plötzlich war da ein langgezogenes Heulen. Die Tür quietschte erbärmlich, ein Geist schlurfte herein.

Er war spindeldürr, hatte zerrissene Kleider und eine zerfressene Haut. Seine Stimme klang wie aus einem Ofenrohr. »Komm sofort mit, ich brauche dich!«

»Bist du närrisch?«, antwortete Franz. »Ich koche mir ein Hollermannl.«

Der Geist ließ nicht locker. »Los komm, sonst zerreiß ich dich!«

Franz packte die Wut; er riss den Schneebesen hoch, dass der Saft nur so herumspritzte. »Gewöhne dir gefälligst einen besseren Ton an, du Klappergestell. Sonst kriegst du eins hinter die Ohren.«

Der Geist merkte, dass er so nicht weiterkam und versuchte es im Guten. »Einen wie dich trifft man nicht jeden Tag. So hilf mir doch, im Keller hausen furchterregende Wesen. Vertreib sie für mich, das Hollermannl ist sowieso noch nicht gar.«

Das Wort »furchterregend« wirkte – Franz stieg mit dem Geist eine Treppe hinab und stand bald in einem feuchten Gewölbe. Doch woher kam dieses Scharren und Schaben? Oder war es ein Kriechen und Krabbeln?

Egal, dachte Franz. Hauptsache, mein Hollermannl brennt inzwischen nicht an.
Gleich darauf blieb der Geist vor einer Pforte stehen und zappelte aufgeregt mit den Beinen. »Da drinnen lauert etwas Großes, Böses«, erklärte er. »Sei so gut und laufe nicht davon.«
Franz war noch nie vor irgendwas davongelaufen, schob den Geist zur Seite und riss die Pforte auf.
Sieh an, ein Hund. Er hatte glühende Augen und wollte ihn anspringen.
»Nicht so hastig, sonst kommen die Flöhe nicht mit«, meinte Franz.
Dann haute er dem Hund so lange aufs Maul, bis er jaulte und über die Treppe nach oben verschwand.
»Vergreife dich nicht an meinem Hollermannl«, rief Franz ihm nach, »sonst kriegst du noch einen Tritt in den Hintern dazu!«
»Komm, komm«, drängte der Geist, zog ihn zu einer weiteren Pforte und fuchtelte mit den Händen, als ob er Fliegen abwehren müsste. »Da drin sind entsetzliche Viecher. Ich hoffe nur, du kneifst jetzt nicht.«
»Was du nur hast«, maulte Franz, stieß die Pforte auf und war im Nu von riesigen Schlangen umgeben.
Sie zischten und züngelten. Sie machten ihre Mäuler breit und wollten Franz fressen.
»Lasst das, ich bin unverdaulich«, witzelte er. Dann packte er die Schlangen am Schwanz und ließ sie wie Seile in der Luft kreisen, um sie anschließend in Richtung Treppe zu schleudern. »Haut ab, ihr Mehlwürmer! Und vergreift euch nicht an meinem Hollermannl. Sonst komme ich nach und mache Knoten in eure schlappen Leiber.«
Der Geist zog Franz zu einer dritten Pforte und rüttelte an seinen Schultern. »Da drin ist Ungeziefer, ich sag's dir, zum Angstkriegen. Sieh zu, dass du es auch noch loswirst.«
Franz brannte darauf, endlich vor etwas Angst zu haben, drosch die Pforte ein und stand vor drei Fässern, aus denen eine dunkle, wabernde Masse quoll.
Waren das Mäuse, Kellerasseln?
Weit gefehlt.
Skorpione fuhren ihren Stachel aus, Giftspinnen hangelten sich an Franz hoch und wollten ihn beißen.

»Bleibt mir vom Leib, ich bin kitzlig«, rief er, schüttelte die Krabbeltiere ab und trat einfach drauf. Pitsch-patsch, krick-krack.
Ein paar Spinnen entkamen.
»Ihr könnt euch verkriechen oder auswandern, das ist mir wurst«, schnarrte Franz. »Aber rührt mir nur mein Hollermannl nicht an.«
Voller Erwartung schaute er sich nach einer weiteren Pforte um, doch der Geist schob ihn zu den Fässern.
Dort schlenkerte er vor Freude seine dürren Beine. »Die Viecher sind weg, ich bin erlöst!«, jubelte er und klopfte auf die Fässer, die auf einmal voller Gold waren. »Dafür kriegst du diesen Schatz. Und das Schloss kannst du auch haben.«
»Das alles willst du mir schenken?«, staunte Franz. »Ich hab doch nichts Besonderes getan.«
Doch was hatte der Geist? Er war auf einmal ganz grau.
»Ich sag's ja – Klappergestell«, murrte Franz. »Das kommt davon, dass du so ausgehungert bist.«
Kurzerhand schleppte er den Geist über die Treppen, in der Küche nahm er den Topf vom Herd.
Hm, dieser herrliche Duft, die Beeren, der Saft ... »Iss, Klappergestell, du siehst aus wie Sand!«, rief Franz. »So beeil dich doch, du zerbröselst ja gleich!«
Der Geist roch am Hollermannl, tupfte den Finger hinein und kostete.
»Schmeckt fein«, lobte er, schob den Topf aber weg. »Mir geht es gut. Sehr gut sogar. Danke, ich brauche nichts.«
»Aber ich!«, fuhr Franz zornig auf. »Ich will hier das Fürchten lernen. Zittern, Herzrasen, kalter Schweiß, verstehst du?!«
Der Geist lächelte, dann zerbröselte er tatsächlich und rieselte durch die Ritzen der Dielen.
»Bleib, wie du bist, Franz«, wisperte er noch. »Das ist schon recht. Und iss dein Hollermannl, bevor es kalt wird.«

Die zwei Soldaten

Es war Herbst, der Himmel war wie Kristall, die Bäume leuchteten gelb und orange. Zwei Soldaten gingen die Landstraße entlang und waren so in Gedanken, dass sie den Farbenreigen übersahen. Erwin humpelte und verzog vor Schmerz das Gesicht, Lukas stützte ihn und redete ihm gut zu.

Schließlich musste Erwin rasten und meinte halb im Spaß, halb im Ernst: »Wir sind vielleicht Helden. Ich habe ein angeschossenes Bein und dein Magen gurgelt vor Hunger wie ein Wasserrohr. Marschier doch voraus und besorge dir in der Stadt etwas zu essen.«

»Unsinn, ich lass dich nicht zurück«, entgegnete Lukas und zog seinen Freund weiter. »Im Krieg haben wir geschworen, alles miteinander zu teilen. Der Hunger gehört da auch dazu.«

Nach einiger Zeit erreichten die beiden ein Waldstück; an einer Steigung kam Erwin nicht mehr voran.

»Verflixt, das Bein, ich muss mich eine Weile ausruhen. Geh doch los, ich komme nach. Und schau dich gleich nach einer Arbeit für uns um. Schon vergessen, wir sind nicht mehr im Krieg. Wir wollen ein neues Leben beginnen.«

Das leuchtete Lukas ein, er marschierte tatsächlich alleine weiter.

Doch der Weg zog sich in die Länge, die Sonne versank hinter den Bäumen und die Nacht stieg schwarz aus dem Unterholz. Also legte sich Lukas unter eine große Fichte und versuchte zu schlafen.

Um Erwin musste er sich keine Sorgen machen. Er war ein zäher Bursche. Morgen würden sie im Roten Ochsen Rauchfleisch essen, danach Topfentaschen mit Staubzucker. Die schmeckten dort so gut.

Plötzlich war in der Luft ein Brausen: Drei Teufel kamen angeflogen. Einer war klapperdürr, einer bohnenstangenlang, einer dick wie eine Dampfnudel. Sie hatten zerfledderte Flügel, riesige Hörner und trugen je eine Fackel, deren Flamme hoch aufloderte.

»Verschwindet«, murmelte Lukas und machte sich klein.

Diesen Gefallen taten die Teufel ihm aber nicht. Stattdessen stellten sie sich auf die Äste und fingen an sich zu unterhalten:

»Sag mal, Dürrer«, wollte der Dicke wissen, »was freut dich denn am meisten?«

»Was wohl?«, grinste der und schluckte vor Gier Speichel. »Dass der betrügerische Kaufmann die Giftkrankheit hat und in meiner Pfanne landen wird. Mmh, knusprig braun wird er sein und unwiderstehlich duften. Dabei müsste man ihm nur eine Viper unters Bett legen, und schwupp wäre er wieder gesund.«

»Und du, Langer«, fragte der Dicke weiter, was lässt dein Herz höher schlagen?«

»Oh, die Lungenkrankheit des Barbiers«, schwelgte der und leckte sich die wulstigen Lippen. »Aus dem Geizhals koche ich Suppe mit riesigen Fettaugen. Dabei gäbe es ein Mittel gegen sein Leiden. Vor seinem Haus lebt eine Schildkröte. Einfangen, ausweiden, Fett auf die Brust streichen – und die Sache wäre geritzt.«

»Und du, Dicker? Was gefällt dir?«, fragten jetzt der Dürre und der Lange.

»Dass der König so prasst«, greinte der und begann vor Fresslust zu sabbern. »Er wohnt in einem Palast, alles Glanz und Gloria, aber kein Tropfen Wasser. Das bedrückt ihn so sehr, dass er in Kürze sterben wird. Dabei fließt unter dem Palasthof ein Bach … Ah, der König ist so drall und rund, wie gemacht für meinen Bratenspieß.«

Die Teufel lachten polternd und erzählten sich, was der betrügerische Kaufmann und der geizige Barbier angestellt und wie viel Geld der König verprasst hatte.

»Uns kann's nur recht sein«, meinten die Teufel. »Bald sind sie bei uns in der Hölle, diese Sünder.«

Während die Teufel so sprachen, fiel ihnen ein, dass sie noch etwas zu erledigen hatten. Der Dürre musste die Pfanne putzen, der Lange brauchte Suppengemüse, der Dicke hatte gar keinen Bratenspieß und wollte schnell einen besorgen.

»Auf geht's«, knarzten sie und lachten wieder. Dann breiteten sie die Flügel aus und flogen davon.

»Gefräßige Unterweltler«, schnauzte Lukas und konnte von Glück reden, dass sie ihn nicht bemerkt hatten.

Aus ihm hätten sie wohl Gulasch gemacht.

Oder Hackfleischbällchen womöglich.

Aber was würde aus dem Kaufmann, dem Barbier und dem König werden? Sollte Lukas sie den Teufeln überlassen? Sollte er den Sündern helfen?
»Naja«, überlegte er und versuchte, doch noch eine Mütze Schlaf zu kriegen. »wenn sie sich bessern. Aber sie müssen es schwören, sonst mache ich keinen Finger für sie krumm.«
Am Morgen fing er eine Viper und suchte in der Stadt den Kaufmann auf, der so blass war wie die Bettlaken, zwischen denen er lag. Kaum war die Schlange unterm Bett, bekam er eine rosige Farbe und war auf einmal so, als ob er nie krank gewesen wäre. »Die Giftkrankheit ist weg, du hast mich geheilt!«, rief er.
»Und du hast Leute betrogen«, tadelte ihn Lukas.
»Stimmt«, gestand der Kaufmann beschämt. »Das war falsch. Ich will das Unrecht wieder gutmachen.«
Lukas war damit zufrieden und lief zum Barbier, der gekrümmt in seinem Sessel saß und vor lauter Husten kaum noch Luft bekam.
»Du gönnst deiner Frau nichts. Und deine Kinder lässt du auch ständig hungern«, warf Lukas ihm vor.
Der Barbier zeigte sich reumütig. »Das kommt nie wieder vor, glaub's mir.«
»Das will ich hoffen«, ermahnte ihn Lukas mit erhobenem Zeigefinger.
Dann fing er die Schildkröte und schmierte die Brust des Barbiers mit dem heilenden Fett ein. Der Husten klang ab. Lukas verlor keine Zeit, eilte aus dem Haus und weiter zum Palast.
»Bringt mich zum König«, rief er den Wachen von weitem zu. »Ich weiß, wo Wasser ist.«
»Komm schnell!«, antworteten die und ließen ihn ein. »Der König liegt im Sterben.«
Völlig außer Atem trat Lukas in ein verdunkeltes Zimmer, in welchem der König mit eingefallenen Wangen in einem Himmelbett lag.
Die Königin saß bei ihm und kämpfte mit den Tränen. Prinzessin Malvina hatte die Hände gefaltet und stand wie erstarrt da.
»Majestät, ich kann Euch retten«, erklärte Lukas und beugte sich zum König vor. »Ihr müsst aber aufhören zu prassen. Schluss mit Verschwenden und Verschleudern. Stattdessen müsst ihr den Armen helfen.«

Der König nickte, Lukas glaubte ihm und ließ ihn von den Dienern in eine Sänfte legen. Dann eilte er voraus in den Hof und hob Pflastersteine an. Doch der Hof war riesig, Malvina, die Königin und ein paar Diener bückten sich und halfen ihm.
Unter der ersten Reihe war die Erde trocken, unter der dritten war sie feucht, unter der fünften kam endlich Wasser zum Vorschein.
Es quoll aus dem Boden, sprudelte und floss weiter zur Sänfte.
Der König hörte es gluckern, stand auf und fühlte sich wie von schweren Gewichten befreit. Ihm war so, als wäre er nie krank gewesen.
»Ich danke dir tausendmal!«, rief er und kniete sich vor Lukas hin. »Ohne dich gäbe es mich nicht mehr. Du kriegst das halbe Reich. Und der Palast soll künftig dein Zuhause sein.«
»Das ..., das ...«, stotterte Lukas und war so überrascht, dass ihm keine passenden Worte einfielen.
In diesem Moment grummelte sein Magen wie ferner Donner. Die Königin musste lachen, Malvina sprach mit den Dienern und ließ Lukas ein vorzügliches Essen auftischen.
Später stieg sie mit ihm in eine Kutsche und führte ihn durch sein neu gewonnenes Reich.
Übrigens, Malvina mochte auch Topfentaschen mit Staubzucker. Noch lieber aber mochte sie Lukas. So kam es, dass aus den beiden ein Paar wurde.
Die Zeit verging wie im Flug, Lukas dachte oft an Erwin, vergaß ihn aber immer wieder. Da war Malvina. Da war das Reich, das regiert werden musste. Und Erwin meldete sich auch nicht.
Eines Tages humpelte ein verwahrloster Mann durch den Palasthof und bat um Almosen.
Lukas gab ihm ein Goldstück; der Mann dankte, steckte es ein und hielt noch einmal die Hand hin.
»Ich will nicht lästig sein«, meinte er, »aber könnte ich noch ein Goldstück kriegen? Es ist für meinen Freund. Wir waren im Krieg und haben uns versprochen, alles miteinander zu teilen.«

Lukas wurde hellhörig und fragte: »Tatsächlich? Sagt, wo ist Euer Freund?«
Der Bettler zuckte bedauernd mit den Schultern. »Ich habe ihn aus den Augen verloren. Es ist schon ein paar Monate her, da ist er mir im Wald vorausgegangen, um in dieser Stadt Arbeit für uns zu suchen.«
Als Lukas das hörte, lachte er auf und umarmte den Bettler. »Da bist du ja, Erwin. Erkennst du mich nicht? Ich bin's, dein Kriegskamerad. Mensch, du siehst gar nicht gut aus. Komm, dein Bein muss versorgt werden. Wenn ich gewusst hätte, dass du betteln musst, wäre ich dich suchen gegangen.«
Lukas brachte Erwin in seine Gemächer, holte Diener, ließ einen Arzt und einen Barbier kommen.
Kurz darauf war Erwin wie verwandelt: Er war glatt rasiert und trug prächtige Kleider, der Arzt hatte die Wunde gereinigt und Salbe aufgetragen.
Lukas stellte Erwin Malvina vor, hinterher zeigte er ihm den Palast und die herrliche Sicht, die man von dort auf die Stadt und die Umgebung hatte.
In der Bibliothek blätterten die beiden in Büchern, im Thronsaal sprach Lukas mit festlichem Ton: »Mein Freund, ich möchte auch mit dir teilen. Werde mein Minister, das ist ein ehrenvolles Amt und in manchen Belangen noch wichtiger als meines.«
»Minister, naja!«, bemerkte Erwin verächtlich, ging zum Thron, auf dem die Krone lag, und setzte sie sich aufs Haupt. Schließlich nahm er noch das Zepter, tat, als wäre es ein Taktstock, und stolzierte wie ein Gockel herum. »Weißt du, ich will auch König sein«, entschied er. »Sag mir, wie du dazu gekommen bist, und ich mache es dir nach.«
Lukas riet Erwin dringend davon ab, doch der redete so lange auf ihn ein, bis er ihm von den drei Teufeln erzählte.
»Gefährlich, pah«, lachte Erwin dann. »Die sind plem-plem, nicht ganz dicht im oberen Stübchen.«
Damit lief er zur Tür und war so schnell im Flur, als hätte die Salbe bei seinem Bein ein Wunder bewirkt.
»Bis bald«, rief er noch. »Grüß Malvina von mir. Wenn ich König bin, heirate ich eine wie sie und lade euch zur Hochzeit ein.«

Lukas stand verwirrt da, danach rannte er in den Hof und sah seinen Freund, der eine Wache zu Boden stieß.
»Weg da!«, schrie Erwin, stieg auf das Pferd der Wache und ritt schleunigst davon. In seinem Gesicht war Raffsucht und Habgier. So viel, dass er nicht wiederzuerkennen war.
Am Abend saß Erwin unter der Fichte und strich über seine elegante Jacke. Bald würde er noch prächtigere Kleider tragen: Eine Hose mit goldenen Streifen an den Seiten, einen Mantel aus schneeweißem Hermelin … Aber dazu später. In der Luft war ein Brausen, die drei Teufel kamen angeflogen.
Dummerweise gingen sie nicht auf den Ästen nieder, sondern landeten im Moos und fuhren mit den Fackeln herum.
»Jöh, da ist der Schlaumeier, der uns ins Handwerk gepfuscht hat«, blaffte der Dürre und packte Erwin am Kragen.
»Saukerl, du willst uns wohl ein zweites Mal belauschen!«, grollte der Lange und schüttelte Erwin durch.
Der Dicke flatterte mit ihm auf und brüllte: »Deinetwegen sind uns der Kaufmann, der Barbier und der König durch die Lappen gegangen – wir haben vor Hunger fast Steine gefressen. Ab, in die Hölle mit dir. Du gibst einen fabelhaften Eintopf ab, mit Lauch, Karotten und Erbsen.«

Griseldis

Der Geruch von frischer Wäsche erfüllte die Stube. Griseldis bügelte, ihre Schwestern Helene und Lisbeth strafften ein Laken und falteten es säuberlich zusammen.
Auf einmal traten die Mutter und der Vater ein. »Stellt euch vor, soeben ist ein junger Graf mit einer Kutsche vorgefahren«, behaupteten sie und waren so aufgeregt, dass sie einander im Weg standen. »Er sucht die drei Mädchen, die am Waldrand Schafe weiden lassen.«
Helene und Lisbeth legten das Laken weg. »Das sind ja wir!«, riefen sie wie aus einem Mund.
»Ein Graf, bei uns?«, wunderte sich Griseldis und stellte das Bügeleisen ab. »Haben unsere Schafe sein edles Gras gefressen?«
»Nein, nein«, erwiderten die Eltern. »Er ist wegen etwas anderem hier. So seltsam es auch klingt, er hat euch beim Hüten beobachtet und sich in eine von euch dreien verliebt. Doch ihr seid euch sehr ähnlich. Jetzt steht er im Hof und möchte herausfinden, welche es ihm so angetan hat.«
Lisbeth hätte das auch gern gewusst, schlüpfte in ihr Sonntagskleid und trat vor den Grafen.
Der schüttelte freundlich den Kopf. »Du bist es nicht.«
Bei Helene war es genauso.
Griseldis hatte keine Lust, sich für einen Fremden schön zu machen und ging in den Hof, wie sie war: grauer Rock, graue Pantoffeln. Der Graf meinte sowieso ein anderes Mädchen. Eine der Bürgermeistertöchter. Oder eine Nichte der reichen Rogger-Bäuerin vielleicht.
Kaum stand Griseldis vor dem Grafen, wurden ihre Wangen rot wie die Kirschen im Juni. Wie sympathisch er war. Diese dunklen Augen und das lockige Haar. Sein Lächeln war wie ein Sonnenaufgang.
»Du bist die Richtige«, hörte sie den Grafen dann auch noch sagen. »Deine Anmut, dein bezauberndes Wesen. Ich bin als Freier hier und bitte dich, meine Frau zu werden.«

»Ihr wollt mich heiraten?«, staunte Griseldis. »Aber Ihr seht doch, ich komme aus einfachen Verhältnissen.«
Der Graf kniete sich vor sie hin. »Na und? Du bist mehr wert, als alle Schätze der Welt. Komm mit auf mein Schloss. Ich verspreche dir, dich auf Händen zu tragen.«
Griseldis sagte ja, der Graf sprang auf und nahm sie vor Freude in den Arm. Helene und Lisbeth freuten sich mit und gratulierten den beiden. Die Eltern halfen Griseldis beim Packen und wünschten ihr Glück.
Auf dem Schloss war es wie in einem Märchen. Griseldis hatte eine eigene Zofe und eigene Gemächer, der Graf überraschte sie mit Geschenken und verbrachte jede freie Minute mit ihr.
Eines Tages kamen seine Verwandten auf Besuch, zeigten auf Griseldis und nuschelten herablassend: »Uns ist Unglaubliches zu Ohren gekommen – du hast dich mit der da vermählt! Die hat doch nichts, keinen Titel, kein Vermögen ... Sei kein Träumer, ein Mann deines Standes muss nach Macht und Ansehen streben.«
Von dieser Stunde an wich der Graf Griseldis aus und wurde immer abweisender.
Als er merkte, dass sie ein Kind erwartete, verlor er die Fassung und schrie: »Nicht genug, dass die Verwandten mir deinetwegen Vorwürfe machen, nun kriegst du auch noch ein Kind!«
»Unser Kind«, warf sie ein. »Wir haben es uns doch gewünscht.«
Der Graf drehte sich weg. »Ja, leider.«
Griseldis zog sich in ihre Gemächer zurück und begegnete ihm nur noch beim Essen. Meistens schwieg er. Manchmal begann er einen Satz, brach ihn wieder ab und stützte den Kopf auf die Hände, als ob die schweren Gedanken dadurch leichter würden.
Im Winter brachte Griseldis Zwillinge zur Welt, es waren ein Mädchen und ein Bub. Der Graf blühte überraschend auf, wiegte die Kleinen in den Armen und strich Griseldis über die Wangen. »Würden dir die Namen Anne und Elias gefallen?«
»Ja, sehr«, erwiderte sie und spürte, wie sich in ihrer Brust ein Knoten löste.
Die schwere Zeit war vorüber. Alles war wieder gut.
Der Frühling zog ins Land, Griseldis bettete die Zwillinge in einen Tragekorb und ging mit ihnen durch die Wiesen. Der Graf war öfters in der Stadt. Am Abend kam

er wieder und brachte Schnittblumen mit oder ein Seidentuch. Nur eines tat er nicht mehr: Er lächelte nie mehr so strahlend wie früher.
Eines Tages war die Wiege leer, der Tragekorb war auch nicht mehr da.
»Isolde«, rief Griseldis und wollte von der Zofe wissen, wo Anne und Elias waren.
»Beim Grafen«, lautete die Antwort. »Er hat die Kutsche genommen und ist mit den Kleinen spazieren gefahren.«
Stunden später traf der Graf ohne die Zwillinge im Schloss ein, Griseldis eilte ihm aufgeregt entgegen. »Um Himmels Willen, wo sind Anne und Elias?«
»Wo wohl?«, erwiderte er und hatte Gesichtszüge, die zu Eis erstarrt waren. »Ich hab sie in eine Schlucht geworfen, sie sind tot! Und jetzt verschwinde aus meinem Leben!«
Griseldis starrte ihn ungläubig an, seine Worte hallten in ihren Ohren. »Du musst wahnsinnig sein!«, schrie sie. »Ganz und gar wahnsinnig!«
Verwirrt lief sie durchs Schloss, fand sich im Stall wieder und stieg auf ein Pferd.
Sie wollte den Spuren der Kutsche folgen und die Schlucht finden. Dann wäre es nur noch ein Schritt, eine Bewegung nach vorn. Und schon wäre auch sie bei den Kindern.
Am Tor holte Isolde sie ein und zerrte heftig an den Zügeln.
»Macht keinen Fehler, Herrin. Ich kann nicht glauben, dass der Graf Euren Kindern etwas angetan hat. Bittet ihn um eine Arbeit im Schloss. So gewinnt Ihr Zeit und könnt herausfinden, was wirklich passiert ist.«
Griseldis blickte eine Weile ins Nichts, danach stieg sie wie eine Puppe vom Pferd und ging tatsächlich zum Grafen.
Sie erhielt Arbeit in der Waschküche, seifte Hemden ein, schwemmte stumm Bettwäsche und Handtücher. Draußen wurde es allmählich Sommer, in ihrem Inneren aber blieb es tiefster Winter.
Im August kam Isolde in die Waschküche und sagte hinter vorgehaltener Hand: »Ein Diener hat mir etwas zugetragen. Der Graf fährt jeden Mittwoch in die Stadt und besucht ein Ehepaar. Es hat Zwillinge, die den Euren ähnlich sehen. Es wohnt in einem Haus mit weißen Jalousien, das zweite hinter der Brücke links.«
»Anne! Elias!«, murmelte Griseldis. »Großer Gott.« Sie drückte Isolde an sich. »Ich muss los. Die Wäsche mache ich später.«

Sie eilte aus dem Schloss, mit fliegendem Atem erreichte sie das Haus, von dem Isolde gesprochen hatte. Es war groß, hatte einen geschwungenen Giebel und mehrere kleine Balkone.
Griseldis stand abwartend da, plötzlich drangen Stimmen aus den Fenstern. Der heitere Ton einer Frau, ein freundlicher Bass, helles Kinderlachen flatterte wie Spatzen über die Dächer hinweg und ließ ihr Herz tanzen.
»Sie sind es! Das sind meine Kleinen!«, flüsterte Griseldis und wischte Freudentränen weg. Ob die beiden schon krabbelten? Oder erste Wörter brabbelten? »Anne, Elias«, murmelte Griseldis immer wieder. Der Winter in ihr schmolz dahin. Nun konnte es auch für sie Sommer werden.
Am Abend war sie wieder im Schloss und erfuhr etwas Unerhörtes: Der Graf wollte wieder heiraten.
Und, wer war die Auserwählte?
Eine reiche Baronin natürlich. Eine, die seinem Stand und vor allem der Vorstellung seiner Verwandten entsprach.
Ob er mit ihr auch jede freie Minute verbrachte? Und was war mit den Zwillingen? Würde er sie weiterhin besuchen?
Unsinn, dachte Griseldis, vergessen wird er sie. Ersetzen, wie er mich ersetzt hat. Und überhaupt, was tue ich noch hier? Mich erniedrigen lassen? Mich selbst quälen?
Sie plante, mit den Zwillingen zu fliehen, doch Isolde brachte eine weitere Nachricht vom Diener. »Der Graf hat Anne und Elias besucht. Mit der Baronin! Haltet durch bis zur Hochzeit, dann sprecht ihr mit ihr über die Kleinen. Sie soll sehr höflich und einfühlsam sein.«
Griseldis hörte erneut auf die Zofe, stärkte Berge von Servietten und half sogar mit, den Saal für die Hochzeitsfeier zu schmücken.
Am Hochzeitstag mischte sie sich unter die Mägde und servierte das Essen. Niemand achtete auf sie. Griseldis' Blicke streiften durch den Saal wie streunende Katzen.
Wie stolz der Graf neben der Baronin saß und an ihrem Ehering drehte. Wie die Gesichter der Verwandten glänzten. Und ihre Stimmen erst, klebrig, schmierig. Sie waren so laut, dass sie alle anderen Gäste übertönten.

Aber wer waren die Frau und der Mann am unteren Ende der Tafel? Und wer waren die zwei Kleinen auf ihrem Schoß? Sie glichen sich wie ein Ei dem anderen. Sie sahen genauso aus wie ...
Griseldis Herz setzte aus, setzte wieder ein – sie verwarf Isoldes Rat, straffte den Rücken und trat vor den Grafen. »Du hast mir nur eingeredet, dass du Anne und Elias in die Schlucht geworfen hast«, rief sie und zeigte zu den Zwillingen hin, »damit ich den Platz räume, für eine Frau mit Titel und Geld. Weißt du überhaupt, was du mir angetan hast? Hast du eine Ahnung, was ich durchgemacht habe?«
Die Gäste wurden still, die Verwandten glotzten, der Graf öffnete den Mund wie ein Fisch und suchte nach Worten.
Die Baronin kam ihm zuvor und fragte Griseldis: »Ich verstehe nicht recht, seid Ihr die Mutter von Anne und Elias?«
»Ja.«
Die Baronin forschte weiter: »Ihr habt den Grafen nicht wegen eines anderen Mannes verlassen?«
»Nein.«
»Nein«, wiederholte die Baronin und strafte den Grafen mit herben Blicken. Dann zog sie ihren Ehering vom Finger und legte ihn zu seinem Teller hin.
»Lügner! Betrüger!«, entrüstete sie sich und schritt durch den Saal. »Gib Griseldis die Kinder zurück. Deine Seele ist schwarz wie die Nacht. Unsere Ehe ist beendet.«
Die Tür fiel ins Schloss, die Spannung lag wie Staub in der Luft und legte sich auf die Köpfe der Gäste.
Der Graf machte den Mund wieder zu und saß im Stuhl, als ob er um dreißig Jahre gealtert wäre.
Mit einem Mal wurde sein Kinn kraus, die Lippen begannen zu zucken. »Ich habe alles falsch gemacht, a-l-l-e-s!«, jammerte er und zeigte auf seine Verwandten. »Und warum? Weil ich auf euch gehört habe. Ihr habt mein Leben zerstört!«
Die Verwandten wurden rot, vor Zorn blähten sie die Nasenflügel. »Was redest du da, dein Unglück hast du dir selbst zuzuschreiben! Und überhaupt, einen solchen Ton lassen wir uns nicht bieten!«

Mit diesen Worten sprangen sie auf und verließen erhobenen Hauptes den Saal. Die Gäste räusperten sich, schoben die Stühle zurück und folgten ihnen.
Eine kleine Gruppe blieb zurück und scharte sich um Griseldis.
Die Pflegeeltern bedauerten, was passiert war. Der Diener lächelte. Isolde war so ergriffen, dass sie ein Taschentuch brauchte.
»Verzeih mir«, flehte der Graf jetzt und tappte geknickt zu Griseldis hin. »Ich bin ein Schuft, ein unbeschreiblich dummer Mensch, der dich zutiefst verletzt und gedemütigt hat. Ich war von der Vorstellung, wie meine Verwandten zu sein, vollkommen verblendet.«
Griseldis schwieg abweisend und der Graf fragte mit gequetschtem Ton: »Was wirst du tun? Wirst du mit Anne und Elias fortgehen, oder kann ich dich bitten im Schloss zu bleiben? Ich möchte, dass es euch gut geht und werde für euch sorgen.«
Griseldis nickte und schüttelte gleichzeitig den Kopf, von tief unten kam ein Seufzer. »Ich weiß es nicht«, antwortete sie schließlich. »Ich brauche Zeit.«
Damit hob sie die Zwillinge abwechselnd hoch. »Wie groß ihr schon seid. Und was für ein sonniges Wesen ihr habt.«
Sie musste vor Freude abwechselnd lachen und weinen.

Vom reichen Grafensohn

Rainer zügelte das Pferd und blieb vor einer Weggabelung stehen. Links war Wald, rechts war Wald. Wohin jetzt?

»Kommt drauf an, was du suchst«, krächzte ein Weiblein, das bei den Tannen stand, als ob es dort auf ihn gewartet hätte. Sein Haar war grau wie Baumbart, auf seinem Faltenmund sprang ein Lächeln hin und her.

»Nun, was ich suche ...«, begann Rainer, stieg vom Pferd und hoffte, dass das Weiblein ihm helfen konnte. »... ist ein Mädchen, das mich von Herzen liebt. Ich bin seit Tagen unterwegs und traf nur kichernde Mägde oder herablassende Töchter von Edelleuten.«

»Wenn das so ist«, meinte das Weiblein, wackelte mit dem Kopf und forschte: »Würdest du für deine Braut alles tun?«

»Ja«, antwortete Rainer.

»Würdest du sie glücklich machen und ehren?«

Rainer legte drei Finger aufs Herz: »Und wie.«

»Gut, dann verrate ich dir, wo ein besonderes, ja außergewöhnliches Mädchen ist«, versprach das Weiblein. »Sie zu finden ist leicht, nur der Rest könnte schwierig werden. Also pass gut auf und präge dir meine Worte ein.«

Rainer hörte dem Weiblein aufmerksam zu, schlug danach den Weg nach links ein und winkte voller Freude zurück. Sein Wunsch würde in Erfüllung gehen und das schon bald. »Danke«, rief er noch. »Vielen Dank.«

Kurz darauf kam er zu einem Schloss mit spitzen Giebeln und schlanken Türmen und fand alles so, wie das Weiblein gesagt hatte: Im Hof war ein Brunnen mit silbernem Wasserhahn, dahinter waren eine breite Marmortreppe und das Wohngebäude. Unmittelbar darüber befand sich der Saal, in den Rainer gehen musste.

»Nimm aber nicht den Haupteingang, sondern die Wendeltreppe von der Schreibstube aus«, klang es noch in seinen Ohren. »Das ist der kürzere Weg. Du musst schnell sein, wenn du das Mädchen in den Armen hältst. Da zählt jede Sekunde.«

Rainer fand die Schreibstube unter einem Söller mit vergoldetem Geländer, sprang die Stufen hinauf und stand schließlich in dem Saal. Er war lang und von Licht durchflutet. Auf dem Tisch lagen ein goldenes Messer und drei herrliche Orangen. Rainer nahm sie abwechselnd in die Hand, drehte sie und entschied sich für die kleinste.

»Wenn das nur nicht schiefgeht«, murmelte er, drückte das Messer in die weiche Schale und schnitt die Orange genau in der Mitte durch.

Rasch wurde eine Hälfte braun, aus der anderen aber spross ein Keim und formte sich zu einem Mädchen, das so zart wie eine Schneerose war.

Rainer konnte den Blick nicht von ihm abwenden. Er vergaß die Welt und erst recht die Worte des Weibleins: Du musst zum Brunnen laufen und das Mädchen unters Wasser halten.

Zu spät, das zierliche Wesen verwelkte, bis nur noch ein paar trockene Blätter übrig waren.

Zerknirscht legte Rainer die Blätter auf den Tisch, nahm die mittelgroße Orange und schnitt sie mit zittrigen Fingern durch.

Eine Zeitlang geschah nichts, dann zerfiel eine Hälfte zu Staub, aus der anderen aber wuchs ein Mädchen, das so lieblich wie eine Narzisse war. Rainer hob es sofort hoch und lief, was die Beine hergaben.

Aber im Hof blieb er stehen und raufte sich die Haare. Er hatte den langen Weg über die Marmortreppe gewählt. Das arme Mädchen war verdorrt, zerbröselte und rieselte durch seine Finger wie Sand.

Niedergeschlagen ging Rainer zurück in den Saal, seufzte, nahm die dritte Orange in die Hand. Schön war sie, dieser Duft, diese kräftige Farbe.

Diese Orange war leider auch die letzte.

Dieses Mal durfte Rainer nicht versagen.

Er schloss eine Weile die Augen, griff anschließend zum Messer und schnitt die Orange wieder entzwei.

Ein Atemzug später wurde eine Hälfte schlaff, aus der anderen drehte sich eine Knospe und erblühte zu einem Mädchen, das edel wie eine Lilie war.

»Schnell!«, rief Rainer, hastete mit dem Mädchen die Wendeltreppe hinab, jagte zum Brunnen und hielt es unter den silbernen Wasserhahn.
Das Wasser floss über das weiche Gesicht und den Hals, das Mädchen hob die Brust und atmete.
Als es die Augen aufschlug, kroch Rainer die Freude rot ins Gesicht. Er hatte es geschafft. Er ... er hatte ... Herrjeh, ihm fehlten die Worte.
Er gab dem Mädchen den Namen Liliane und spazierte mit ihm, als es bei Kräften war, durch den Schlossgarten.
In den Beeten blühten Glockenblumen, Nelken dufteten, in einem kreisrunden Teich öffneten Seerosen ihre Knospen.
Rainer setzte sich mit Liliane auf eine Bank und nahm zärtlich ihre Hand. »Ich schenke dir alles, was ich habe: Meine Liebe und ein Zuhause, das noch prächtiger ist als das hier. Willst du meine Frau werden?«
»Ja«, antwortete Liliane und legte ihre Stirn an seine Wange »Es gibt nichts, was ich lieber täte.«
Die beiden saßen eine Weile so da, später liefen sie fröhlich über den Kiesweg, rochen am Jasmin und an den Heckenrosen.
Danach wollte Rainer seine Braut in einer Kutsche nach Hause bringen, holte das Pferd und suchte die Stellplätze.
Liliane wartete unterdessen im Garten, ging zum Springbrunnen und sah den Wasserspielen zu. Es war ein Plätschern und Raunen, ein Gluckern und ...
Völlig unerwartet stand eine Frau hinter ihr. Sie lächelte und grüßte überaus freundlich. Sie trug ein Kleid mit Schleppe, und ihre Stimme war honigsüß. »Du bist ein Orangenkind, nicht wahr? Was machst du hier so allein?«
»Ich warte auf meinen Liebsten«, erwiderte Liliane, »wir werden heiraten.«
Die Frau säuselte: »Oooh, er ist schön?«
»Ja.«
Die Frau flötete: »Oooh, ist er reich?«
»Er ist der Sohn eines Grafen.«
»Dann nimm das!«, zischte die Frau auf einmal und riss eine Zaubernadel aus dem Haar.

Liliane spürte den Stich und rief um Hilfe, doch aus ihrem Mund kam nur noch ein Kreischen. Sie wollte die Nadel herausziehen, aber sie schrumpfte zusammen und hatte plötzlich ein weißes Federkleid.

Entsetzt flatterte sie auf und suchte Schutz in den Bäumen.

»Flieg, Täubchen, flieg«, lachte die Frau, warf stolz die Schleppe herum und eilte zum Nachbarhaus.

Dort lehnte ein Mädchen am Zaun und fragte: »Und, Mama, ist alles gut gegangen?«

Die Frau lachte wieder. »Was denkst du denn, mein Teil ist erledigt. Jetzt kommst du ins Spiel, Elsa.«

Inzwischen hatte Rainer die Stellplätze gefunden, spannte das Pferd vor eine Kutsche und fuhr zum Garten.

»Liliane, wo bist du?«, rief er.

»Hier, mein Liebster«, antwortete Elsa und ging auf ihn zu.

Sie sah aus wie Liliane. Sie bewegte sich wie sie ...

»Komm«, sagte Rainer, hielt die Kutsche an und half Elsa beim Einsteigen.

Das Schloss lag bereits ein Stück zurück, da kam eine weiße Taube angeflogen und wollte auf Rainers Schulter landen.

»Hau ab, blöder Vogel«, schimpfte Elsa. »Verschwinde, du dreckiges Federvieh!«

Die Taube flatterte auf, kreiste ein paar Mal um die Kutsche herum und ließ sich dann auf Rainers Knie nieder.

Sie gurrte und trippelte. Sie reckte die Flügel und schaute ihn mit treuen Blicken an.

»Du bist aber zutraulich«, meinte er, strich ihr sacht über den Rücken und auch über den Kopf.

Doch was hatte sie da? Es war klein und rund und fühlte sich glatt an.

»Finger weg!«, befahl Elsa. »Das ist eine eitrige Wunde! Rühr den Vogel nicht an, du wirst dir den Tod holen!«

»Wie du dich um mich sorgst«, bemerkte Rainer und zog die Nadel heraus.

Allerhand, die Taube wuchs! Mit leisem Rascheln fielen die Federn ab. Plötzlich gab es Liliane doppelt.

Rainers Blicke sprangen zwischen beiden Mädchen hin und her; auf einmal fuhr Elsa auf, als hätten sie Schlangen gebissen.
»Das ist die falsche Braut!«, schrie sie und schubste Liliane herum. »Dieses Miststück will sich nur einen Grafensohn angeln!«
»Das willst schon du!«, gab Rainer zurück, stellte sich vor Liliane und hielt Elsa an den Handgelenken fest.
»Hast du tatsächlich geglaubt, ich falle auf diesen Schwindel herein?«, fragte er, ohne auf eine Antwort zu warten. »Liliane ist etwas Besonderes, Außergewöhnliches. Keine kann unbemerkt an ihre Stelle treten. Und du erst recht nicht.«
Mit diesen Worten hielt er die Kutsche an und zwang die falsche Braut abzusteigen. Danach fuhr er mit Liliane heim, drückte sie an sich und zupfte ihr noch ein paar Federn vom Kleid.
»Weiß, wolkenweiß, hochzeitsweiß«, steigerte er, fand in der Kutsche weitere Federn und warf sie in die Luft, sodass sie wie Schnee aufstoben.
Das Pferd trabte gemütlich dahin.
An der Weggabelung stand das Weiblein und winkte.

Sagen

Der Glockenschatz auf der Haselburg

Es war Abend. Auf den Porphyrfelsen, auf dem die Haselburg über Bozen thront, fiel mildes Abendlicht. Am Himmel trieben Wolken mit rötlichen Rändern.
»Herrlich, nicht wahr«, sagte der Ritter von Küepach, der mit seiner Frau im Musikzimmer der Burg stand und aus dem Fenster schaute.
»Traumhaft«, erwiderte Sabine. »Diese Ruhe und die Aussicht ins Etschtal. Weißt du noch, wie oft wir überlegt haben, ob wir unsere Burg wirklich hier oben bauen sollen?«
Der Ritter legte ihr den Arm um die Schulter. »Ja, das war ein Hin und Her. Doch es hat sich gelohnt. Ich finde, wir haben den Standort ausgesprochen gut gewählt.«
Sabine wollte ihrem Mann noch sagen, wie froh sie war, dass die Bauarbeiten endlich abgeschlossen waren, doch sie spürte die Unruhe, die hinter seiner Heiterkeit stand. »Ich weiß schon, im Hof warten die Knappen«, sagte sie und schmiegte sich an ihn.

Der Ritter hatte eine lange Reise vor sich und musste Vorbereitungen treffen. Der Papst hatte zu einem Kreuzzug ins Heilige Land aufgerufen.
»Kreuzen, kreuz und quer ziehen, im Namen des Kreuzes um Jerusalem kämpfen«, seufzte der Ritter und küsste zart das Haar seiner Frau.
Lieber wäre er zuhause geblieben. Hundertmal lieber, tausendmal lieber! Er war kein Abenteurer und auch kein abgebrühter Kämpfer. Wie Sabine liebte er die Ruhe und das Schöne. Ins Heilige Land zog er nur, weil es eine Sache der Ehre war.
Der Ritter seufzte noch einmal, dann drückte er Sabine an sich, um anschließend in den Hof zu gehen.
Mit Hilfe der Knappen stellte er Waffen und Proviant bereit und richtete Decken her. Morgen hieß es

früh aufstehen, die Pferde beladen und ins ferne Heilige Land reiten. Deshalb musste er jetzt noch etwas Wichtiges erledigen. Etwas, von dem niemand erfahren durfte.
Der Ritter ging in die Schatzkammer, verstaute einen Großteil seines Vermögens in Lederbeuteln und brachte sie in einer Kutsche nach Bozen. Der Kreuzzug würde Monate, wenn nicht Jahre dauern. Nicht auszudenken, wenn in seiner Abwesenheit die Burg ausgeraubt würde. Sabine wäre in Gefahr, und das Geld, das vom Bau übrig geblieben war, wäre auch weg.
Kurze Zeit später fuhr der Ritter durch die schmalen Gassen von Bozen und hielt vor einer Schmiede an. Der Schmied grüßte ihn freundlich und nahm die Beutel entgegen. In der Werkstatt schnürte er sie auf und schüttete Gold- und Silbermünzen in bereitgestellte, dickwandige Tongefäße.
»Die Klimperdinger werden gleich schwitzen«, scherzte er, während die Münzen in der vorgeheizten Esse schmolzen.
»Das sollen sie nur«, erwiderte der Ritter und war froh, dass die Arbeit so zügig voranging. Es war schon spät. Er musste zusehen, dass er noch eine Mütze voll Schlaf bekam.
Als die Münzen vollständig geschmolzen waren, goss der Schmied die glänzende Flüssigkeit in zwei hohle Kupferkugeln und kühlte sie mit Wasser ab.
»Das war's«, meinte er dann.
»Sehr gut«, sagte der Ritter, gab dem Schmied seinen Lohn und trug die Kugeln in die Kutsche.
Bevor er zur Haselburg fuhr, bat er den Schmied, keinem zu verraten, was sich in den Kugeln befand.
»Ich schweige wie ein Grab«, versprach der. »Gebt Acht auf Euch im Heiligen Land, Herr von Küepach. Und sorgt Euch nicht. Euer Erspartes ist in den Kugeln bestens aufgehoben.«
Erleichtert fuhr der Ritter zur Haselburg zurück und stellte eine Kugel links und eine rechts zum Torbogen hin. Daraufhin ging er zu Bett und schloss zufrieden die Augen. Na also, dachte er, das wäre geschafft. Selbst der gewiefteste Dieb würde nicht auf die Idee kommen, dass sich in den Kugeln ein Vermögen befand.

Im Morgengrauen stand der Ritter auf, machte sich mit seinen Knappen reisefertig und führte Sabine zu den Kupferkugeln. »Wenn ich zurück bin, soll uns ein Gärtner einen wunderbaren Ziergarten anlegen«, sagte er und wollte seiner Frau durch dieses Versprechen den Abschied erleichtern. »Doch bis dahin soll dir das hier Freude machen. Ich hab mir gedacht, die Kugeln müssten doch ein schöner Blickfang sein.«
Sabine fand das auch, beim Gedanken an den Ziergarten aber kam sie richtig ins Schwärmen. »Ein Seerosenteich, ein plätschernder Springbrunnen und Duftrosen, viele Duftrosen. Weiße, gelbe ...«
»Ich habe gewusst, dass dir diese Idee gefallen würde«, freute sich der Ritter und verriet nicht einmal Sabine, was sich in den Kupferkugeln befand.
Danach umarmte er sie; Sabine strich ihm noch einmal über die Wange und bat ihn, in der Ferne vorsichtig zu sein. So ein Kreuzzug war hart. Die Kämpfe, die drohenden Seuchen ... Sie liebte ihren Mann sehr und wollte ihn nicht verlieren.
Als er fort war, begann für Sabine das Warten. Warten auf eine Nachricht von ihrem Mann, warten auf Berichte zur Lage im Heiligen Land. So war das eben: Männer zogen in Kriege. Ihre Frauen blieben zurück, mit Gefühlen, die zwischen Hoffnung und Verzweiflung hin und her schwankten.
Manchmal half es, wenn Sabine mit der Kutsche nach Bozen fuhr oder mit ihrem Pferd ausritt. Manchmal half allerdings nichts. Dann drängten sich ihr immer wieder dieselben Fragen auf: Ist meinem Mann etwas zugestoßen? Ist er in Gefangenschaft geraten? Wird mein Liebster je wieder heimkommen?
Eines Tages klopften zwei Ordensbrüder an das Tor der Haselburg und baten Sabine um eine Spende. »Die Dominikanerkirche von Bozen braucht Glocken«, erklärten sie. »Wir ziehen herum und sammeln Geld.«
Sabine war eine religiöse Frau und überlegte, was sie den Ordensbrüdern geben sollte. Geld hatte sie kaum, doch sie besaß etwas Schmuck. Den konnten die Ordensbrüder gerne verkaufen und den Erlös für den Guss der Glocken verwenden.
Sie wollte den Schmuck holen, da fiel ihr ein, dass sein Wert eher gering war. Auch kam ihr der Ritter in den Sinn. Womöglich rang er gerade in einer Schlacht um sein Leben. Vielleicht half ihm der liebe Gott, wenn sie bei der Spende großzügig war.

»Wie wäre es damit?«, fragte Sabine und zeigte zu den Kugeln, die nach wie vor beim Torbogen lagen. »Die sind aus Kupfer. Glocken bestehen zu einem großen Teil aus diesem Metall. Ihr könnt die Kugeln nehmen und gleich zum Gießer bringen.«
Als die Klosterbrüder das hörten, freuten sie sich und bedankten sich bei Sabine.
»Ich schon recht«, sagte sie und holte noch einen Handwagen, mit dem die beiden die Kugeln nach Bozen bringen konnten.
Danach schoben sich die Wochen weiter ineinander und ein Monat wechselte den anderen ab.
Eines Tages kam ein Bote in die Burg und brachte die Nachricht, dass der Ritter von Küepach auf dem Heimweg war. Es war fast nicht zu glauben, denn er war weder verletzt noch krank. Das hat mit meiner Spende zu tun, dachte Sabine. Der liebe Gott hat mich erhört. In rund einer Woche würde ihr Mann zuhause zu sein.
Diese Woche verging, als fließe die Zeit in zähen Tropfen dahin, doch schließlich zügelten vor dem Tor der Haselburg mehrere Reiter ihre Pferde. Müde stieg der Ritter von Küepach aus dem Sattel.
»Willkommen daheim«, rief Sabine, die das Tor geöffnet hatte und ihrem Mann mit strahlendem Gesicht entgegentrat.
Doch warum nahm er sie nicht in den Arm? Wieso liebkoste er sie nicht? Stattdessen starrte er zum Torbogen und hatte einen unerwartet harten Ton in der Stimme. »Wo sind die Kupferkugeln? Herrgott noch mal, da ist ein großer Teil unseres Vermögens drin!«
Sabine wusste nicht, was sie von seinen Worten halten sollte und fragte: »Unser Geld, in den Kugeln? Das ist ein Scherz, nicht wahr!?«
»Das ist kein Scherz!«, fuhr der Ritter sie an und ergriff ihre Schultern. »Ich habe unser Gold und Silber einschmelzen und in die Kugeln gießen lassen, damit uns in meiner Abwesenheit niemand bestiehlt! Und jetzt will ich sofort wissen, wo unser Vermögen ist!«
Sabine wollte sich aus dem Griff des Ritters befreien, doch der schüttelte sie, als könnte er die Antwort aus ihr herausbeuteln.
»Die … die Kugeln … gibt es nicht mehr«, stammelte sie entsetzt. »Ich … habe sie für die Glocken der Dominikanerkirche gespendet.«

Ihr Mann wurde rot, holte Luft wie ein Blasebalg. »Du hast was?!«, brüllte er dann und wusste nicht, was ihn wütender machte: das verlorene Vermögen oder die Tatsache, dass er sich das selbst zuzuschreiben hatte.

Der Ritter merkte gar nicht, dass er seine rechte Hand zur Faust ballte. Er merkte auch nicht, dass er mit der Faust ausholte. »Uns bleibt nichts!«, schrie er. »Verstehst du?! Nichts!«

Im selben Moment begannen im Turm der Dominikanerkirche die Glocken zu läuten. Ihr Ton war so hell und eindringlich, dass der Ritter die Faust senkte und seine Frau losließ, als wäre er aus einem bösen Traum erwacht.

»Ich wollte dich schlagen, Sabine!«, erkannte er und starrte auf seine Hände wie auf gefährliches Werkzeug. »Dich, das Liebste, das ich habe!«

Danach stürzte alles auf ihn ein: die Strapazen des Kreuzzugs; die blutigen Schlachten; die Gefahr, in der er ständig gewesen war. »Ein Albtraum«, murmelte er, plötzlich zuckte sein Kinn und er begann haltlos zu weinen.

Allmählich beruhigte er sich und so fing Sabine an von sich zu erzählen: von der unablässigen Sorge um ihn und von der Hoffnung, ihm mit ihrer Spende beistehen zu können. »Du hast die Kupferkugeln für mich hergegeben«, erkannte der Ritter.

Die Glocken der Dominikanerkirche läuteten immer noch. Ihre Töne waren wie Flügelschläge und ließen alles, was die Herzen der beiden schwer gemacht hatte, fortfliegen.

Die beiden umarmten sich, machten einen Rundgang durch die Burg und blickten wie früher vom Musikzimmer auf Bozen und ins Etschtal hinab. Dabei erinnerte sich der Ritter an den Ziergarten, den er Sabine vor dem Kreuzzug versprochen hatte. Einen Gärtner konnte er sich nicht mehr leisten, aber das war egal. Inzwischen wollte er den Garten sowieso selber anlegen.

In den kommenden Wochen rodete der Ritter von Küepach vor der Burg ein Stück Wald, ebnete die Erde, legte einen Seerosenteich und mehrere Beete an. Der Garten musste gar nicht so riesig sein, wie er einmal gedacht hatte. Auch die Größe des Springbrunnens und die Anzahl der Buchsbäumchen waren nicht entscheidend. Wichtig waren nur die Duftrosen – weiß und gelb mussten sie sein.

Immer, wenn sie blühten, wollte der Ritter für Sabine einen Strauß pflücken. Und jedes Mal, wenn die Glocken der Dominikanerkirche läuteten, wollte er seiner Liebsten dafür danken, dass sie bei der Spende an ihn gedacht hatte.

Pfeifer Huisele

Huisele war ein Bergbauernbub. Er war klein und pfiffig, immer zu Streichen aufgelegt und immer eine Spur schlauer als andere Kinder.
Während die um acht die Schulbank drückten, schlief Huisele gemütlich bis neun. Anschließend schwatzte er mit seinen Nachbarn, erheiterte sie mit Witzen und lustigen Lügengeschichten.
Gelegentlich drehte er hinter ihrem Rücken einem ihrer Hühner den Hals um.
Daraufhin gab es daheim einen duftenden Braten. Sonst kamen dort nur Brennsuppe und Kartoffelgerichte auf den Tisch. Der Hof seiner Eltern war klein. Die wenigen Felder, die sie besaßen, waren karg und steil und nur schwer zu bearbeiten.
In der großen Pause trudelte Huisele schließlich im Schulhof ein, hänselte die Mädchen und trieb es auch in der Klasse bunt. Einmal goss er dem Lehrer Gülle auf den Stuhl, ein anderes Mal bewarf er ihn heimlich mit Kletten.
Zur Strafe musste Huisele oft vor der Tür stehen.
Lesen und Schreiben lernte er trotzdem. Er hatte zwar nichts als Flausen im Kopf, aber sonst war er blitzgescheit.
Sobald Huisele die Schulzeit hinter sich hatte, nahm er bei einem Bauer in Ratschings eine Stelle als Knecht an.
Der Bauer hat Geld, dachte Huisele, und – anders als meine Eltern – besitzt er ebene Felder. Das heißt: leichte Arbeit und köstliches Essen und fetter Lohn.

Die Wirklichkeit aber sah anders aus: Der Lohn war genauso mager wie das Essen, und von der Arbeit bekam Huisele Rückenschmerzen und Blasen an den Händen. Deshalb tat er nur das Nötigste und das in einer Geschwindigkeit, die einer Schnecke alle Ehre gemacht hätte. »Schuften, nein danke«, brummte er. »Da hätte ich gleich daheimbleiben können, wo man sich beim Mähen anseilen muss und die Hennen Steigeisen tragen.«
Dem Bauer fiel auf, wie faul sein neuer Knecht war, also lud er ihm eines Tages so viel Mist auf den Karren, dass Huisele schon vom Hinsehen weiche Knie bekam.
Er musste mit dem Karren zur Wiese, zuerst durchs Dorf und hinterher noch über eine Steigung hinauf.
»Leuteschinder!«, murmelte Huisele und meinte damit den Bauer. »Ausbeuter, Blutsauger!«
Trotz des regnerischen Wetters kam Huisele beim Schieben ins Schwitzen und in der Steigung rollte der Karren auch noch gegen einen Stein.
»Hühnerdreck und Schneckenschleim!«, maulte Huisele und gab dem Karren einen Tritt. »Mir reicht's. Soll dieser lausige Bauer doch selber Mist fahren!«
Danach fluchte Huisele so laut, das ein paar Vögel erschraken und kreischend aus den Bäumen flatterten.
Im selben Moment knallte es, Funken stoben durch die Luft und auf dem Weg stand – der leibhaftige Teufel.
Er hatte wuchtige Hörner und eine Stimme, die wie Donnergrollen klang.
»Dein Fluchen ist Musik in meinen Ohren, das muss ich belohnen«, tönte er. »Wie wär's mit einem deftigen Essen, Kleiner? Du siehst aus, als könntest du es brauchen.«
Ohne eine Antwort abzuwarten, schnipste der Teufel mit den Fingern und schon fand Huisele sich in einer Höhle wieder.
Der Teufel lachte und schnipste erneut.
Ein Lagerfeuer flackerte auf, ein gedeckter Tisch schwebte herbei, eine große Platte mit Rehbraten und Rotkraut setzte über dem Tisch zur Landung an.
Zuerst fürchtete Huisele sich vor dem Teufel, doch der besorgte noch Stühle und häufte Essen auf zwei Teller.

»Greif zu, es ist genug da«, sagte er.
Huisele aß mit Genuss und seine Angst schmolz dahin.
»Kann ich das auch lernen?«, fragte er. »Ich meine das mit dem Fingerschnipsen.«
»Bei allen Satanen, deswegen bin ich doch zu dir gekommen«, erwiderte der Teufel und zauberte noch Krapfen mit Himbeerfülle her. »Ich bin der mächtigste Schwarzkünstler der Welt und kann dir noch viel spannendere Sachen beibringen: sich unsichtbar machen, in Sekundenschnelle verschwinden und an einem anderen Ort auftauchen und … und … und ...«
»Krass«, meinte Huisele und kam aus dem Staunen nicht mehr heraus. »Das muss ich unbedingt lernen.«
Der Teufel nickte grinsend, und gleich darauf ging es mit den ersten Übungen los. Hemd zuknöpfen und Schuhbänder schnüren. Dabei musste Huisele lediglich dreimal mit dem rechten Auge zwinkern. Das war Kinderkram. Und was noch besser war: Das war erst der Anfang.
Huisele blieb ein paar Tage in der Höhle und lernte, wie man mit Handzeichen Holz spaltet, Äste zersägt und Gegenstände bewegt.
»Du machst dich prima, Kleiner«, lobte der Teufel. »Bald kannst du weitere Zaubermethoden ausprobieren. Aber zuerst schicke ich dich an einen Ort, wo du das Gelernte üben kannst.«
Der Teufel schnipste wieder mit den Fingern, und einen Wimpernschlag später war Huisele auf einem Bauernhof nahe am Brennerpass.
Die Bäuerin und der Bauer grüßten freudig und sagten: »Wir wissen Bescheid. Du bist ein Schüler des Teufels und wirst bei uns üben. Wir zahlen auch gut, junger Mann. Hauptsache, du kommst mit der Arbeit voran.«
Huisele mochte das Wort Arbeit nach wie vor nicht, doch die Gegend gefiel ihm und die Vorstellung, als Schwarzkünstler Geld zu verdienen, löste bei ihm einen Sturm der Begeisterung aus.
Keine drei Stunden vergingen, dann hatte er einen großen Acker gepflügt und Rüben gesetzt. Mit Augenzwinkern und Handzeichen, versteht sich. Die Bauersleute waren mit ihm mehr als zufrieden.

Am nächsten Morgen kam der Teufel auf Besuch und brachte Huisele das Zaubern mit Sprüchen bei. Mit dieser Methode konnte sein Schüler Kühe melken und Heu schroten, ohne einen Finger zu rühren. Der Bauer hingegen machte Freizeit. Die Bäuerin kochte riesige Knödel mit Speck, Mus mit einem See Butterschmalz drauf… Huisele aß und aß und kam sich vor wie im Schlaraffenland.
Bald aber beschwerte sich der Bauer bei ihm: »Wie ist es möglich, dass ein schmächtiger Kerl wie du so viel Hunger hat? Du isst ja für drei!«
Huisele verzog das Gesicht und erwiderte: »Na und? Das ist doch gerecht. Schließlich arbeite ich auch für drei.«
Am Tag darauf war auf dem Mus fast kein Schmalz mehr und die Knödel waren nur noch winzig klein. Die Bäuerin murmelte etwas, das nach teurer Kostgänger klang. Teurer Kostgänger, ja! – Huisele ärgerte sich maßlos.
Von dieser Stunde an zauberte er nur noch für sich selbst, gähnte beim Heumähen öfter, als er mit der Sense ausholte, und beim Melken schlief er beinahe ein.
Es dauerte nicht lange, bis die Bauersleute ihn vom Hof jagten.
»Bei euch möchte ich auch keinen Tag länger bleiben, ihr Geizhälse!«, maulte Huisele und vertrieb sich von nun an die Zeit mit Streichen und lustigen Zauberstücken in den Gasthäusern von Sterzing. Er versetzte seine Zechbrüder in einen Traumzustand, ließ sie an einem Stück Garn herumlaufen und wie ein Hund das Bein heben. Er ließ sie auch wie Katzen miauen oder wie Ferkel grunzen.
Seinen Zechbrüdern gefiel das. »Toll«, riefen sie, »zeig uns noch etwas.«
Also sprach Huisele einen reichen, aber ausgesprochen geizigen Bauer an: »Dein Hof steht den ganzen Winter über im Schatten. Wenn du willst, schneide ich die Bergspitze ab, damit du zu jeder Jahreszeit Sonne hast. Mit meiner Zauberschere geht das ratzfatz. Natürlich musst du dafür etwas springen lassen.«
Den Bauer störte der Schatten tatsächlich, also holte er zwanzig Goldgulden aus der Jackentasche.
»Heute lässt du dich aber nicht lumpen«, meinte Huisele anerkennend, steckte die Goldgulden ein und gaukelte dem Bauer vor, dass die Zauberschere auf dem Weg zur Bergspitze wäre.

Huisele behauptete auch, die Zauberschere sehen zu können und schwärmte: »Ui, wie die schneidet. Den Stein, ritsch-ratsch, und den Felsen, schnipp-schnapp. Gleich ist die Bergspitze weg.«
Der Bauer freute sich unbändig, doch plötzlich schrie Huisele: »Sapperlot, die Bergspitze fällt in die falsche Richtung und trifft gleich deinen Hof! Was zahlst du, wenn ich sie aufhalte?«
Entsetzt griff der Bauer in die Tasche und gab ihm weitere Goldmünzen. Dabei besaß Huisele gar keine Zauberschere und Bergspitzen abschneiden konnte er auch nicht. Seine Zechbrüder amüsierten sich jedenfalls köstlich.
Huisele wollte das Abschneiden von Bergspitzen aber noch lernen und traf sich auch künftig immer wieder mit seinem Meister, dem Teufel.
Bald konnte Huisele Windböen durch die Bäume fahren lassen, Wetter machen und Steinschlag auslösen. Essen herbeizuschnipsen lernte er auch. Das wollte der Teufel ihm schon früher beibringen, hatte es aber vergessen.
So hätte es noch lange weitergehen können, doch je mächtiger Huisele als Zauberer wurde, desto mehr stieg ihm das alles zu Kopf.
Seine Streiche wurden boshaft und düster und seinen Zechbrüdern blieb immer öfter das Lachen im Hals stecken.
Eines Abends übertrieb Huisele es endgültig und kam im Gasthaus mit einem Ziegenbock an.
Der Bock hatte ein rabenschwarzes Fell und stechende, glutrote Augen.
»Verschwinde mit diesem höllischen Viech!«, riefen Huiseles Zechbrüder und drängten sich ängstlich in die Ecken. »Bring den Bock auf der Stelle dorthin, wo du ihn herhast, und lass dich hier nie wieder blicken!«
Darüber geriet Huisele so in Wut, dass er mit den Füßen aufstampfte und zu brüllen begann: »Ist das euer Dank? Ich habe alles getan, damit ihr ein bisschen Spaß in eurem kümmerlichen Dasein habt. Aber damit ist jetzt Schluss! Ich brauche euch nicht. Ich brauche niemanden!«
Danach schwang er sich auf den Bock, ritt in die Berge und ließ ein Unwetter auf Sterzing niedergehen. Auch das hatte er vom Teufel gelernt. Und er lernte noch weiter dazu.

Doch die Jahre zogen dahin; Huisele wurde älter und fing an, sich nach etwas anderem zu sehnen. Nach einem Leben, in dem niemand Angst vor ihm hatte. Nach einem Leben ohne die Schwarzkunst.
Aber da war der Teufel. Ob der ihn gehen lassen würde?
»Freiwillig nicht«, meinte Huisele. »Aber wie wär's, wenn ich fromm würde? Gegen Menschen, die beten, kommt selbst mein mächtiger Meister nicht an.«
Gesagt, getan: Huisele kniete sich hin, faltete die Hände und sprach ein Gebet.
Im selben Moment knallte es, Funken stoben durch die Luft und vor ihm stand der vor Zorn bebende Teufel.
»Das klingt nicht wie Musik in meinen Ohren!«, donnerte er. »Das tut in meinen Gehörgängen weh!«
Dann schnipste er mit den Fingern und Huisele fand sich in der Hölle wieder.
Dort war es heiß, in einem Ring aus Steinen loderte ein gewaltiges Feuer.
Der Teufel schürte noch nach.
»Mir kommt kein Schwarzkünstler davon, Kleiner!«, lachte er. »Auch du nicht. Du hast dich mit mir eingelassen und wirst nun in den Flammen schmoren.«

Der weiße Hirsch

Es war Abend. Im Martelltal strich ein leichter Sommerwind über die Wiesen, in den Häusern gingen allmählich die Lichter an.
Der Stallwieser saß mit dem Gander im Gasthof und spielte mit ihm Karten. Zuerst eine Runde Jassen, dann Herz und Laub bieten. Nebenbei tranken die beiden ein Glas Wein, so wie jeden Samstag.
»Ich gewinne, der Wein geht auf dich«, behauptete der Gander und warf den Herzkönig aus.
»Irrtum, zahlen musst du«, lachte der Stallwieser und legte das Herzass drauf.
Daraufhin brummte der Gander und machte ein saures Gesicht. Das war schon die vierte Runde, die er verloren hatte. Zehn vor elf war es auch – höchste Zeit nach Hause zu gehen. Entschlossen holte der Gander die Geldtasche hervor, der Stallwieser jedoch ergriff sie und schob sie seinem Freund in die Jackentasche zurück.
»Aber hallo, du wirst doch nicht aufgeben!«, rief er. »Das kann doch nicht sein. Sonst gewinnst sowieso meistens du.«
Das stimmte tatsächlich, also mischte der Gander die Karten und spielte weiter.
Doch die Pechsträhne hielt an, der Gander verlor Runde um Runde.
Der Stallwieser aber rief der Wirtin zu: »Bring uns etwas Gutes zu essen. Vom Spielen kriegt man einen Bärenhunger.«
Gegen Mitternacht waren kaum noch Leute im Gasthof und die Wirtin kam an den Tisch, um zu kassieren.
»Zwei Viertel Wein, zwei Mal Käse und Brot ...«, zählte sie auf.
»Aha«, machte der Gander und holte erneut die Geldtasche hervor.
Er kramte eine Weile darin und blickte dann verlegen zum Stallwieser.
»So viel Geld hab ich gar nicht dabei«, sagte er. »Könntest du vielleicht für mich ...?«
»... zahlen, klar«, erwiderte der Stallwieser. »Aber nur, wenn du mir verrätst, wo du den weißen Hirsch gesehen hast. Du bist der einzige Mensch im Martelltal, der seinen Weideplatz kennt.«

Kurze Zeit später stand der Stallwieser vor dem Gasthof und hörte gespannt auf das, was der Gander erzählte:
»Der Hirsch äst bei der kleinen Wallfahrtkirche St. Maria in der Schmelz. Sein Fell ist weiß wie frisch gefallener Schnee. Und sein Geweih ist fast so edel wie eine Krone.«
»Weiß wie Schnee, edel wie eine Krone«, wiederholte der Stallwieser, der ein leidenschaftlicher Jäger war, und bekam bei diesen Worten fiebrige Augen.
»Stell dir vor«, meinte er, »das Fell hängt aufgespannt in meiner Stube und daneben prangt das Geweih. Niemand hat so etwas! Kein Jäger der Welt!«
Er fragte den Gander noch, um welche Tageszeit er den weißen Hirsch gesehen hatte, nickte und bekam es dann eilig.
»Ich muss dringend los«, sagte er. »Gute Nacht. Bis nächsten Samstag.«
Damit lief der Stallwieser nach Hause, nahm sein Gewehr und steckte Kugeln in die Jackentasche. In der Früh musste er bei der kleinen Wallfahrtskirche sein. Dort würde er warten und zielen und ... Vorher musste er seiner Frau aber noch einen Zettel schreiben, damit sie wusste, wo er war.
Gegen fünf setzte die Dämmerung ein; der Stallwieser lauerte im Gebüsch, sah Hasen und Rehe, nur der weiße Hirsch tauchte nicht auf.
»Mist und Murks!«, schimpfte der Stallwieser.
Er musste schleunigst nach Hause, um die Stallarbeit zu erledigen.
Kurz vor elf lauerte er wieder bei der Wallfahrtskirche und blieb so lange dort, bis die Kirchenglocken im Dorf zwölf schlugen. Doch da war nichts. Kein Kronengeweih, kein schneeweißes Fell. Der Hirsch hatte ihn vermutlich gewittert und fraß sein Gras nun anderswo.
Voller Zorn machte sich der Stallwieser auf und streifte durch die Wälder. Seine Frau aber musste ein krankes Fohlen versorgen und das Kartoffelfeld harken. Eigentlich wäre das seine Aufgabe gewesen.
Am Abend kam der Stallwieser zu einem Bach und war völlig überrascht, weil dort der Hirsch zwischen herabhängenden Zweigen stand und Wasser trank. Sein Geweih war genauso, wie der Gander gesagt hatte: edel, wuchtig ... und das Fell erst! Es leuchtete wie ein vergletscherter Berg, auf den an einem klaren Tag die Sonne scheint.

Der Stallwieser nahm rasch das Gewehr, legte den Finger um den Abzug, doch der Hirsch machte jäh einen Satz und kam auf ihn zu.

»Teufelnochmal!«, schrie der Stallwieser und sprang ins Gebüsch. »Was ist denn das für ein Spiel? Krieg mich, sonst krieg ich dich? Na warte, du widerspenstiges Tier. Du wirst mich noch kennenlernen!«

Er verfolgte den Hirsch bis spät in der Nacht, schlief anschließend im Wald und ging von nun an nur noch heim, um sich mit Essen zu versorgen. Samstags saß er nicht mehr im Gasthof. Und sonntags nahm er sich nicht einmal die Zeit für den Gottesdienst.

»Das geht doch nicht«, meinte der Gander, machte sich auf die Suche nach seinem Freund und traf ihn bald auf einer Alm.

»Lass den Hirsch«, meinte er. »Hilf lieber deiner Frau bei der Arbeit. Und geh morgen in die Kirche. Es ist Sonntag, verstehst du!? Oder ist dir gar nichts mehr heilig?«

»Heilig, sittlich, brav ...«, murrte der Stallwieser und konnte nicht verhehlen, dass ihm das Gerede auf die Nerven ging. »Du bist ein guter Freund. Aber ob ich in die Kirche gehe und was ich sonst tue, geht dich nun wirklich nichts an!«

Bedrückt kehrte der Gander ins Tal zurück, der Stallwieser jedoch verbrachte die Nacht auf der Alm.

Am Sonntag wachte er mit dem ersten Tageslicht auf, zog sich an und trat vor die Tür. Aber was musste er sehen?

»Nebel, so weit das Auge reicht!«, ärgerte er sich und stapfte über die Weide. »Ich brauche gute Sicht und kein Waschküchenwetter wie dieses!«

Er war schon ein Stück gegangen, als er plötzlich den Hirsch im Nebel sah. Das Tier stand einfach da, mit erhobenem Kopf. Der Atem stieg in dünnen Fahnen aus seinen Nüstern. Hirschlein nimm dich wohl in acht, wenn des Jägers Büchse kracht, dachte der Stallwieser, legte flink das Gewehr an und wollte abdrücken. Im selben Augenblick aber begannen im Dorf die Kirchenglocken zu läuten. Der Hirsch riss den Kopf herum und stürmte davon.

»Blödes Gebimmel, Gescheppere, Geklingel!«, maulte der Stallwieser und rannte hinter ihm her. »Geht das Läuten nicht ein bisschen später? Ein paar Sekunden hätten mir vollkommen gereicht!«

Kurz darauf blieb der Hirsch auf einem Hügel stehen.
Der Stallwieser zielte erneut, doch die Glocken läuteten zum zweiten Mal und scheuchten das Tier jetzt bergan.
»Elende Schellen, euch sollte man vom Kirchturm schlagen und einschmelzen!«, schrie der Stallwieser und rannte, ohne zu zögern, weiter hinter dem Hirsch her.
Er merkte nicht, dass der Berg immer steiler wurde.
Er merkte auch nicht, dass der Hirsch sich immer wieder nach ihm umdrehte und ihn nachkommen ließ.
»Gleich bist du dran«, murmelte der Stallwieser, lief und lief und war wie besessen von dem Tier.
Als der Hirsch unverhofft stehen blieb, schoss der Stallwieser und traf ihn prompt in die Seite.
Aber wo war das Tier nur? Hinter einem der großen Steine, die überall herumlagen? Hatte der Hirsch sich trotz der schweren Verletzung weitergeschleppt?
Der Stallwieser fand eine Blutspur und glaubte schon, das strahlende Fell im Nebel zu sehen, doch die Glocken läuteten zum dritten Mal.
»Verflucht sollt ihr sein!«, brüllte der Stallwieser nun. »Zur Hölle mit den Sonntagen und den Kirchgängen!«
Kaum hatte er das gesagt, fing der Boden zu beben an; unter Getöse schoben sich die Steine zu einer senkrechten Wand auf.
»Hilfe!«, schrie der Stallwieser. »Hilfe!«
Über ihm war Felsen und unter ihm war Felsen. Der Vorsprung, auf dem er stand, bröckelte.
Ob der Stallwieser noch heil aus der Wand gekommen wäre, wenn er das, was er in seiner Wut gesagt hatte, zurückgenommen hätte?
Ob er am Leben geblieben wäre, wenn er geschworen hätte, den Hirsch laufen zu lassen und stattdessen zur Messe zu gehen?
So genau kann das niemand mehr sagen.
Vom Dorf herauf schwang sich der helle Ton der Kirchenglocken. Es war das Letzte, das der Stallwieser noch hörte.

Das beschenkte Nörggele

In Afing lebte vor vielen Jahren eine Bauernfamilie. Sie hatte einen kleinen, an einem sonnigen Hang gelegenen Hof; die Bäuerin und der Bauer arbeiteten fleißig und auch die Kinder halfen mit, wo es ging.
Doch die Zeiten waren hart, das Geld war stets knapp und auf einen kalten Winter folgte ein heißer trockener Sommer.
Mitte Juli gab es endlich ein Gewitter, doch ein Blitz erschlug auf der Weide zwei von drei Kühen. Der Donner, der daraufhin ertönte, war wie ein Knall und versprengte die Schafe.
Erst zwei Tage später fanden sie heim, inzwischen aber waren sie krank.
Dann fiel auch noch der Bauer im Anger von der Leiter und hatte solche Schmerzen, dass er nicht mehr aufstehen konnte.
»Astrid!«, rief er. »Astrid!«
Seine Frau kam aus dem Stall und sah ihn unter dem Kirschbaum liegen. »Herbert, du Ärmster!«, klagte sie.
Sein rechtes Bein war gebrochen. Und sein Knie war ganz böse aufgeschlagen.
Astrid brachte ihren Mann ins Haus, reinigte die Wunde und wickelte einen straffen Verband um das Bein.
»Du musst es unbedingt hochlegen«, riet sie. »Sonst tut es noch mehr weh und heilt schlecht.«
Herbert tat, was sie gesagt hatte, und harrte ungeduldig in der Stube aus – zwei Wochen, drei Wochen. Trotzdem wurden die Schmerzen immer schlimmer. Das Rüben- und das Kartoffelfeld hätten geharkt werden müssen. Andere Arbeiten blieben auch liegen.
Eines Abends saß die Familie am Tisch.
Astrid hatte die verbliebene Kuh gemolken und goss Milch in die Tassen.
»Esst«, meinte sie und schnitt noch Brot in Scheiben.
»Und du?«, fragte Herbert. »Bist du nicht hungrig?«

»Ich ... ach ...«, schwankte Astrid.
Dann rutschen ihre Gesichtszüge durcheinander. »Unsere Getreidevorräte sind aufgebraucht«, schluchzte sie. »Mehr Brot ist nicht da.«
Herbert stellte bestürzt seine Tasse hin, den Kindern stiegen auch die Tränen in die Augen.
»Nicht gut«, jammerte Willi, der Jüngste, der noch keine drei Jahre alt war.
Und Grete, die Älteste, schob ihrer Mutter schnell die eigene, bereits angebissene Brotscheibe zum Teller hin.
Im selben Moment klopfte es an der Tür – ein Nörggele trat ein.
Es hatte weißes Haar und einen langen Bart. Auf den Schultern trug es einen ledernen Rucksack.
»Ich habe von eurer Not gehört. Verzagt nicht, bis zur Ernte ist es nicht mehr lange hin«, sprach es und lispelte dabei unüberhörbar. »Bittet inzwischen eure Nachbarn um etwas Getreide. Und du, Bauer, zeig mir dein Bein. Ich habe Kräuter mitgebracht und verfüge zudem über besondere Heilkräfte.«
Herbert schaute das Nörggele hoffnungsvoll an und die Kinder rutschten nacheinander von den Stühlen.
»Kannst du unseren Vater gesund machen?«, fragte Grete.
Willi plapperte: »Fuß, aua. Bitte, mach schnell.«
Die Kinder redeten durcheinander und wurden schließlich so laut, dass sich das Nörggele die Ohren zuhielt.
»Jetzt ist Ruhe!«, befahl es und lächelte. »Husch, ins Bett mit euch. Morgen werdet ihr schon sehen.«
Die Kinder gehorchten aufs Wort, wünschten allen eine Gute Nacht und gingen schlafen. Das Nörggele setzte sich zu Herbert und tastete vorsichtig über sein Bein. An der Stelle, an der es gebrochen war, war es dick geschwollen und stark gerötet.
»Ui, dein Fuß gleicht einem blühenden Mohnfeld«, scherzte das Nörggele. »Aber keine Sorge, der wird bald anders.«
Darauf nahm es frische Kräuter aus dem Rucksack, legte sie auf Herberts Bein und murmelte:

»Spitzwegerich such ich,
Breitwegerich brauch ich,
Zinnkraut wohl auch,
ebenso Malve, Nussblatt und Bärlauch.«

Das Nörggele wiederholte den Spruch ein paar Mal und fuhr mit den Händen über das Bein, als ob es Luft wegfächern wollte.

»Oben ist unten,
kreuz ist quer,
aus krumm wird gerade,
aus hin wird her«, murmelte es weiter und ließ die Hände auch über Herberts und Astrids Stirn kreisen.

Die beiden sahen das Nörggele verwundert an und wussten nicht, was sie von seiner Heilmethode halten sollte. Kräuter ja, dachten sie, aber diese komischen Sprüche und das seltsame Fuchteln ...

Doch sie wollten nicht undankbar sein. »Es ist spät geworden«, sagten sie, nachdem das Nörggele ein paar Mal herzhaft gegähnt hatte. »Übernachte bei uns, wir haben eine Kammer frei.«

Das Nörggele nahm das Angebot an, zuerst aber zerdrückte es die Kräuter zwischen den Fingern und gab sie unter dem Verband auf das Bein. Dann legte es sich schlafen. Auch Astrid und Herbert gingen zu Bett.

Am Morgen wachte Astrid erst gegen neun auf und fand Herberts Bett leer vor. Durch das offene Fenster drang ein fröhliches Kichern und mehrstimmiges Lachen.

Das Kichern kam vom Nörggele, das Lachen von den Kindern.

Und wer war da im Flur? Schritte tappten zur Kammertür, langsam wurde die Klinke nach unten gedrückt ...

»Mensch, Herbert, wie ist das möglich?«, rief Astrid und sah, wie ihr Mann ohne Verband in die Kammer trat.

»Gute Frage«, antwortete er und zeigte auf sein rechtes Bein. »Alles ist heil. Der Bruch, das Knie. Ich habe bereits die Kühe gemolken, so dass du hast ausschlafen können. In letzter Zeit bist du immer besonders früh aufgestanden und hast viel Arbeit gehabt.«

Stürmisch hob er seine Frau aus dem Bett und drehte sich mit ihr im Kreis. »Du, da ist noch was«, sagte er. »Das Nörggele hat nicht nur mich, sondern auch unsere Schafe gesund gemacht.«
Astrid war von den guten Nachrichten ganz überwältigt, küsste Herbert und ließ sich von ihm wieder absetzen.
Noch im Nachthemd eilte sie in den Hof und drückte das Nörggele an sich.
»Danke«, hauchte sie, weil sie vor lauter Glück fast keine Stimme mehr hatte. »Tausend Dank.«
Das Nörggele blieb noch zum Mittagessen; anschließend schulterte es seinen Rucksack und wollte gehen.
Aber Willi hielt es fest und brabbelte: »Du nicht fort. Nein!«
»Genau«, bekräftigten Astrid und Herbert. »Bleib doch bei uns. Damit würdest du uns eine große Freude machen.«
Das Nörggele freute sich auch und nahm den Rucksack rasch wieder ab. »Ich werde hier aber nicht herumstehen, sondern fleißig mitarbeiten«, lispelte es. »Ihr dürft mir allerdings nie etwas schenken. Und Lohn dürft ihr mir auch keinen geben.«
Astrid und Herbert versprachen es, und danach war das Nörggele nicht mehr zu bremsen. Am Nachmittag zupfte es im Garten Unkraut aus den Beeten und in den kommenden Tagen harkte es das Rüben- und das Kartoffelfeld. Abends erzählte es den Kindern lustige Geschichten. Nachts putzte es sogar noch das Werkzeug blank.
Bald kam die Erntezeit.
Das Nörggele dengelte die Sensen, half beim Kornschneiden und las mit den Kindern die Kartoffeln auf. Es achtete auch darauf, dass die Nachbarn das Getreide

zurückbekamen, das sie Astrid und Herbert gegeben hatten. Das war auch richtig so. Mit der Ernte hatte die Not auf dem Hof ein Ende und der Bauernfamilie ging es wieder gut.

Allmählich zog der Herbst ins Land.

Das Nörggele pflückte im Anger die Äpfel, später holte es Holz aus dem Wald. Anfang Dezember schnitt es bei eisigen Temperaturen die Bäume. Dabei war seine Jacke nur dünn. Seine Hose war mittlerweile abgewetzt und hatte mehrere Risse.

Als ein rauer Wind Schnee über das Dach trieb, zog Herbert seine Frau zur Seite. »Das arme Nörggele friert, es hat schon ganz blaue Hände. Das können wir nicht zulassen.«

Astrid stimmte ihrem Mann zu. »So geht das nicht weiter. Weißt du was, nächste Woche kommt ohnehin der Schneider ins Haus. Er soll dem Nörggele ein warmes Gewand machen.«

Am Montag breitete der Schneider in der Stube verschiedene Stoffe aus, legte eine Schere sowie Nadel und Faden bereit.

Die Maße für das Nörggele nahm er an einem der Kinder ab. Das Zuschneiden und Nähen der Kleider dauerte über eine Woche lang.

Nachdem der Schneider mit den Kleidern fertig war, gab Astrid ihm seinen Lohn und bat ihn, nächstes Jahr wiederzukommen.

»Im Mai vielleicht«, meinte sie, gab ihm noch ein frischgebackenes Brot und begleitete ihn anschließend zur Tür.

Danach holte sie Herbert und die Kinder in die Stube und rief auch das Nörggele herbei. Sie musste eine Weile warten, bis alle am Tisch saßen. Dann teilte sie mit einem strahlenden Lachen die Kleider aus.

Herbert hatte beim Schneider eine Hose bestellt, Grete einen Rock, Willi eine Lodenjacke ...

Sie probierten die Kleider gleich an.

»Schön sind sie, schön«, lispelte das Nörggele. »Da hat sich der Schneider aber eine Mühe gemacht. Ach was, er hat sich selbst übertroffen.«

Als Astrid das Gewand mit den Borten über den Tisch schob, wurde das Nörggele ernst.

»Oh je, das ... das ...«, stotterte es, » ... das ist doch nicht etwa ... für mich?«
Herbert nickte und legte ihm die Hand auf die Schulter. »Schau, wir wissen, dass du uns nicht zur Last fallen willst. Aber das tust du nicht, wir sind nicht mehr arm. Es ist nur ein warmes Gewand. Nimm es, du brauchst es wirklich dringend.«
»Ich weiß«, erwiderte das Nörggele, drückte das Gewand überglücklich an sich und war gleichzeitig todtraurig.
Auf einmal ging alles ganz schnell: Das Nörggele sprang mit dem Gewand auf und eilte in seine Kammer. Mit dem Rucksack auf dem Rücken kam es wieder, rannte mit wehendem Bart durch den Flur, über den Hof und von dort aus über den Acker. Am Zaun blieb es stehen und wischte sich Tränen aus den Augen. »Jetzt muss ich fort von diesem Ort«, jammerte es und hastete in Richtung Wald.
»Lebt wohl für immer«, rief es noch. »Ich komme nimmer.«
Astrid und Herbert liefen dem Nörggele nach. »Wo willst du hin? Du gehörst doch zu uns. Bleib da!«
Grete und Willi suchten die ganze Gegend nach ihm ab. »Nörggele, wo bist du? Nörggele!«
Aber umsonst. Das Nörggele war weg und kam auch nie mehr wieder.
Es musste weiterziehen. Zu anderen Leuten, die in Not waren.

Die Haselhexe

Im Stall war es warm. Die Schafe drängten zur Tür und blökten in den verschiedensten Tonlagen.

»Geduld, Geduld«, sagte Felix, »gleich kommt ihr ins Freie.«

Dann sah er ein Lamm, das durch einen Spalt in den Koben mit Streu geschlüpft war. Es lief hin und her und fand nicht mehr heraus.

»Was tust du da drin?«, brummte Felix, der die Schafe auf die Weide treiben musste, und versuchte das Lamm aus dem Koben zu scheuchen.

Doch es hüpfte auf den Streuhaufen, als wollte es den Bub necken. Als er es herunterholen wollte, wich es flink in eine Ecke aus.

»Willst du wohl endlich stehen bleiben, du freches Ding!«, schimpfte Felix jetzt und sprang dem Lamm hinterher. »Berta steht im Hof und hält das Gitter offen. Die ist nicht so gutmütig wie ich. Wenn du mich noch länger aufhältst, bringst du mich in Teufels Küche!«

Er hatte das Lamm gerade erwischt, da flog die Stalltür auf, so dass die Schafe erschrocken zurückwichen.

»Rotzbub!«, schnarrte Berta, die Magd. »Du denkst wohl, ich hab den ganzen Tag Zeit, da draußen auf dich zu warten?!«

Das Lamm bekam von ihr einen Fußtritt und Felix eine kräftige Ohrfeige.

Seine Wange brannte noch, als er die Herde längst auf die Weide getrieben hatte.

»Blödes Weib«, ärgerte er sich und blickte zur gegenüberliegenden Talseite des Vinschgaus, wo sein Heimatort war.

Am liebsten hätte er alles liegen und stehen gelassen und wäre nach Hause gegangen. Keine drei Tage arbeitete er nun auf diesem Hof, aber das war schon die vierte Ohrfeige.

Felix kraulte dem Hirtenhund Leo den Kopf, dafür leckte der ihm über die Nase.

Felix kraulte Leo auch noch den Nacken. »Guter Hund«, sagte er, »wenigstens du bist nett.«

Am Abend erzählte Felix der Bäuerin von den Ohrfeigen, doch die rollte Knödel, dass es nur so schmatzte, und wollte davon nichts wissen.
»Du darfst Berta halt nicht zornig machen«, ermahnte sie ihn. »Sie ist die fleißigste Magd, die ich je hatte.«
»Fleißig im Ohrfeigenausteilen«, brummte Felix und ärgerte sich nun auch noch über die Bäuerin. Außerdem dachte er mit Schrecken an den kommenden Tag. Der Bauer hatte ihm aufgetragen, Laub aus dem Kastanienwald zu holen. Mit Berta! Schöne Aussichten waren das.
Am nächsten Morgen schulterten Felix und Berta nach dem Frühstück die Körbe. Danach nahmen beide einen Rechen und brachen zum Kastanienwald auf.
Leo lief neben ihnen her, bis Felix ihn zurückschickte. Der Hund durfte nicht mit, leider. Er musste bei den Schafen bleiben.
Im Kastanienwald stellte Berta den Korb auf den Boden und kommandierte: »Los, Bub, arbeiten und nicht dumm dreinschauen! Laub zusammenrechen, die Körbe vollmachen! Ich habe etwas Besseres zu tun: Ich werde Haselnüsse suchen.«
Sie warf den Rechen hin; bevor sie ging, drohte sie Felix mit erhobener Hand. »Lass dir nicht einfallen, mir nachzugehen! Du weißt, was dir sonst blüht!«
Felix hatte keine Lust auf eine weitere Ohrfeige, fuhr mit dem Rechen durchs Laub und machte daraus kniehohe Haufen. Die Kastanienigel schubste er weg oder klaubte sie mit spitzen Fingern heraus. Das war keine angenehme Arbeit, doch das Laub wurde als Streu für die Schafe verwendet. Also weg mit diesen Stacheldingern.
Nach einer Weile legte Felix eine Pause ein und begann zu überlegen: Wo Berta nur so lange bleibt? Und warum hat sie mir verboten, ihr nachzugehen? Ob das mit den Haselnüssen nur eine Ausrede ist? Die Bäuerin hat neulich gesagt, dass dieses Jahr kaum welche zu finden sind.
Nun warf auch Felix den Rechen hin und schlich den Weg entlang, den Berta eingeschlagen hatte.
Plötzlich hörte er ein Rascheln und riss erschrocken den Kopf herum. Doch da war keine keifende Berta, da war nur ein Eichhörnchen. Es hatte eine Kastanie im Mund, kletterte einen Föhrenstamm hinauf und gab aufgebrachte Laute von sich.

Gleich darauf vernahm Felix Stimmen, die wie Rabengekrächze und Wolfsgeheul in einem klangen. Sie wurden immer lauter und eindringlicher. Sie kamen von rechts, wo die großen Fichten standen.

Felix kroch unter Farnwedeln und Sträuchern hindurch und drückte Zweige zur Seite. Was er dann sah, verschlug ihm fast den Atem.

Auf einer Lichtung tanzten Frauen im Kreis. Sie rafften ihre ausgefransten Röcke, schleuderten die zotteligen Haare nach hinten, johlten und lachten.

Du liebe Zeit, das sind Hexen, fuhr es Felix heiß durch den Kopf. Und die mit den Zöpfen ist Berta!

Sie tanzte wild und stieß mit einer dicken Hexe zusammen, die wie eine Amsel herumhüpfte.

»Trampel! Dreckstück!«, schrien die beiden abwechselnd und begannen heftig zu streiten.

Auf einmal riss Berta die Dicke am Ohr, die aber packte Berta an den Zöpfen und zerrte sie zu Boden.

»Du denkst wohl, du kannst dir alles erlauben!«, wetterte sie. »Du bist hier die Jüngste, also benimm dich gefälligst!«

»Genau so ist es, wir haben hier das Sagen«, kreischten andere Hexen und packten Berta an Armen und Beinen.

Es machte »ritsch« und »ratsch«, Fleischstücke und Knochen flogen nach allen Seiten.

»Iiih!«, wollte Felix schreien, biss sich aber vor Angst auf die Lippen.

Die Hexen hatten Berta in Stücke gerissen. Wie Papier. Wie ein Kastanienbaumblatt. Nicht auszudenken, was sie mit ihm machten, wenn sie ihn erwischten!

Mittlerweile war auf der Lichtung eine alte, hohlwangige Hexe in die Mitte getreten und schlug mit einem Stock auf einen Stein.

»Das wird Berta eine Lehre sein«, rief sie. »Los, setzt sie wieder zusammen!«

Die Hexen gehorchten und sammelten die Fleischstücke und Knochen wieder ein.

Auf dem Boden reihten sie alles sauber aneinander: den Schädel, die Arme, die Wirbel, die Oberschenkel, die Zehen ...

Die Alte sah ihnen zu und bemerkte, dass das linke Schlüsselbein fehlte.

Die Hexen suchten noch einmal die Lichtung ab. Doch da war nichts.
»Ist doch egal«, knarzten sie schließlich. »Pech für Berta eben.«
»Pech, Pech«, wiederholte auch die Alte und lachte, dass es Felix in seinem Versteck kalt über den Rücken lief.
Anschließend tappte die Alte zu einem Haselnussstrauch, brach einen Zweig ab und legte ihn an die Stelle, wo bei Berta das Schlüsselbein fehlte.
Dann ritzte sie mit ihrem Stock seltsame Zeichen in die Erde: Eine Schlange, überkreuzte Striche ...
Sekunden später erhob sich Berta und war lebendig wie eh und je.
»Brrr«, machte sie und schüttelte sich. »Das war nicht so gemeint«, murrte sie und entschuldigte sich bei der Dicken.
Die Alte war mit ihrer Arbeit offensichtlich zufrieden, tätschelte Bertas Wange und sagte mit gnädigem Ton: »Nun bist zu wieder ganz, Fräulein. Du musst aber aufpassen, dass dich niemand Haselhexe nennt.«
Aha, dachte Felix, Haselhexe. So heißt Berta jetzt. Diesen Namen muss ich mir merken.
Danach schlich er zum Kastanienwald zurück und fegte das restliche Laub zusammen, dass die Blätter nur so raschelten.
»Haselhexe«, murmelte er und passte auf, dass er dieses Wort nicht vergaß. »Gemeine, garstige Haselhexe.«
Als Berta wiederkam, war Felix dabei, einen Korb mit Laub aufzufüllen. Der andere aber war noch leer.
Das Donnerwetter ließ nicht lange auf sich warten. Aus Bertas Augen wurden Schlitze, aus ihren Lippen ebenso.
»Ich sehe, du hast gefaulenzt, mein Lieber!«, schrie sie. »Hast du vergessen, was ich dir aufgetragen habe?«
Felix zappelte herum und fand zu keiner Antwort. In seinem Kopf waren nur noch Fragen.
Konnten Hexenaugen Gedanken lesen? Wusste Berta, dass er ihr nachgeschlichen war? Und wozu griff sie zu einer Rute? Um ihn zu schlagen? Um ihn zu verhexen?

Felix blieb nichts anderes übrig, er rief: »Haselhexe! Du bist die Haselhexe!«
Im selben Augenblick fiel Berta die Rute aus der Hand, ihre Füße knickten ein, mit einem dumpfen Geräusch zerfiel sie wieder in Stücke.
»Das hast du nun davon«, murmelte Felix und hätte am liebsten laut auch noch »Ätsch-pätsch« gesagt.
Doch das wagte er nicht. Er traute Berta alles zu. Selbst wenn sie nur noch ein Haufen Fleisch und Knochen war.
Auf dem schnellsten Weg kehrte Felix zum Hof zurück, führte die Bäuerin in den Kastanienwald und erzählte ihr, was geschehen war.
Die vergrub Bertas Überreste unter den Bäumen und beschwerte die Erde auch noch mit Steinen. »Eine Hexe auf unserem Hof!«, entsetzte sich die Bäuerin. »Fürchterlich! Schrecklich!«
Anschließend nahm die Bäuerin die Körbe und die Rechen und ging mit Felix heim.
»Ich danke dir«, sagte sie.« Wenn ich gewusst hätte, dass Berta so eine ist ... Ich hätte sie auf der Stelle entlassen.«
Von diesem Tag an gefiel es Felix auf dem Hof wieder besser.
Er bekam von der Bäuerin öfters ein Stück Kuchen und der Bauer holte mit ihm Streu aus dem Lärchenwald.
Vor allem aber wurde Felix nie mehr angeschrien. Und Ohrfeigen bekam er erst recht keine mehr.

Der Drache auf dem Heiligkreuzkofel

Es war ein kühler Sommertag. Im Gadertal sah es nach Regen aus, Nebel zog um die Gipfel des Heiligkreuzkofels.

Plötzlich war da etwas, das aussah, wie ein riesiger dahingleitender Schatten. Lautlos schoss es auf eine Weide hinab und steuerte auf zwei Hirtenbuben zu.

»Du lieber Himmel, was ist das?«, rief Georg.

»Ein Drache!«, schrie Stefan, sein Freund. »Schnell, lauf!«

Mit wilden Handbewegungen scheuchte Stefan die Schafe auf, dann riss er Georg mit sich und rannte über die bucklige Weide.

Die Buben wussten nicht wohin, hasteten nach links und wieder nach rechts. Inzwischen war der Drache über ihnen. Er schwenkte sein wuchtiges Flügelpaar und klappte sein grässliches Maul auf, sodass den Buben sein heißer Atem in den Nacken fuhr.

In letzter Sekunde erreichten die beiden einen Abhang, setzten zum Sprung an und landeten ein paar Meter tiefer in dichtem, kratzigem Gebüsch. Der Drache brüllte und flog zur Weide zurück. Die Schafe fanden kein Versteck. Ihre Schellen bimmelten wild und ihr Blöken klang jämmerlich.

Als der Drache endlich fortgeflogen war, krochen die Buben aus dem Gebüsch und lauschten angestrengt zur Weide hinauf. Doch da war nichts. Kein Blöken, kein Bimmeln ...

Georg kämpfte mit den Tränen. »Die armen Muttertiere, die süßen Lämmer.«

Stefan ballte die Faust. »Diese verfressene Flugwanze soll abstürzen und sich ihren langen Hals brechen!«

Gleich darauf fiel den Buben Hanna, die Besitzerin der Schafe, ein. »Hanna muss in der Almhütte bleiben«, rief einer der beiden. »Der Drache frisst alles, was ihm vors Maul kommt. Wenn er Hanna sieht, wird er auch sie zerfleischen!«

So schnell es ging, liefen die Buben bergab, erreichten die Alm und blieben entsetzt davor stehen. Die Stalltür war eindrückt, bei der Hütte war ein Stück Mauer umgerissen und durch das Dach konnte man den Himmel sehen. Großer Gott, der Drache war wohl schon da gewesen.

»Hanna!«, tönten die Buben und begannen verzweifelt in den Trümmern zu suchen. Doch die Steine waren schwer und die herabgestürzten Dachbalken waren heillos ineinander verkeilt. Also beschlossen die Buben, in St. Vigil bei Enneberg Hilfe zu holen.

Sie hasteten ins Tal; vor dem Dorf sahen sie mehrere Leute, die ihnen entgegenkamen. Glücklicherweise war auch Hanna dabei.

»Dem Himmel sei Dank, ihr lebt!«, rief sie und drückte die Buben an sich.

Völlig außer Atem begann sie zu erzählen: »Da war plötzlich ein Rauschen auf der Alm, als ob ein Sturm losgebrochen wäre. Gleich darauf wackelte das Hüttendach und Balken fielen herab. Ich sprang zum Fenster hinaus und versteckte mich hinter dem Brunnen. Dann sah ich den Drachen. Dieses abscheuliche Tier wütete wie wild, weil es auf der Alm nichts zum Fressen fand, flog in Richtung Kreuzkofel und ... Ich hatte schreckliche Angst um euch und wusste mir nicht anders zu helfen, als ins Tal zu laufen, um Hilfe zu holen.«

Stefan und Georg konnten gar nicht sagen, wie froh sie waren, dass auch Hanna nichts passiert war, und sie erzählten nun ihrerseits, wie sie dem Drachen entkommen waren.

Die Leute lobten die beiden: »Ihr seid wirklich tapfere Burschen.«

»Das stimmt«, bestätigte Hanna, strich den Buben übers Haar und fragte mit einem Schimmer Hoffnung in der Stimme, ob nicht vielleicht doch ein paar Schafe überlebt hatten.

Statt einer Antwort senkten die Buben traurig den Blick.

»Verstehe, der Drache hat alle erwischt«, murmelte Hanna und machte ein gequältes Gesicht. Sie mochte die Schafe. Ach was: Sie liebte die Schafe. Anders als der Drache waren sie friedlich und taten niemandem etwas zuleide.

Hanna stand eine Weile so da, dann nahm sie die Buben an die Hand und kehrte mit ihnen und den Leuten nach St. Vigil zurück. Nun hieß es warten und hoffen, dass der Drache weiterzog. Warten war etwas, was sie gar nicht konnte. Die Nebel senkten sich ins Tal hinab und es begann zu regnen.

Am Tag darauf nieselte es nur noch, und auf dem Heiligkreuzkofel hockten lauter zerzauste Wolkennester. Die Leute von St. Vigil aber hockten in ihren Stuben, ängstlich, zornig. Der Drache hatte auf einer zweiten Alm Schafe gefressen. Hanna war am Boden zerstört. Würde dieses Untier je wieder weiterfliegen?

Als der Drache auf der dritten Alm zuschlug, taten sich in St. Vigil die Jäger zusammen, suchten das Untier und entdeckten es auf einem Felsvorsprung unterhalb des Heiligkreuzkofels.

Vollgefressen wie der Drache war, döste er faul vor sich hin. Aus seinem Bauch drangen Verdauungsgeräusche und so bemerkte er nicht, dass die Jäger sich anschlichen. Flink luden sie ihre Gewehre und schossen. Doch die Kugeln prallten am Schuppenkleid des Drachen ab, flogen kreuz und quer und natürlich war das Untier jetzt wach.

Zum Fliegen war der Drache zu träge, doch er fauchte so wüst, dass die Jäger erschraken und fortliefen. Aber sie gaben nicht auf: Wieder im Tal, sprachen sie mit Ritter Prack, der auf Burg Asch wohnte. Er war treffsicher und kühn. Er musste dem Drachen durchs Maul hindurch ins Herz schießen.

Der Ritter versprach den Jägern, sein Bestes zu geben, nahm sein Gewehr und ließ sein Pferd Sturmwind antraben. Mit ihm hatte er schon die dreistesten Diebe gestellt und gefürchtete Wegelagerer gefangen.

»Komm, mein Guter«, sagte Prack und lenkte Sturmwind bergan. »Ein neues Abenteuer erwartet uns.«

Nach einer Weile erreichte der Ritter den Wald und etwas später lenkte er Sturmwind über sattgrüne Hügel. Dort schaute er hinter Steinblöcke und suchte in Mulden und Höhlen. Doch da war nichts. Kein Fußabdruck des Drachen, kein Büschel Wolle von einem gerissenen Schaf. Wo war das Untier nur? Etwa wieder auf Beutesuche?

»Kaum zu glauben, bei dem, was der Drache alles gefressen hat«, meinte der Ritter und schlug seinen Hemdkragen hoch, um anschließend zügig weiterzureiten.

Das Wetter hatte aufgeklart, doch ein kühler Wind wehte. Der Heiligkreuzkofel stand da wie eine gewaltige Ringmauer und seine Gipfel ragten in den blankgefegten, tiefblauen Himmel.

Als Prack sich Hannas Alm näherte, blieb Sturmwind stehen und warf die Mähne hin und her. Der Ritter verstand, was sein Pferd damit meinte. Der Drache war hier. Sturmwind hatte ihn gerochen.
Doch wo war der Vielfraß? Oberhalb der Alm, wo das Gelände steil wurde? Weiter rechts, wo ausgedehnte Schuttmoränen den Fuß des Heiligkreuzkofels säumten? Ritter Prack kniff die Augen zusammen, um besser sehen zu können.
Tatsächlich, zwischen dem Schutt lag etwas. Es war groß und grau. Es hatte einen schlangenähnlichen, hässlichen Kopf. Auf dem Leib des Drachen waren Schuppen, die sich beim Atmen leicht hoben und senkten.
»Du bist ja ein hübsches Kerlchen«, murmelte Ritter Prack und lud das Gewehr. »Jetzt musst du Faultier nur noch gähnen, dann bist du dran.«
Aber wie es der Zufall will: Auf einmal pfiff ein Murmeltier – der Drache riss die Augen auf und fauchte so laut, dass Sturmwind zuckte und der Schuss ins Leere ging. Im Nu war der Drache in der Luft und begann über Reiter und Pferd zu kreisen. Gleich darauf stürzte er sich herab und bleckte seine nach innen gebogenen Zähne, so dass jeder halbwegs vernünftige Mensch, ohne zu zögern, die Flucht ergriffen hätte. Nicht so Ritter Prack. Er redete beruhigend auf Sturmwind ein, lud das Gewehr nach und saß völlig entspannt im Sattel. »Dieser Schuss muss aber sitzen«, meinte er und zielte auf das aufgerissene Maul des Untiers, »sonst sind wir bald Drachenfutter.«
Sturmwind stand tatsächlich still, Ritter Prack drückte ab, schon hallte ein Knall durch die Berge. Dann war ein Gurgeln zu hören und ein Flattern und Knattern. Die Flügel des Drachen waren zusammengeklappt, das Untier stürzte ab und schlug wie ein praller Wassersack auf dem Boden auf.
»Aus ist's mit Schafefressen«, sagte Ritter Prack und musste lachen, weil Sturmwind zum Drachen hintrabte und ein schadenfrohes Wiehern von sich gab.
»Hast recht, das war wirklich ein Miststück«, bestätigte er und strich seinem Pferd über die Flanken. »Du aber bist ein wahrer Freund. Einer, auf den ich jederzeit zählen kann.«
Danach machte der Ritter kehrt und ritt wieder zu seiner Burg zurück. Er drehte sich nicht einmal zu dem Drachen um. Das Untier war tot, also war die Sache für ihn erledigt.

Zwei Tage später sattelte er erneut sein Pferd und wollte seine Liebste in Ampezzo besuchen. Vor dem Tor aber hielten ihn die Jäger auf. Sie hatten den toten Drachen gesehen und ließen den Ritter erst weiterziehen, nachdem sie ihm der Reihe nach die Hand gedrückt und sich herzlich bedankt hatten.

»Auf geht's«, sagten die Jäger dann, holten Hanna und die Buben und gingen mit ihnen zur Alm. Sie hatten Rucksäcke mit Werkzeug dabei. Mit gemeinsamen Kräften bauten sie die umgerissene Hüttenmauer wieder auf und setzten das zerstörte Dach instand.

Die Jäger flickten auch noch die eingedrückte Stalltür zusammen, da hörte Hanna plötzlich ein Bimmeln und schaute zur Weide hinauf.

»Georg, Stefan!«, rief sie einen Wimpernschlag später. »Am Abhang stehen ...«

»sieben, nein, acht Schafe!«, jubelten die Buben, die das Bimmeln auch gehört hatten.

»Alle hat die Flugwanze also doch nicht erwischt. Ein Muttertier und zwei Lämmer sind auch dabei.«

Am nächsten Tag kaufte Hanna zehn Schafe dazu, die Buben hängten ihnen kleine Schellen um und trieben sie voller Freude zur Weide.

»Glück braucht der Mensch«, sagten sie, als sie am Abhang standen und zum Gebüsch hinabschauten.

»Glück braucht der Mensch«, wiederholten sie, als sie sich zum Heiligkreuzkofel umdrehten.

Aber inzwischen gab es dort keinen Drachen mehr. Und die Schatten stammten höchstens von vorbeiziehenden Wolken.

Der Riese Ortler

Vor vielen Jahren lebten in den Bergen des Obervinschgau Riesen und Zwerge. Sie liebten die tiefen Wälder, die steilen Hänge und die sonnigen Hochebenen. Voller Ehrfurcht blickten sie zu den schroffen Felsen und mächtigen Gletschern auf. Einen Wermutstropfen gab es im Leben dieser großen und kleinen Leute aber doch: Die Riesen konnten die Zwerge nicht leiden, und umgekehrt verhielt es sich genauso. Nieste eine Riesin, mussten sich die Zwergenfrauen an den Sträuchern festhalten, um nicht fortgeblasen zu werden. Tappte ein Riese durch den Wald, mussten die Zwerge rasch zur Seite springen, damit sie nicht zertreten wurden.

»Rücksichtsloses Pack!«, schalten die kleinen Leute die Großen dann.

»Lästige Winzlinge!«, bekamen sie zur Antwort. »Knirpse, Dreikäsehoch! Überall wuselt ihr herum und steht uns im Weg!«

Die Kinder der Riesen kamen ganz und gar nach ihren Eltern.

Wenn sie um die Wette liefen, erzitterten in den Höhlen der Zwerge die Wände wie bei einem Erdbeben. Spielten die Riesenkinder Ball, klapperte beim Zwergenvolk das Besteck im Schrank und von der Decke rieselte Sand.

Eines der Riesenkinder hieß Ortler. Der Bub war groß und stark, gewann jedes Spiel und wurde den anderen Riesenkindern gegenüber immer hochnäsiger.

»Ätsch«, lästerte er, »ihr seid richtige Schleicher. Um nicht zu sagen, Schnecken im Rückwärtsgang.«

»Du hast leicht reden«, beschwerten sich die anderen. »Du bist ja auch ein paar Jahre älter als wir und obendrein ein echter Quadratschädel.«

Daraufhin gab es tüchtig Prügel, aber Ortlers Freunde zogen erneut den Kürzeren. Manchmal kamen sie mit blauen Beulen heim und gelegentlich gab es auch eine blutende Nase.

»So ein Grobian«, schimpften die erwachsenen Riesen und setzten den Streitereien ein Ende, indem sie Ortler mit auf die Jagd nahmen.

»Jetzt kannst du zeigen, ob du wirklich was kannst«, meinten sie. »Groß reden kann nämlich jeder und mit den Muskeln spielen, du Tunichtgut!«
Zuerst brachten die Riesen Ortler das Fallenstellen bei, danach zeigten sie ihm das Bogenschießen und das Speerwerfen.
»Das ist nichts«, lachte Ortler, »ein Klacks.«
Er war unglaublich geschickt und obendrein schnell. Bald war er der beste Jäger von allen und – wie konnte es anders sein – noch hochnäsiger als bisher.
Eines Tages ging den Riesen ein Braunbär in die Falle.
Ortler war ein Frühaufsteher; er entdeckte den Bären bei Sonnenaufgang, briet ihn und aß ihn mit Genuss auf.
»He, das war unser gemeinsamer Fang!«, protestierten die Riesen, als sie die Bärenknochen daliegen sahen.
»Haltet bloß die Klappe!«, schnarrte Ortler gereizt. »Was kann ich dafür, wenn ihr faules Pack nicht eher aus den Betten kommt?!«
Zwei Wochen später schnappte Ortler den Riesen einen Auerochsen vor der Nase weg, trocknete das Fleisch und gab seinen Freunden nicht ein Stück davon ab. Außerdem nannte er sie Nieten und Versager.
»Das reicht!«, schimpften die Riesen. »Mit dir wollen wir nichts mehr zu tun haben. Unverbesserlicher Kerl, von nun an gehen wir allein auf die Jagd.«
Ortler beschloss, jetzt doch mildere Töne anzuschlagen – am nächsten Morgen lungerte er vor den Höhlen seiner Freunde herum und tat so, als ob er kein Wässerchen trüben könnte.
»Ach, seid doch nicht so«, flötete er. »Lasst uns auf Wildschweinjagd gehen.«
»Das hättest du dir früher überlegen sollen«, bekam er zu hören. »Lass das Gejammere und verschwinde endlich!«
Murrend zog Ortler ab; in seiner Wut brach er Steine von den Felsen und warf sie herum.
»Hilfe!«, riefen die Zwerginnen, die in der Nähe für das Mittagessen Pfifferlinge suchten.

»Ortler dreht durch!«, schrien die Zwerge, die für die Nachspeise Himbeeren pflückten. Sie ließen alles liegen und stehen, liefen wie aufgescheuchte Rehe in den Wald und versteckten sich hinter Baumstämmen.
So ging das nun Tag für Tag: Ortler wurde von den Riesen verjagt und warf beleidigt mit Steinen, die kleinen Leute blieben in ihren Höhlen und konnten nicht mehr ins Freie gehen.
Sie zehrten von ihren Vorräten, doch die wurden bald knapp.
Eines Nachts trafen sich die kleinen Leute am Lagerfeuer, um sich zu beraten.
Sollten sie Ortler bitten, mit dem Unfug aufzuhören? – Bloß nicht, er würde nur noch zorniger werden.
Sollten sie eine tiefe Grube ausheben und hoffen, dass Ortler hineinfiel? – Gute Idee, aber so was brauchte Zeit. Bis die Grube fertig war, würde das Zwergenvolk verhungert sein.
Plötzlich erhob sich Lea, eine junge Zwergin, und tönte: »Ich kenne einen, der Nudelhopf heißt. Er kann uns bestimmt helfen.«
»Nudelhopf?«, fragten alle durcheinander. »Was ist denn das für ein komischer Name? Unsereins heißt Maxi oder Gustl ...«
»Nein, Nudelhopf!«, beharrte Lea. »Er hat Zauberkräfte und wohnt unten in Stilfs.«
Voller Hoffnung lief sie ins Dorf hinab und klopfte an Nudelhopfs Tür.
»Mach auf!«, murmelte sie und klopfte ein zweites und drittes Mal.
Hoffentlich war Nudelhopf da. Er war ein aufgeweckter Kerl, dem es in Stilfs manchmal zu eng wurde. Deshalb besuchte er oft Zwerge in den Nachbardörfern.
Lea klopfte ein viertes und ein fünftes Mal, schließlich knarrte die Tür und ein Zwerg im knielangen Nachthemd stand da.
»Ach, du bist's«, brabbelte Nudelhopf und blinzelte verschlafen.
»Ja«, rief Lea und brachte vor Erleichterung keine vollständigen Sätze hervor: »Ein Riese ... Er heißt Ortler ... Wir brauchen dringend deine Hilfe!«
Nudelhopf hatte von dem ungestümen Burschen schon gehört, bat Lea ins Haus und ließ sich von ihr die ganze Geschichte erzählen.

»Hochmütiger Riesenprotz, rotznäsiger Ortlerklotz!«, schimpfte er dann.
Wenn ihm etwas gegen den Strich ging, so waren es ungehobelte Kerle, denen es Spaß machte, anderen auf dem Kopf herumzutrampeln und übel mitzuspielen.
Ohne zu zögern schlüpfte Nudelhopf in seine Kleider, schloss die Haustür hinter sich ab und folgte Lea in die Berge.
Unterwegs dachte er sich Reime aus und sagte: »Der kühne Hüne tritt gleich von der Bühne. Der Koloss fällt vom hohen Ross.«
Lea musste auch reimen. »Der Koloss macht jetzt Pause und schleicht sich still nach Hause.«
Dann gab es ein Gelächter und beide vergaßen einen Moment lang, wie ernst die Lage des Zwergenvolks war.
Der Morgen dämmerte bereits, als Lea und ihr Begleiter beim Lagerfeuer ankamen.
»Der sieht aber nicht aus, als hätte er besondere Fähigkeiten«, tuschelten die kleinen Leute und sahen Nudelhopf neugierig an. »Stimmt das auch, was Lea gesagt hat? Kannst du tatsächlich zaubern?«
»Ein bisschen schon«, antwortete er bescheiden und schmunzelte. »Löscht das Feuer und geht in eure Höhlen. Du auch, Lea. Und halt mir den Daumen, ja!«
Sobald alle in Sicherheit waren, versteckte sich Nudelhopf hinter einem Strauch und hielt nach Ortler Ausschau. »Hochmütiger Riesenprotz, rotznäsiger Ortlerklotz«, sagte er noch einmal und sprach sich Mut zu.
Das, was er vorhatte, war nämlich nicht einfach. Abgesehen davon, war es auch ziemlich gefährlich.
Mit den ersten Sonnenstrahlen stapfte Ortler heran und ärgerte sich wieder über die Riesen, die ihn fortgeschickt hatten: »Die haben nix im Hirn, die mit ihren Strohköpfen und Kaulquappengesichtern!«
Daraufhin stieg er auf einen Felsen, setzte sich umständlich hin und warf wie üblich mit Steinen.
»Spielverderber! Spießer!«, bellte er noch.
Manche Steine schlugen dumpf auf dem Boden auf, andere zerbrachen und rollten wie Murmeln umher.

»So ist es recht«, murmelte Nudelhopf und eilte im Zickzack zum Felsen, auf dem Ortler saß. »Tu mir den Gefallen und bleib, wo du bist. Dann hab ich's mit dir nicht so schwer, du alter Miesepeter«.

Flink kletterte Nudelhopf über Zacken und Risse, erreichte Ortlers Beine und legte dort eine kurze Verschnaufpause ein.

»Weiter, weiter«, spornte er sich dann selber an. »Das war der leichte Teil. Bei dem, was jetzt kommt, kann ich nur hoffen, dass der Riese mich nicht bemerkt.«

Nudelhopf hangelte sich an zehn dreckigen Zehen entlang, doch Ortler war kitzlig und zappelte.

Nudelhopf kroch durch eine löchrige Hose, aber Ortler dachte an Eidechsen und schlenkerte ruckartig den Fuß.

Unbeirrt kletterte Nudelhopf weiter, kam zu einem Knie, einem Schenkel, stieg über den Rücken des Riesen und zog sich am fransigen Haar wie an Seilen zu seinem unförmigen Ohr.

»Donnerwetter«, brummte Ortler und glaubte, der Wind würde an seinem Schopf zerren. »So ein kräftiges Lüftchen hat schon lange nicht mehr geweht.«

Inzwischen war Nudelhopf auf seinem Kopf, tanzte fröhlich herum und fand auch noch Zeit zum Reimen:

»Ach, Riese Ortler, wie bist du doch klein,
kleiner als das Nörggelein.
Bist gewachsen Jahr um Jahr,
streckst deine Nase in den Himmel sogar.
Doch was nützt dir das, was nützt dir das?
Der Stilfser Zwerg, der Nudelhopf,
ist größer doch, der freche Tropf,
heroben da auf deinem Kopf!«

In dieser Sekunde bemerkte Ortler den Zwerg und maulte: »Nicht genug, dass die Riesen mir auf die Nerven gehen, nun macht sich auch noch ein Winzling über mich lustig!«

Dann schossen seine klobigen Hände heran.

»Verflixt!«, rief Nudelhopf, wich ihnen aus und sagte rasch einen Zauberspruch auf: »Ad petram, ad petram!«

Er wollte gerade vom Kopf springen, doch bevor er dazu kam, wurde er von dicken, wulstigen Fingern ergriffen. Sie schlossen sich um seinen Leib. Sie waren wie ein Schraubstock, der immer weiter zugedreht wird.

Nudelhopf zappelte und schrie und ihm ging beinahe die Luft aus, da begann Ortlers Körper zu knirschen, als ob ein Felsen auseinanderbrechen würde.

»Brrr, kalt«, murrte der Riese und löste erschrocken die Finger.

Danach wurde er starr. Von oben bis unten. Und mausgrau.

»Das war's, hochmütiger Riesenprotz, rotznäsiger Ortlerklotz«, triumphierte Nudelhopf, zwängte sich aus der Hand des Riesen und schlug vor Freude einen Purzelbaum.

Ortler war zu Stein geworden. Er sah aus wie ein breites, massiges Denkmal. Er war der höchste Berggipfel weit und breit.

Das Zwergenvolk hatte das Knirschen auch gehört, kam aus den Höhlen und jubelte Nudelhopf zu: »Bravo!«

»Jetzt ist Schluss mit dem Verdruss«, reimte Lea und beschloss auch zaubern zu lernen. Für den Fall, dass ein weiterer Riese durchdrehte.

Die Pachler Zottl

Ein warmer Sommertag ging zur Neige, in der Sarntaler Windlahn wurden die Schatten allmählich lang.

Beim Pachler-Hof stand die Stalltür offen, das Kratzen einer Mistgabel tönte über den Hof.

Das war Kunz, der junge Bauer. Er mistete aus.

Im Stall waren noch Ida, seine Tante, und Barbara, seine Frau.

Barbara stand bei den Kühen und strich Bless über den Nacken. »Brav, brav. Du frisst, als ob du nie krank gewesen wärst.«

»Stimmt«, meinte Kunz und ging zu seiner Frau hin. »Ich hätte nie gedacht, dass der Bless dein Kräutertrank hilft. Du kannst es wirklich gut mit dem Vieh. Das musst du unbedingt unseren Kindern beibringen.«

Barbara musste lachen und kniff Kunz aus Spaß in den Arm. »So? Wie viele Kinder haben wir denn?«

»Drei, vier ...«, neckte Kunz sie. »Ich meine, in ein paar Jahren natürlich.«

Er drückte seiner Frau einen Kuss auf die Wange, dann griff er zum Eimer und begann mit dem Melken.

Ida hingegen schlich aus dem Stall und lief über den Hof.

»Küsschen hier, Küsschen da!«, zischte sie. »Ich hasse dieses Turteln und ich hasse Barbara. Seit sie im Haus ist, hört Kunz nicht mehr auf mich. Früher war das anders, da ist er wegen jeder Kleinigkeit zu mir gerannt. Aber warte nur, Jungbäuerin, dir werde ich es zeigen. Dein Kunz wird mir bald wieder aus der Hand fressen!«

Ida eilte zum Nachbarn, der in seiner Werkstatt eine Sense dengelte.

»Ich sag's dir, Albert«, wetterte sie, »Zustände sind das auf dem Pachler-Hof, Zustände!«

»Was ist los?«, fragte der Nachbar und wollte sie aufheitern. »Habt ihr Wanzen in den Betten?«

Ida regte sich noch mehr auf. »Unsinn! Barbara hat die Bless geheilt, mit Zaubersprüchen und giftigen Kräutern!«

»Herrschaftszeiten, ihr habt eine Hexe im Haus!«, rief Albert jetzt und legte erschrocken die Sense beiseite. »Aber wenn ich es mir recht überlege – Barbara kam mir schon seltsam vor, als sie noch bei ihrer Mutter und ihrer Schwester Angela auf dem Stöckele-Hof in Auen wohnte. Zu freundlich, zu still ... Verflucht noch mal, ausgerechnet so eine heiratet Kunz und holt sie zu uns auf die Windlahn!«
Am nächsten Tag fiel Barbara auf, dass Albert sie nicht mehr grüßte.
Bald darauf merkte sie, dass zwei Nachbarinnen ihr stechende Blicke zuwarfen.
Ida schaute auch so drein. Doch das war nicht neu. Sie mochte Barbara nicht, auch wenn die freundlich zu ihr war und sich aufrichtig um sie bemühte.
Der Sommer ging allmählich zu Ende, die stechenden Blicke jedoch blieben.
»Was haben die Nachbarinnen nur?«, fragte Barbara Kunz eines Morgens. »Und was hat deine Tante gegen mich?«
»Nichts«, meinte Kunz und strich ihr über die Wangen. »Die brauchen nur Zeit. Du musst wissen, dass die Leute hier oben von Natur aus etwas misstrauisch sind.«
Beruhigt wandte sich Barbara der Arbeit zu, pflückte im Anger die Äpfel und freute sich über die leuchtenden Farben, die den Herbst ankündigten.
Später hielt der Winter Einzug.
Barbara saß am Ofen und spann Wolle zu Garn.
Kunz war auch da und schnitzte aus Lindenholzstücken Krippenfiguren.
Als er zwei Schafe fertig hatte, schob er sie schmunzelnd über Barbaras Arm.
»Die sind für Margit und Tobias, unsere Zwillinge«, meinte er und ließ die Schafe keck auf den Bauch seiner Frau springen.
»Und?«, fragte er mit erwartungsvoller Stimme. »Werde ich Vater?«
Ida strickte am Tisch und hatte plötzlich einen Ton, in dem jede Silbe ein Nadelstich war. »Sprich's ruhig aus, Pachlerin, du bist immer noch nicht schwanger! Du kriegst keine Kinder, weil du eine Hexe bist und hinter unserem Rücken gottvergessene Sachen treibst!«
Barbara war über diese Worte so entsetzt, dass sie das Spinnrad anhielt und der Faden riss.
»Was redest du nur?«, rief sie. »Ich bin doch keine Hexe!«

»Das geht zu weit, Ida!«, empörte sich auch Kunz. »Mir ist nicht entgangen, dass du Barbara nicht magst, aber sie ist meine Frau und gehört jetzt hierher. Also hör gefälligst auf, solche Sachen zu sagen!«

Kurz vor Weihnachten strickte Ida wieder in der Stube und ließ erneut ihre Wut an Barbara aus.

»Sündhaftes Weib, du bist mit dem Teufel im Bund!«, behauptete sie. »Das meine nicht nur ich, die Nachbarn glauben das auch!«

Dieses Mal stopfte Barbara Strümpfe und fand vor Schreck keine Worte, die sie Ida entgegensetzen konnte. Auch Kunz saß nur da, mit einem Stück Schleifpapier und den fast fertigen Krippenfiguren. Er hätte Ida wieder zurechtweisen müssen. Er hätte ihr verbieten müssen, solch grässlichen Dinge zu sagen. Stattdessen ging er bedrückt aus der Stube und schlug die Tür hinter sich zu.

Von dieser Stunde an wich Kunz Barbara aus; auch seinen Kinderwunsch schien er auf einmal vergessen zu haben. Trotzdem beobachtete er seine Frau heimlich aus den Augenwinkeln. So, als ob er Ida glauben würde.

Dann kam Weihnachten.

Verwirrt, wie Barbara war, brannte ihr das Essen an und Kunz packte sie grob an den Schultern.

»Hast du dafür keinen Spruch?«, schrie er. »Eins, zwei, drei, neues Essen herbei!?«

»Du also auch!«, rief Barbara, riss sich los und lief in den Hof.

Der Himmel war grau. Schneeflocken fielen herab und glichen schweren, klumpigen Gänsedaunen.

Als Barbara wieder ins Haus ging, war Kunz schon im Bett und tat so, als würde er schlafen.

Damit war Weihnachten vorbei. Vorbei war aber auch das Schöne, das zwischen ihm und Barbara einmal gewesen war.

Von nun an strafte Kunz sie mit Schweigen und sprach kein einziges Wort mehr mit ihr. Ida und die Nachbarn mieden seine Frau, als hätte sie sich eine gefährliche, ansteckende Krankheit geholt. Selbst der Winter war anders als sonst. Kälter, länger …

Auch der Frühling war auffallend kühl.

Im Juni wurde es endlich warm; ein heißer, gewitteranfälliger Sommer folgte.
Barbara war stiller denn je und arbeitete fleißiger als je zuvor. Ihre Gedanken waren ständig beim Stöckele-Hof in Auen.
Eines Abends fegte sie den Hof und dachte wieder an ihre Mutter und an Angela. Was hatten die beiden bei der Hochzeit gesagt? Dass Barbara mit Kunz glücklich sein sollte? Dass seine Liebe sie durchs Leben tragen sollte?
Barbara seufzte. Was war nur aus diesen Wünschen geworden?
Bekümmert stellte sie den Besen zum Brunnen und hielt die Hände ins Wasser, so dass die Haut prickelte und die Schwermut ein wenig in den Hintergrund trat. »Liebe, was ist das schon«, murmelte sie. »Und Glück ist auch nur ein flüchtiges Wort. Etwas, was wohl nur andere Leute haben.«
Über den Bergen schoben sich dunkle Wolken zusammen, doch Barbara nahm das nicht wahr. Sie merkte auch nicht, dass jemand im Schuppen war.
Ida schaute durch die Ritzen der Bretterwand und beobachtete sie.
Jäh fuhr ein Blitz durch die Wolken, ein heftiger Donnerschlag schreckte Barbara auf. Sie lief schleunigst ins Haus, dann brach ein Unwetter los.
Dicke Hagelkörner prasselten auf die umliegenden Felder herab. Die des Pachler-Hofes aber blieben wie durch ein Wunder verschont.
Kaum war das Unwetter vorbei, schlich Ida aus dem Schuppen, eilte zu Albert und raunte: »Es ist entsetzlich, einfach haarsträubend! Die Pachlerin, die Pachlerin ...«
Eine halbe Stunde später wussten alle auf der Windlahn Bescheid, von dort ging es wie ein Lauffeuer durch das Sarntal: Wenn Barbara einmal mit den Händen im Brunnen rührt, ziehen schwarze Wolken auf. Wenn sie zweimal im Brunnen rührt, zucken verästelte Blitze über den Himmel und es hagelt genau dort, wo sie will.
Danach kamen immer üblere Gerüchte auf: Die Pachlerin hat in Reinswald zwei Kälber zu Tode stürzen lassen, sie kann Rinnsale zu reißenden Fluten anschwellen lassen, nachts trifft sie sich mit anderen Hexen und verwünscht Leute, die sie nicht mag.
Als ob Barbara dazu im Stande gewesen wäre – jemandem absichtlich Schaden zufügen. Sie war gutherzig, sanft ... Und Kunz schwieg weiterhin.

Irgendwann hielt Barbara sein Schweigen nicht mehr aus, packte ihre Sachen und zog wieder zu ihrer Mutter und zu Angela.
Dort arbeitete sie auf dem Hof und ging öfters nach Sarnthein. Die Leute sollten sie sehen. Wenn sie merkten, dass sie harmlos war, würde das Gerede schon aufhören.
Doch die Zeiten waren hart und genauso hart waren die Leute.
Eines Nachts warfen vermummte Burschen beim Stöckele-Hof Fensterscheiben ein, nannten Barbara Luder und Satansbraten und drohten, mit Fackeln das Haus anzuzünden.
Die drei Frauen erschraken zu Tode. Von nun an lebten sie in ständiger Angst.
Angst raubt einem alles: die Kraft, die Gesundheit ... Und so dauerte es nicht lange, bis Barbaras Mutter erkrankte und schließlich verstarb.
»Wir müssen fort. Weit weg vom Sarntal«, drängte Angela, nachdem die Mutter begraben worden war.
Doch Barbara schüttelte den Kopf. »Dazu fehlt mir die Kraft. Geh du. Hab Mut und fang irgendwo noch einmal von vorne an!«
Schweren Herzens zog Angela fort; Barbara stand an der Haustür und winkte ihr mit schlaffen Handbewegungen nach.
»Nichts hab ich mehr, nichts!«, weinte sie. »Nur das Haus und mich selbst. Und in beidem ist gar kein richtiges Leben mehr drin.«
Nun fing Barbara an, sich gehen zu lassen.
Sie wusch sich nicht mehr. Sie aß kaum. Sie hatte verfilztes Haar und trug schmutzige Kleider.
»Zottelige Pachlerin, Pachler Zottl!«, riefen die Leute, wenn sie ihr begegneten und warfen mit Steinen. »Anzeigen wird man dich, Hexe! Dann wird man dich endlich deiner gerechten Strafe zuführen!«
Es kam, wie es kommen musste: Barbara wurde von Gerichtsdienern gefangen genommen und im Schloss Reinegg verhört und gefoltert.
Sie wimmerte vor Schmerz und gab alles zu, was man ihr vorwarf. Den Bund mit dem Teufel, die Verwünschungen, die Wettermacherei ... Auch wenn es keine Hexen gab und dieser Wahn nichts anderes als Aberglaube war.

Danach ging das Licht in Barbaras Augen aus wie eine Kerze, um sie herum wurde die Welt trüb und stumpf.
Schließlich kam es zum Prozess und alle waren da: Kunz, Ida, Albert, die Leute aus der Windlahn und aus dem ganzen Tal.
»Satansbraten!«, riefen sie wieder. »Luder, elendes!«
Sie wussten, dass es in diesem Prozess nur ein Urteil gab. Es bestand aus lauter hässlichen Wörtern und bedeutete für Barbara weitere Qualen.
Ob sie noch hörte, wie sie nach dem Urteilsspruch verhöhnt wurde? Begriff sie, dass der Scheiterhaufen, der auf dem Richtplatz aufgetürmt wurde, für sie bestimmt war?
»Gute Bless, brave Bless«, murmelte Barbara nur und hatte das Bild der Kuh vor sich, der sie auf dem Pachler-Hof mit dem Kräutertrank geholfen hatte.
Barbara sah auch die Zwillinge, die Kunz sich von ihr gewünscht hatte.
Sie lachten und winkten und brachten ihr ein kleines Glück.
Glück, das ohne den Aberglauben der Leute wohl kein flüchtiges Wort geblieben wäre.

Der Saltner erlöst die Jungfrau

Es war Nacht. Eine Wolke schob sich vor den Mond, in den Weingärten von Kurtatsch war es stockdunkel.

»Zum Kuckuck, ich hab die Laterne zuhause vergessen«, brummte Albin, der Weingartenhüter, dessen Beruf landläufig auch als Saltner bezeichnet wird.

Danach setzte Albin sich auf eine Mauertreppe und legte seinen Stock neben sich hin. »Finster, finsterer, am finstersten«, steigerte er. »Wohl oder übel, ich muss hier warten, bis der Mond wiederkommt.«

Im Dorf schlug die Turmuhr elf, Albin saß immer noch da.

Er dachte an Mathilde, seine Frau, und fragte sich, ob sie schon schlief. Vielleicht träumte sie von ihrem Geburtstag und von den schwarzen Schuhen, die beim Schuster in der Auslage standen. Jedesmal, wenn sie daran vorbeiging, seufzte sie voller Inbrunst und konnte gar nicht aufhören.

»Liebe Mathilde«, seufzte jetzt auch Albin und stützte den Kopf in die Hände. »Morgen wirst du sechzig und ich habe nicht mehr als ein geblümtes Kopftuch und einen Hefezopf für dich.«

Albin überlegte, ob er von einem Freund Geld leihen sollte, damit er Mathilde die Schuhe schenken konnte, aber eine Stimme unterbrach seine Gedanken.

»Wie wär's mit einer Prise Schnupftabak?«, fragte jemand aus der Dunkelheit heraus. »Der macht Mut. Um Mitternacht wirst du den brauchen, Saltner.«

»Einer wie ich hat doch Mut«, entgegnete Albin und sah, wie sich bei den Reben ein Schatten bewegte.

Wer war das? Ein Kurtatscher, der sich mit ihm einen Spaß erlaubte? Ein Schelm, der ihm eine überziehen und in den Weingärten die Trauben stehlen wollte?

Allmählich zog die Wolkenbank weiter und Albin sah im Mondlicht einen Mann im Jägergewand. Aber halt! Das war gar kein normaler Mann – er hatte Bocksfüße!

Der Jäger mit Bocksfüßen lachte, als ob eine Ziege meckern würde, sprang die Steinstufen hinauf und hielt Albin eine Tabaksdose hin.

»Greif zu«, sagte er und nahm selbst eine Prise.
»Wenn du gar nicht nachgibst«, meinte Albin, griff in die Dose und schnupfte.
»Hätschü«, machte er und schnäuzte tüchtig in sein Taschentuch.
»Gesundheit«, wünschte ihm der Jäger, beugte sich vor und hatte eine Stimme, die glitschig wie Schneckenschleim war.
»Um Schlag zwölf wird sich eine Riesenschlange um deinen Leib winden und dir den Speichel aus dem Mund saugen. Ob du willst oder nicht, du musst dir das gefallen lassen, Saltner. Sonst wird es dir schlecht ergehen!«
»So, wird es das?«, schnarrte Albin, der längst wusste, mit wem er es zu tun hatte. Das war der Teufel höchstpersönlich. Was der hier nur wollte? Was wohl? Nichts Gutes wahrscheinlich.
»Du Satansbraten!«, schimpfte Albin jetzt, nahm den Stock und ließ ihn auf den Teufel niedersausen. »Verzieh dich dorthin, wo du herkommst! Und mach gefälligst das Höllentor hinter dir zu!«
Der Teufel bekam einen Hieb auf den Kopf, dann noch einen und noch einen.
»Au-au«, plärrte er und sprang die Steinstufen hinab.
Wüst fluchend verschwand er in der Dunkelheit.
Albin wartete, bis vom Teufel nichts mehr zu hören war, danach machte er eine Runde durch die Weingärten. Links hielt er den Stock und in der Rechten seinen Dolch. Das war für den Fall, dass der mit den Bocksfüßen noch einmal umkehren sollte. Und was war mit der Riesenschlange, von der der Teufel gesprochen hatte? Musste Albin vor diesem Tier etwa Angst haben?
»Woher denn«, murmelte er, »der Teufel lügt. Über dreißig Jahre bewache ich nun diese Trauben. In dieser Zeit ist mir keine Schlange begegnet, die länger als anderthalb Meter und dicker als mein Handgelenk gewesen ist.«
In den Weingärten war alles ruhig, Albin steckte den Dolch wieder weg und ging zur Mauertreppe zurück.
Als er davorstand, begann im Dorf erneut die Turmuhr zu schlagen.
»Acht, neun, zehn, elf ...«, zählte Albin und vernahm mit dem zwölften Schlag ein Rauschen, das rasch zu einem Surren anschwoll.

Was war denn das? Kam das vom Berg? Von der anderen Talseite herüber?
Albin wollte die Stufen hinaufsteigen und Ausschau halten, doch das Surren kam näher und näher.
Plötzlich schoss eine gewaltige Schlange auf ihn zu.
Sie rollte sich um seine Brust.
Züngelnd schob sie den Kopf zu seinem Mund hin und wollte bei ihm Speichel saugen.
»Du denkst wohl, mich graust vor gar nichts!«, maulte Albin, griff zum Dolch und stach so lange zu, bis die Schlange ihn losließ und wie ein nasser Lappen zu Boden rutschte.
»Fetter Wurm!«, hieß er sie noch.
Angewidert schob er sie mit dem Fuß von sich weg.
Albin wollte eine weitere Runde durch die Weingärten gehen, da hörte er ein gedämpftes Rufen.
»Hilfe, ich bin hier drin!«
»Wo drin?«, wollte er wissen.
»Im Schlangenbauch!«, tönte es. »Bitte hilf mir, ich ersticke!«
Das konnte Albin nicht zulassen, er bückte sich und schlitzte kurzerhand den Schlangenbauch auf.
Rippenbögen kamen zum Vorschein, der endlos lange Magen ... Dazwischen lag eine fast reglose Frau. Sie war jung und hübsch. Albin zog sie heraus und schüttelte sie, bis sie Luft bekam.
Die junge Frau war so verstört, dass sie sich ins Gras setzte und zu schluchzen begann.
»Weine nur«, sagte Albin und setzte sich auch. »Weinen hilft. Jetzt ist alles gut, die Schlange ist tot. Aber erzähl doch, wie bist du nur in ihren Bauch gekommen?«
Die junge Frau fasste sich wieder, seine Frage konnte sie trotzdem nicht beantworten.
»Ich kann mich an nichts erinnern«, erklärte sie. »Oder vielleicht doch. Mir kommt vor, ich habe noch so ein eigenartiges Meckern im Ohr.«
Ein Meckern, aha, dachte Albin und wusste Bescheid. Da war der Satansbraten im Spiel. Der Kerl mit den Bocksfüßen. Dem war alles zuzutrauen.

Die junge Frau saß eine Weile so da, schließlich wurde ihr klar, dass sie aus Neumarkt stammte.
»Meine Eltern, mein Bruder ...«, fiel ihr auch noch ein. »Ich muss heim, Saltner. Ich werde immer an dich denken. Mein ganzes Leben lang, das verspreche ich dir.«
Mit diesen Worten eilte die junge Frau davon; Albin blickte ihr verwirrt nach und wusste sofort, dass auch er sie nie vergessen würde.
»Erst rette ich sie. Dann tröste ich sie«, murrte er. »Am Ende läuft sie davon und bedankt sich nicht einmal bei mir.«
Daraufhin warf Albin die Schlange in ein Gestrüpp und ging mit großen Schritten durch die Weingärten. Sonst kam womöglich doch noch ein Dieb. Rebstöcke ohne Trauben – Albins Arbeitgeber, die Kurtatscher Bauern, mochten das gar nicht gern.
Die restliche Nacht verlief ruhig.
Als der Himmel im Osten hell wurde, machte sich Albin auf den Heimweg und pflückte im Garten für Mathilde Astern. Besonders die dunkelroten mochte sie gern.
Die schwarzen Schuhe fielen Albin auch wieder ein.
Vielleicht kann ich die Bauern überreden, mir Vorschuss zu geben, überlegte er, schob diesen Gedanken aber gleich wieder weg.
Letztes Jahr hatte er seinen Lohn erst zu Weihnachten bekommen. Früher war das anders, da gab es jede Woche Geld auf die Hand. Naja, die Zeiten waren eben nicht besser geworden.
Albin steckte zwischen die Astern noch ein paar zarte Gräser, danach trat er leise ins Haus und öffnete ebenso leise die Küchentür. Er wollte die Astern in eine Vase geben und das Kopftuch danebenlegen. Mathilde würde er erst wecken, wenn er den Hefezopf in Scheiben geschnitten und Kaffee gemacht hatte.
Albin deckte gerade den Tisch, da merkte er, wie es in seiner Westentasche laut klimperte, und zog zwanzig Goldmünzen hervor.
Zur Wiederholung: Goldmünzen! Am Morgen hatte er nur zwanzig Pfennige bei sich gehabt.
Erstaunt weckte Albin seine Frau, wünschte ihr alles Gute zum Sechzigsten und zeigte ihr die Münzen. »Sieh doch, mein Geld hat sich vermehrt.«

»Das gibt's nicht«, meinte Mathilde.

»Scheinbar doch«, antwortete Albin und lachte verschmitzt. »Komm, zieh dich an, du musst mit mir ins Dorf. Du kannst dich schon freuen. Dort wartet eine Überraschung auf dich.«

Albin hakte bei Mathilde ein und kaufte ihr die Schuhe, die beim Schuster in der Auslage standen. Sie hatten schmale Riemen und glänzende Spangen.

»Wunderschön«, hauchte Mathilde und zog die Schuhe gleich an.

Albin zahlte mit einer der Goldmünzen, dann spazierte er mit seiner Frau heim, überraschte sie mit den Blumen und dem Kopftuch und aß mit ihr den ganzen Hefezopf auf.

Anschließend griff er in die Tasche und legte das verbliebene Geld auf den Tisch. Er zählte es einmal, zählte es zweimal. Wie war das möglich? Albin hatte nach wie vor zwanzig Goldmünzen.

Dieser Sache wollte er auf den Grund gehen und kaufte Mathilde im Dorf noch ein Kleid und einen Mantel für den Winter.

Hinterher zählte er das Geld erneut und kam auf denselben Betrag.

»Das ist verrückt«, meinte er.

Mathilde schüttelte ungläubig den Kopf. »Jetzt schlägt's aber dreizehn.«

»Dreizehn?«, wiederholte Albin und dachte daran, dass das für abergläubische Leute eine Unglückszahl war.

Er war aber nicht unglücklich. Im Gegenteil, er war fröhlich, zufrieden. Immerhin hatte er letzte Nacht einen Teufel verjagt, eine Riesenschlange getötet, einer jungen Frau das Leben gerettet ...

»Das ist es!«, rief er und kam erst jetzt auf die Idee, Mathilde von seinen nächtlichen Erlebnissen zu erzählen.

»Das ist es wirklich«, bestätigte auch sie. »So hat die junge Frau das gemeint, als sie gesagt hat, dass sie ihr Leben lang an dich denken wird. Sie hat sich bei dir bedankt. Mit zwanzig Goldmünzen, die nicht weniger werden, so viel du davon auch ausgibst.«

König Laurin und sein Rosengarten

Vor langer Zeit gab es in den Dolomiten einen ganz besonderen Garten. Darin blühten so viele rote Rosen, dass die Felswände in einem wunderbaren Licht schimmerten und aussahen wie verzaubert.

Dieser Garten gehörte Laurin, dem Zwergenkönig. Er ging oft darin spazieren und freute sich über den Duft und über die Fülle der Rosen. Danach hatte er wieder in seinem Kristallpalast zu tun, der im Inneren der Berge lag. Dort wohnte auch sein Volk, das Erz abbaute und mit wertvollen Schmucksteinen Handel trieb.

Die Jahre vergingen und Laurin hielt nach einer Braut Ausschau. Doch keine der Zwerginnen gefiel ihm und so fühlte er sich einsam und wurde zusehends verbitterter. Auch war er in ständiger Sorge, dass jemand den Rosen Schaden zufügen könnte, und ließ den Garten mit einem Seidenfaden umspannen. Niemand durfte den Faden durchbrechen, niemand durfte auch nur eine Knospe brechen. »Wehe dem, der es trotzdem wagt«, grollte Laurin. »Er wird durch mein Schwert die linke Hand und den rechten Fuß verlieren.«

Eines Tages trat ein Zwerg vor seinen Thron.

»Ich war mit Schmucksteinen im Tal und habe die Tochter des Königs an der Etsch gesehen«, berichtete er und wollte Laurin auf andere Gedanken bringen. »Sie heißt Similde und ist so schön wie eine Blüte in Eurem Rosengarten.«

Laurin horchte auf und bat den Zwerg, ihm noch mehr von der Prinzessin zu erzählen.

»Oh, Similde ist so schön, dass sie mit Worten nicht zu beschreiben ist«, schwärmte der. »Der König an der Etsch hat ein Turnier ausgerichtet und lädt alle Leute mit Rang und Namen ein, sich daran zu beteiligen. Stellt Euch vor, der Sieger darf um Similde Hand anhalten. Das Turnier ist am Sonntag in zwei Wochen. Der Bote des Königs ist bestimmt schon zu Euch unterwegs.«

Als Laurin das hörte, war seine Bitterkeit wie fortgeblasen. Er dachte unentwegt an Similde, wollte sich am Turnier beteiligen und wartete auf den Boten. Doch wo blieb der? War er aufgehalten worden? War ihm auf dem Weg in die Berge etwas zugestoßen?

Die Wahrheit sah anders aus: Der König an der Etsch hatte gar keinen Boten zu Laurin geschickt. Ein Zwerg beim Turnier – ein Winzling, ein Wicht – das war doch peinlich. Womöglich gewann er noch und hielt um die Hand der Prinzessin an. Schließlich besaß Laurin einen Umhang, der ihn unsichtbar machte, und einen Zaubergürtel, der ihm die Kraft von zwölf Männern verlieh.

Laurin hatte nie vor, diese Dinge beim Turnier zu verwenden, und stampfte mit dem Fuß auf. »Ich kann auch anders, du überheblicher Etschtaler!«, schnarrte er. »Ich bin König wie du und habe ein Recht darauf, eingeladen zu werden. Du hast mich zutiefst beleidigt und wirst dafür bezahlen!«

Am Tag des Turniers stand Laurin früh auf, schnallte seinen Zaubergürtel um und zog seinen Tarnumhang an. Dann schwang er sich auf seinen Schimmel und ritt zügig ins Tal. »Eingebildeter Etschtaler!«, schimpfte er wieder. »Dir werde ich noch Respekt beibringen.«

Gegen elf erreichte Laurin das Schloss des Königs an der Etsch und sah vor dem Tor Zelte, einen großen Turnierplatz und eine Tribüne, auf der unzählige Schaulustige standen.

Gleich darauf schmetterten Trompeten; auf dem Turnierplatz trieben zwei Reiter ihre Pferde aufeinander zu. Die Pferde schnaubten, die Reiter trugen glänzende Rüstungen und hatten eine stumpfe Lanze, mit der der eine den anderen im Wettstreit aus dem Sattel stieß.

»Buh!«, riefen Bäuerinnen und Handwerker von der Tribüne und pfiffen den Verlierer aus.

Die Adeligen befanden sich auf einem gesonderten Teil der Tribüne, saßen auf bequemen gepolsterten Sesseln und drückten sich etwas vornehmer aus.

Da waren Herzoginnen und Grafen sowie Dietrich von Bern, ein Fürst, der ausgesprochen stark und mutig war. Da waren auch Komtessen und Hofdamen und der König an der Etsch, der einen goldenen Reif als Krone trug.

Als Laurin ihn sah, ließ sein Zorn sich nicht mehr zügeln. »Na warte, Freundchen, gleich wirst du mich kennenlernen!«, zischelte er, schritt von seinem Umhang getarnt auf den König zu und wollte ihn aus dem Sessel reißen.

Dann erst bemerkte er die Königin und einen Wimpernschlag später Prinzessin Similde. Sie trug ein elegantes Kleid und blickte gebannt auf das Geschehen auf dem Turnierplatz.
Wie vom Blitz getroffen blieb Laurin stehen, vergaß seinen Zorn und fast auch das Atmen. Der Zwerg hatte recht, dachte er, die Prinzessin ist unbeschreiblich schön. Danach vermischten sich seine Gefühle wie Farben im Wasserglas und er konnte seinen Blick nicht mehr von Similde abwenden.
Unterdessen versuchten auf dem Turnierplatz zwei weitere Reiter ihr Glück und maßen ihr Geschick im Umgang mit den Lanzen. Der eine landete kopfüber im Staub, der andere aber wurde stürmisch beklatscht und kam in die nächste Runde.
Zuletzt waren Ritter Hartwig und Ritter Wittich an der Reihe, voller Eifer trieben sie ihr Pferd an.
»Jetzt gilt's!«, rief die Menge.
»Jetzt gilt's«, meinte auch Laurin und machte einen Satz auf Similde zu. Er bedeckte sie mit seinem Tarnumhang, hielt ihr den Mund zu und trug sie rasch durch die Menge. »Ich tu dir nichts, hab keine Angst«, flüsterte er. Mit der Kraft, die ihm der Zaubergürtel gab, kam ihm vor, als würde er ein zartes Papiergebilde tragen.
Während er Similde auf den Schimmel hob, traf Hartwig seinen Gegner so schwer, dass die Lanzenspitze barst und Wittich seitlich vom Pferd fiel.
Dieses Mal litten die Schaulustigen mit dem Verlierer mit und gaben langgezogene Seufzer von sich. Der Turniersieger erntete Lob und nicht mehr enden wollenden Jubel.
Plötzlich brach der Jubel ab, ein Aufschrei ging durch die Menge. »Similde ist weg! Jemand hat sie entführt!«
Die Königin saß blass im Stuhl. »Wer hat das getan?«, rief sie. »Ein Ritter, der den Wettkampf verloren hat? Ein Erpresser, der zu Geld kommen will?«
Der König schüttelte betroffen den Kopf. »Das war dieser Zwerg. Der mit dem Tarnumhang und dem Zaubergürtel!«
Hartwig und Wittich hörten, was geschehen war, und versprachen dem Königspaar, die Prinzessin zu suchen.

»Ich begleite euch«, erklärte Fürst Dietrich von Bern und ließ von seinen Knappen die Pferde satteln. »Auf, Männer, wir folgen dem Leuchten der Rosen. So finden wir Laurin, und dann holen wir Similde zurück.«
Am Abend erreichten die Männer den Garten und sahen Laurin, der den Tarnumhang abgenommen hatte und mit verschränkten Armen vor dem Palasttor stand. »Was wollt ihr hier? Wer gibt euch das Recht, in mein Reich einzudringen?«
»Rede nicht herum«, antwortete Wittich und griff zum Schwert. »Gib die Prinzessin frei!«
Doch Laurin lachte nur und zeigte auf den Zaubergürtel. »Hol sie dir, wenn du dich traust, Ritter! Freiwillig kriegst du sie nie.«
Daraufhin packte Wittich die Wut, er durchbrach den Seidenfaden und trieb sein Pferd durch den Garten.
Inzwischen tarnte sich Laurin. »Du kennst wohl die Strafe nicht!«, schrie er. »Eine geknickte Rose kostet dich eine Hand und einen Fuß. Dein Pferd aber knickt ganze Äste und Sträucher. Dafür werde ich dich in tausend Stücke schneiden!« Zwei Herzschläge später war Laurin bei Wittich und warf ihn wie Spielzeug aus dem Sattel.
»Nicht doch!«, riefen Hartwig und Dietrich und eilten Wittich zu Hilfe.
Doch wo war Laurin? Vor ihnen? Hinter ihnen? Wie sollten sie gegen einen kämpfen, der ganz und gar durchsichtig war?
Auf einmal merkte Hartwig, dass sich in der Nähe die Rosen bewegten, machte einen Satz nach rechts und bekam ein Gewebe zu fassen. »Du machst Fehler, König!«, tönte er und riss Laurin den Tarnumhang weg.
»Verdammt!«, fluchte der. Er war nun vollständig zu sehen.
Jetzt kam Bewegung in Dietrich, er stürzte sich auf Laurin und schaffte es tatsächlich, ihn zu Boden zu werfen. Dann kam Hartwig ins Spiel, der wieder auf den Beinen war. Blitzschnell nahm er Laurin den Gürtel ab und hielt ihm das Schwert an die Brust.
»Ich flehe dich an, lass den König am Leben!«, rief plötzlich Similde, die den Lärm gehört hatte und aus dem Palast gelaufen kam. »Er hat mir nichts getan. Er war nur wütend, weil mein Vater ihn beleidigt hat. Der König an der Etsch hat den Zwergenkönig nicht zum Turnier eingeladen.«

Mit wehendem Kleid eilte Similde in den Garten und blickte Hartwig flehend an. Unzählige kleine Leuten folgten ihr und rangen verzweifelt die Hände.
Als Wittich das sah, steckte er sein Schwert weg; Similde seufzte erleichtert und half Laurin beim Aufstehen.
Der war froh, der misslichen Lage entkommen zu sein, dankte Similde und dankte auch den Männern. »Kommt mit in den Palast. Ich will keinen Streit. Seid meine Gäste und stoßt mit mir auf den Frieden an.«
Gleich darauf schritten die Männer durch das Palasttor und traten in einen kreisrunden Saal. In der Mitte stand auf einer Erhebung ein Thron. An den Wänden leuchteten bunte Laternen, von der Decke und aus den Seitengängen funkelten herrliche Bergkristalle.
Laurin ließ die kleinen Leute Wein bringen, hob sein Glas und sprach in die Runde: »Auf den Frieden.«
»Auf den Frieden«, wiederholten die Männer.
»Auf die Freundschaft zwischen uns und unseren Völkern«, ergänzte Similde und prostete König Laurin fröhlich zu.
Mit einem Zug leerte der sein Glas, dann wischte er sich mit einer verächtlichen Bewegung über den Mund.
»Elendes Pack!«, schrie er und hetzte seine Leute auf die Männer.
In kürzester Zeit waren Hartwig, Wittich und Dietrich entwaffnet und fanden sich in einem Verließ wieder. »So ein niederträchtiger Gnom!«, maulten sie. »Er hat uns schändlich hintergangen. Und Similde hat er von seinen Leuten in einen der vielen Gänge schleppen lassen. Und das, nachdem sie ihm geholfen hat!«
Der Ärger kroch den Männern wie Feuer über die Schläfen. Hartwig murrte, Wittich fluchte. »Ich muss hier raus!«, wetterte Dietrich und warf sich mit Wucht gegen die Tür.
Der Fürst wurde seinem Ruf, ausgesprochen stark zu sein, erneut gerecht – die Tür ächzte und brach krachend aus den Angeln.
»Nimm dich in Acht, du Giftzwerg!«, schimpfte er dann und schlich mit den Rittern durch niedrige Gänge. »Dieses Mal wird es keine Gnade geben!«

Schließlich standen die drei Männer im Saal und sahen Laurin, der auf dem Thron saß und eingeschlafen war. Die Tarnkappe und den Zaubergürtel hatte er über die Lehne gehängt. Das war die Gelegenheit! Siegessicher, wie der Zwergenkönig war, hatte er keine Wachen aufstellen lassen.
Auf leisen Sohlen tappten Wittich und Hartwig zum Thron und nahmen die Tarnkappe und den Zaubergürtel an sich.
Dummerweise erwachte Laurin in diesem Moment.
»Alarm!«, schrie er. »Die Gefangenen sind frei! Los, tötet sie!«
Gleich darauf entstand im Palast ein wildes Durcheinander. Kleine Leute strömten aus den Seitengängen, warfen mit Steinen und kämpften mit Pickeln und Schaufeln. Die Männer aber benutzten den Zaubergürtel und den Tarnumhang. Mit gemeinsamen Kräften drängten sie das Zwergenvolk zurück, ergriffen Laurin und drohten nun ihrerseits damit, ihn zu töten.
»Nein!«, riefen die kleinen Leute entsetzt. »Verschont unseren König noch einmal!« Danach taten sie alles, was von ihnen verlangt wurde. Sie ließen Similde frei. Sie brachten den Männern die Pferde und holten Laurins Schimmel herbei. Ihr König hatte zu viel gewagt. Zur Strafe wurde er gefesselt und musste den Palast mit den Männern verlassen.
Über seine Wangen rollten Tränen, als er am Garten vorbeiritt und sein Blick auf die Rosen fiel. »Ach«, seufzte er, »euer Licht hat den Männern den Weg in die Berge gezeigt. Es hat mich verraten. Deshalb sollt ihr nicht mehr leuchten, weder bei Tag noch bei Nacht.«
Daraufhin erlosch das Licht der Rosen; Laurin aber musste fort und verlor alles, was ihm lieb war: den Garten, sein Volk, den Palast in den Bergen. Similde kehrte nach Hause zurück und heiratete Hartwig. Laurin aber wurde ins Schloss des Fürsten gebracht, er musste dort sein Leben als Gefangener verbringen.
Er sehnte sich sehr nach seinem Garten und bedauerte bald, dass er die Rosen verwünscht hatte. Allein das Wort war schon schön: Das rollende R, das volle O, das sanfte S ... – ROSEN.
Eines Tages hörte Laurin, wie zwei Wachen von seinem Garten sprachen.

Einer der Männer erzählte: »Gestern kam ein Reisender vorbei und behauptete, dass das wunderbare Licht doch nicht ganz erloschen sei.«
»Das hab ich auch gehört«, bestätigte der andere. »Morgens und abends sollen die Rosen noch leuchten, und zwar bei Sonnenauf- und Sonnenuntergang.«
»Morgens und abends«, wiederholte Laurin verblüfft und spürte, wie sich eine kleine Freude in all seine Sehnsucht schlich.
Sein Fluch hatte geheißen: Die Rosen sollen nicht mehr leuchten, weder bei Tag noch bei Nacht. Die Dämmerung hatte er zum Glück vergessen.

Die Grenzsteinversetzer

Es war eine laue Sommernacht. In den Feldern um Mals schwebten Glühwürmchen, am Himmel schimmerten unzählige Sterne.
Sepp stand an der Wehre, öffnete das Schwellbrett und leitete Wasser in den Waal seiner Wiese.
Wie herrlich es rauscht, dachte er. Und dieser kühle Hauch, den das Wasser verbreitet ...
Im Gegensatz zu anderen Bauersleuten liebte er es, seine Wiesen zu bewässern. Auch wenn es dabei spät wurde und er am nächsten Morgen früh aufstehen musste.
Sepp ging ein paar Meter den Waal entlang, dann schlug er ein Blech in das Bett des kleinen Baches ein, so dass das Wasser sich aufstaute.
Rasch floss es über, mit leisem Gluckern ergoss es sich in die Wiese.
Da, ein paar Mäuse liefen durch das Gras. Das Wasser hatte sie aus ihren Gängen vertrieben. In der Dunkelheit sahen sie aus wie kleine graue Wollknäuel, die irgendwohin rollten.

Gegen elf kam der Mond hinter einem Bergrücken hervor; er hatte einen strahlenden Hof und war fast halbvoll. Die Rundung war links, also war er abnehmend.
Sepp war froh um das spärliche Licht, zog das Blech aus dem Waal und schlug es ein paar Schritte weiter wieder ein.
Damit das Wasser die ganze Wiese erreichte, musste er das Blech noch mehrere Male weiterstellen. Über Nacht hatte die Erde Zeit, das Nass anzusaugen. Bewässert wurde dann erst in zwei Wochen wieder.
»Das ist lange hin bei dieser Trockenheit«, sagte Sepp zu sich selbst, als er mit der Arbeit fertig war.
Jetzt musste er nur noch das Schwellbrett schließen und das Wasser in den Dorfwaal zurückleiten. Die anderen Bauersleute brauchten es auch für ihre Felder.
Sepp ging zur Wehre, unterdessen begann am Malser Kirchturm die Uhr zwölf zu schlagen.
»Zeit, schlafen zu gehen«, meinte Sepp und gähnte herzhaft.
Plötzlich blieb er stehen.
Was war das für eine seltsame Gestalt am Grenzstein? Wieso schimmerte sie so weiß?
»Wer ist da?«, fragte Sepp und kniff die Augen zusammen, um besser sehen zu können.
Die Gestalt antwortete nicht. Mit einem Mal aber stand eine zweite daneben, gab ein gruseliges Jaulen von sich und tappte um den Grenzstein herum.
Sepp wollte die beiden verscheuchen und schimpfte: »Verschwindet, ihr habt da nichts zu suchen!«
In diesem Moment aber wuchs eine dritte Gestalt aus dem Boden. Im Unterschied zu den anderen war sie pechschwarz. Sie hatte Augen wie Feuerräder und sprang wie ein Bock um den Grenzstein herum.
Sepp fand das gar nicht lustig.
»Na wartet, ihr Saubande, mich so zu erschrecken!«, rief er und marschierte auf die drei Gestalten zu.
Das waren bestimmt die Nachbarsbuben. Die waren frech wie die Wanzen und hatten ständig Dummheiten im Kopf.

»Jesus, Maria!«, stammelte Sepp auf einmal und blieb wie angewurzelt stehen. Das waren nicht die Buben. Die zwei weißen Gestalten waren niemand anders als Gregor und Gustav, seine verstorbenen Vettern!
Die schwarze Gestalt hingegen kannte er nicht. Zu seinem Entsetzen begann sie auch noch zu reden.
»Komm nur und schau uns ein bisschen genauer an.«
Die Stimme klang hohl wie aus einer Totengruft und ließ das Blut in Sepps Adern stocken.
»Jesus, Maria!«, stammelte er wieder. Dann machte er kehrt und flüchtete Hals über Kopf über die Wiese.
Er rannte quer durch die Felder und erreichte außer Atem seinen Hof.
Ihm war sterbensübel. In der Nacht redete er wirres Zeug und bekam Fieber, das ein paar Tage lang anhielt.
Als die Wiese nach zwei Wochen wieder bewässert werden musste, übernahm Alois, der Knecht, diese Arbeit.
Ihm erging es nicht anders als Sepp: Um Mitternacht tauchten die drei Gestalten auf, hüpften um den Grenzstein herum und erschreckten Alois fast zu Tode.
Er lief in heller Aufregung heim und bekam ebenfalls Fieber.
»Schrecklich«, stammelte er in einem fort. »Schrecklich ... dieses fürchterliche Jaulen, diese glühenden Augen ...«
»Oje«, seufzte Sepp und begriff sofort, was geschehen war. »Du hast die drei Gestalten gesehen. Zwei von denen sind meine verstorbenen Vettern. Die haben mir die Wiese vererbt.«
Er beruhigte Alois und meinte: »Gregor und Gustav haben zu Lebzeiten jemanden um ein Stück Grund betrogen. Du verstehst schon – Grenzstein ausgraben, ein Stück in die eigene Wiese hineinversetzen, Grenzstein wieder eingraben. Es kann nur so sein. Zur Strafe müssen die Gauner jetzt in der Nacht herumgeistern.«
Alois erholte sich bald vom Fieber und ging mit Sepp zum Pfarrer von Mals. Dem waren bereits öfters unheimliche Wesen begegnet. Der kannte sich in solchen Dingen bestens aus.

Der Pfarrer hörte sich die Geistergeschichte an und schob nachdenklich die Lippen vor.
»Wenn Ihr von den drei Gestalten Ruhe haben wollt«, riet er schließlich, »müsst ihr Gregor und Gustav erlösen. Geht um Mitternacht zur Wiese, ruft die beiden beim Namen und fragt sie nach ihren Wünschen.«
»Das sollen wir tun?«, empörte sich Alois und wurde gleichzeitig blass.
»Jesus, Maria!«, entfuhr es Sepp, wie so oft, wenn er sein Entsetzen zum Ausdruck bringen wollte.
»Ihr müsst die drei loswerden. Ihr müsst euch überwinden«, drängte der Pfarrer. »Aber nehmt euch in Acht vor der schwarzen Gestalt. Das ist der Teufel höchstpersönlich ... Und den, den kann keiner erlösen.«
Sepp schluckte ein paar Mal und Alois gab auf dem Heimweg keinen Ton mehr von sich.
Bei der Arbeit im Feld schaute er drein, als hätte ihn ein Pferd in den Bauch getreten, und schüttelte sich, als müsste er Bremsen verjagen.
Erst beim Abendessen machte Alois den Mund wieder auf.
»Mit dem Teufel will ich nichts zu tun haben!«, entschied er und warf den Löffel in die Pfanne, dass Mus auf das Tischtuch spritzte. »Und überhaupt, Sepp, ich bin nur dein Knecht. Das sind deine Vettern!«
»Mensch, Alois, du kannst mich doch nicht im Stich lassen«, bettelte Sepp. »Wenn du mir nicht hilfst, geistern die drei noch in hundert Jahren um den Grenzstein herum. Und wie soll das werden, wenn die Wiese wieder zu bewässern ist? So kann sich doch keiner von uns mehr da hintrauen.«
»Trauen oder nicht«, erwiderte Alois und brummte noch etwas, das nach »Ist mir doch Wurst« klang.
Vielleicht sagte er auch: »Ich esse lieber Wurst.«
Aber egal. Er erhob sich, schritt polternd von der Stube in die Küche und schlug die Tür hinter sich zu.
Nun hatte Sepp also die drei gespenstischen Gestalten alleine am Hals.
Er nahm sich jeden Morgen vor, auf die Wiese zu gehen und seine Vettern zu erlösen. Doch kaum wurde es Abend, verflog dieser Vorsatz. Wie ein Schwalbenschwarm, der

im Herbst in den Süden zieht. Oder wie Wolken, die am Himmel dahintreiben und dann hinter dem Horizont verschwinden.
So verging Tag um Tag. Sepp konnte es drehen und wenden, wie er wollte, um das Bewässern kam er trotzdem nicht herum.
»Diese blöden Vettern!«, murrte er schließlich und stapfte wütend zur Wiese. »Sie betrügen andere Leute und ich kann die Suppe auslöffeln, die sie sich eingebrockt haben.«
An der Wehre angekommen, zog Sepp das Schwellbrett hoch und ließ das Wasser in den Waal. Es war wieder abnehmender Mond, sein sanftes Licht fiel ins Gras. Ein friedlicher Anblick – wenn diese Sache mit den Vettern nicht gewesen wäre.
Gegen Mitternacht hatte Sepp die Wiese fertig bewässert und leitete das Wasser in den Dorfwaal zurück. Danach begann die Turmuhr zwölf zu schlagen.
Sepps Herz schlug mit, immer schneller und schneller. Schon fing es am Grenzstein zu spuken an.
Dieses Mal tauchten alle drei Gestalten gleichzeitig auf, grölten schaurig und liefen wild um den Grenzstein herum.
Und Sepp, was tat der?
Er hatte einen Frosch im Hals und rief mit heißerer Stimme: »He, Gregor!«
Daraufhin fing der kleinere der beiden Vettern an, Grimassen zu schneiden; die schwarze Gestalt hingegen lachte, als ob ein Kübel über Steine rollen würde. Sonst passierte nichts.
Also räusperte sich Sepp und rief: »He, Gustav!«
Ein Moment der Stille entstand, dann bekam der größere der beiden Vettern ein Maul wie ein Wolf und fletschte die Zähne. Aus den Augen der schwarzen Gestalt aber sprühten auf einmal Funken, Hörner wuchsen aus ihrem Kopf und am Grenzstein stand der leibhaftige Teufel.
Er war groß wie ein Baum. Er kam näher, näher ...
Vor Angst vergaß Sepp, die Vettern nach ihren Wünschen zu fragen und hatte nur noch eines im Sinn: Rennen.
»Alle Heiligen steht mir bei«, betete er, jagte den Dorfwaal entlang und sprang über Steine.

Der Teufel war so nahe, dass sein Schnaufen zu hören war.
»Gregor und Gustav gehören mir!«, brüllte er. »Sieh das ein, sonst brätst du in meinem Höllenfeuer!«
Bloß das nicht, dachte Sepp, verdrückte sich in ein Maisfeld und schlich von dort aus zu seinem Hof. Vom Teufel war bald nur noch ein entferntes Fluchen zu hören. Und von den Vettern ein unterdrücktes Heulen.
Nach diesem Vorfall ging auch Sepp nachts nicht mehr auf die Wiese.
Aber was nun? Was sollte er tun?
»Das Einfachste der Welt«, fiel ihm ein. »Ich muss das, was nicht mir gehört, zurückgeben. Vielleicht lösen sich dann alle Probleme von selbst.«
Frohen Mutes suchte Sepp die Leute auf, deren Felder an seine Wiese grenzten und fragte: »Ist jemand von euch von meinen verstorbenen Vettern um ein Stück Grund betrogen worden?«
»Ja, ich«, antwortete prompt eine alte Bäuerin. »Das ist inzwischen dreißig Jahre her. Sie haben den Grenzstein immer nur ein paar Zentimeter verschoben. Irgendwann wurden daraus mehrere Meter, doch ich konnte ihnen den Betrug nie nachweisen.«
»Halunken, Schlitzohren!«, schimpfte Sepp und stellte mit Hilfe der Bäuerin den Grenzstein wieder an den richtigen Platz.
Danach wartete er hinter einem Baum, bis es Mitternacht wurde.
Er wartete bis eins, wartete bis zwei, kam in der nächsten Nacht wieder und sah sich erneut um.
Doch am Grenzstein war niemand mehr. Keine verstorbenen Vettern, kein Teufel mit Augen wie Feuerräder.
Die Gespenstersache war ausgestanden. Und der Gerechtigkeit war Genüge getan.

Die Saligen helfen der alten Salome

Es war Vormittag. Der Weg durch die Ortschaft Reschen war staubig, die Sonne brannte auf die Dächer, die Luft zwischen den Häusern flirrte wie flüssiges Glas. Salome kam aus Kumpatsch und wischte sich den Schweiß von der faltigen Stirn.
»Schwül heute«, seufzte sie und strich auch noch das graue Haar zurück. »Aber was soll man machen? So ist es halt Anfang August.«
Am Dorfbrunnen trank Salome ausgiebig Wasser, anschließend nahm sie ihre Tasche und kramte eine Weile darin.
Wem hatte sie die getrockneten Schlüsselblumen versprochen? Dem Mesner, der Frau vom Sattler? Und wer hatte den Baldrian und den Huflattich bestellt? Die Hebamme oder die junge Weberin?
»Ja, ja«, bemerkte Salome und ging wieder weiter, »so ist das mit dem Altwerden. Die Hitze verträgt man schlecht und der Kopf kommt auch nicht mehr mit.«
Aber Moment, hatte Salome nicht noch etwas vergessen? Eine Flasche Holunderbeerensaft gegen Erkältungen? Etwas anderes, das sie in ihrer Waldhütte hergerichtet und dann vergessen hatte mitzunehmen?
»So was von schusselig«, meinte Salome und beschloss, erst mal zur Weberin zu gehen. Sie litt an Schlaflosigkeit und brauchte den Baldrian. Und der Rest würde Salome noch einfallen oder der Messner, die Frau vom Sattler und die Hebamme würden ihr sagen, was für Kräuter sie bei ihr bestellt hatten.
Salome bog in eine Gasse und sah schon das Haus der Weberin, da wurde es in ihrer Brust plötzlich eng.
»Mir ist es einfach zu heiß«, murmelte sie. »Die Kräuter trage ich besser morgen aus. Jetzt muss ich heim. Ich muss dringend ein paar Herztropfen nehmen.«
Salome machte kehrt, aber der Weg zu ihrer Waldhütte oberhalb von Kumpatsch kam ihr so lang vor, als ob jemand ein Stück hinzugefügt hätte. Obendrein war ihr Kopf wie in Watte gepackt und vor ihren Augen tanzten kleine, schwarze Punkte.
Kaum war Salome in der Waldhütte, sank sie in ihren Lehnstuhl und hatte nicht

mehr die Kraft, die Herztropfen zu holen. Ihr Brustkorb war wie zugeschnürt. Ihre Lippen waren blass wie zwei ins Gesicht gemalte Kreidestriche.

Salome saß bekümmert da, ihr Atem ging schwer und ihr Blick hing an den Regalen. Dort standen Salben gegen Gicht und Verbrennungen, Mittel gegen Blasen- und Nierenleiden ... So vielen Leuten hatte sie damit geholfen. Für Salome aber hatte nie jemand Zeit. Sie war eine Eigenbrötlerin. Eine, die man lieber vor der Tür stehen lässt, als sie ins Haus zu bitten.

Mit einem Mal klopften drei weiße Tauben mit dem Schnabel ans Fenster und gurrten: »Was ist mit dir, gute Frau?«

Salome klagte: »Ach, das Alter, die Hitze, das Herz ...«

Die Tauben merkten, dass das Fenster nur angelehnt war, schoben es auf, flatterten in die Waldhütte und verwandelten sich in drei wunderschöne salige Frauen.

Sie trugen seidene Kleider, hatten samtweiche Stimmen und Gesichter, deren Farbton an Pfirsiche erinnerte.

»Du Ärmste«, sagten sie. »Komm, wir helfen dir.« Rasch gaben sie Salome die Herztropfen, brachten sie ins Bett und legten ihr kalte Kompressen auf die Brust.

Bald darauf ging es Salome etwas besser, doch sie war unruhig und ihre Blicke irrten in der Hütte herum, als ob sie etwas suchen würde.

»Jetzt weiß ich, was ich vergessen habe«, sagte sie auf einmal überraschend laut. »Die Mittel gegen das Fieber. Was mache ich jetzt? Ein Kind in Graun braucht sie ganz dringend.«

Die Saligen schauten sich um und fanden auf der Anrichte eine Flasche Apfelessig für Wadenwickel und eine Tüte mit Lindenblüten für schweißtreibenden Tee.

»Meinst du das hier?«, fragten die drei, um sicherzugehen.

»Genau«, antwortete Salome.

»Und was ist in der Tasche, die hier am Boden steht?«, fragten die Saligen weiter.

Salome erwiderte: »Ich habe in Reschen Kräuter ausgetragen, musste dann aber umkehren.«

Flink nahm eine der Saligen die Fiebermittel und die Tasche und eilte nach Graun zu dem fiebrigen Kind.

Es hatte schweißnasses Haar und glühende Wangen.
Mit den Wadenwickeln erholte es sich.
Erleichtert ging die Salige weiter und brachte auch noch die Kräuter nach Reschen.
Die Hebamme brauchte die Schlüsselblumen, der Messner nahm dankbar den Huflattich an und die junge Weberin war froh, dass sie den Baldrian für eine Teekur bekam.
»Was ist mit Salome?«, fragte sie. »Fehlt ihr etwas?«
»Leider ja«, bedauerte die Salige. »Es geht ihr gar nicht gut.«
Danach verabschiedete sie sich von der Weberin, hastete durchs Dorf und kehrte schleunigst zur Waldhütte zurück. Die Häuser, die Leute – das war sie nicht gewohnt. Salige waren scheu und lebten versteckt in den Bergen. Sie liebten die Tiere und den Wald. Den Menschen zeigten sie sich nur äußerst selten.
Wieder in der Hütte, erzählte die Salige von dem kranken Kind aus Graun und richtete Salome von der Weberin Grüße aus.
»Wie schön«, sagte Salome ein paar Mal und nickte erleichtert.
Aber etwas störte sie immer noch, denn gleich darauf kam bei ihr wieder die Unruhe durch.
»Herrje, das getrocknete Labkraut, die Schafgarbe«, fiel ihr ein. »Ach, die Arnika- und die Enziantinkturen.«
Die Salige verstand, was damit gemeint war, und gab die getrockneten Kräuter in Gläser. Die anderen Saligen holten die Tinkturen, ließen sie durch ein Sieb laufen und füllten sie in kleine Flaschen ab.
Sobald diese Arbeit getan war, bedankte sich Salome bei den drei Frauen und war auf einmal vollkommen ruhig. Alles war geordnet, abgeschlossen.
»Wie schön«, sagte Salome wieder und lag in den Kissen wie ein Kind, an dem die Jahre im Flug vorübergezogen sind.
Am Abend wollte sie den Sonnenuntergang sehen, also hoben die Saligen sie wieder in den Lehnstuhl und trugen sie behutsam vors Haus.
»Möchtest du etwas Suppe?«, fragten sie und streichelten ihre Hände, die wie welke Blätter in ihrem Schoß lagen. »Oder brauchst du eine Decke?«

»Bemüht euch nicht, mir geht es gut«, antwortete Salome. »Dieser zartblaue Himmel ... die Wolken mit den goldenen Rändern ... So wird das Fortgehen leicht.«
Sie saß eine Weile so da, war zufrieden und von allen Sorgen befreit.
Dann schloss sie für immer die Augen. Auf ihren Lippen ruhte ein Lächeln. In ihrem Gesicht spiegelten sich die herrlichen Farben des Abendrots.
Die Saligen hatten geahnt, dass es so kommen würde, und betteten Salome in der Hütte auf weiße Laken.
Sie schmückten den Raum mit Blumen und zündeten Kerzen an. Sie blieben die ganze Nacht über am Totenbett und beteten, als wäre Salome ihre eigene Mutter gewesen.
Am Morgen setzten sich die drei an den Tisch und schrieben mit zierlichen Buchstaben einen Brief: »Hochwürdiger Herr Pfarrer, die alte Salome ist gestorben. Ihr letzter Wunsch war ein christliches Begräbnis und ein Grab auf dem Friedhof von Reschen.«
Die Saligen gaben den Brief einem Holzfäller mit; kurz darauf hörten sie in Reschen die Totenglocke läuten. Der Pfarrer hatte den Brief also erhalten. Er war bestimmt schon auf dem Friedhof und suchte einen Platz für Salomes letzte Ruhestätte aus.
Zwei Tage vergingen, dann trat der Pfarrer mit vier Männern in die Waldhütte.
Er segnete Salome, ließ sie in einen Sarg legen und anschließend nach Reschen bringen. Die drei Saligen hatten sich wieder in Tauben verwandelt. Sie flogen von Baum zu Baum und begleiten den kleinen Trauerzug.
In Kumpatsch gesellten sich mehrere Familien dazu, auf der Landstraße schlossen sich ihnen weitere Leute an. Sie kamen aus Mals, Burgeis, Schlinig, Taufers ... Selbst aus Laas und Nauders waren welche dabei.
In Reschen wurde der Trauerzug noch länger, die Leute sangen feierliche Lieder.
Der Messner, die Frau vom Sattler, die Hebamme, die junge Weberin – alle waren da.
Sie gaben Salome das letzte Geleit.
So, als wäre sie doch eine von ihnen gewesen.

Der Schatz auf dem Tobel

Es war eine sternenklare Nacht. Im Reintal zirpten die Grillen, der Bach rauschte ruhig und gleichmäßig.
Beim Mair in der Aue war noch Licht und Alma, die Bäuerin, stopfte in der Stube Socken. Als sie den Kopf hob, sah sie vor dem Fenster einen rötlichen Schein und zog den Vorhang zur Seite.
Im selben Moment gellte ihr Schrei durch das Haus. »Feuer! In der Ruine auf dem Tobel ist Feuer!«
Beim Mair in der Aue sprangen die Leute aus dem Bett, schlüpften fahrig in ihre Kleider und nahmen sich nicht einmal die Zeit, sie richtig zuzuknöpfen. Der Wind blies die Funken von der verfallenen Burg in den Wald. Nicht auszudenken, wenn es dort zu brennen anfing! Dann war das ganze Reintal in Gefahr!
Die Knechte griffen zu Schaufeln, die Mägde tunkten Lumpen in den Brunnentrog und hasteten auf den Tobel, um den Brand zu löschen.
Als sie dort ankamen, war in der Ruine gar kein Feuer mehr. Zu ihrer Verwunderung waren auch keine Glut und kein Ruß zu sehen.
Ein paar Wochen später brannte es erneut auf dem Tobel.
Alma war auch dieses Mal wach, weckte ihre Leute aber nicht, sondern wartete, bis das Feuer sich legte. Danach tupfte sie den Finger ins Weihwasser und bekreuzigte sich.
»Bleibt weg von der Ruine!«, warnte sie die Mägde und Knechte am Morgen. »In der Nacht hat es in dem alten Gemäuer wieder gebrannt. Mir scheint, da oben spukt es.«
Überhaupt geschahen um den Tobel herum auf einmal seltsame Dinge.
Ein Hirtenbub fand auf dem Burgweg einen Kessel voll Gold und hätte nichts lieber getan, als ihn nach Hause zu bringen. Doch die Schafe liefen in ein fremdes Feld und fraßen das saftige Gras. Also ließ der Bub den Kessel dort, wo er ihn gefunden hatte, und lief den Schafen nach, um sie aus dem Feld zu treiben.
Hinterher wollte er das Gold holen und blickte sich überall um, doch der Kessel war fort.

»Dumme Blöckviecher!«, schimpfte der Bub. »Nein, ich bin dumm. Ich hätte den Schatz gleich heben müssen. Das bisschen Gras, das die Schafe inzwischen gefressen hätten ... Die paar Halme hätte ich mit dem Gold doch hunderttausendmal bezahlt.«

Ähnlich wie dem Bub erging es einer armen Frau.

Auf dem Heimweg nach Rein sah sie unter einem Berberitzenstrauch einen Handkorb mit Haselnüssen stehen und wollte ihn mitnehmen.

Die Haselnüsse waren groß und auffallend schön.

Meine Kinder werden sich freuen, dachte die Frau. Wir sind arm. So kann ich ihnen wenigstens einen Kleinigkeit mitbringen.

Sie hatte aber bereits zwei Bündel Reisig zu tragen, also bückte sie sich und nahm nur eine Handvoll Haselnüsse mit.

Beim Gehen rieben sie in der Schürzentasche aneinander und raschelten wie Stroh. Nach einer Weile hörte sich das Rascheln an, als ob Murmeln hin- und herrollen würden.

Daheim legte die Frau die Haselnüsse auf den Tisch und wunderte sich darüber, dass sie gelblich geworden waren und matt glänzten. Auch waren sie nicht mehr leicht, sondern schwer.

»Gütiger Himmel!«, rief die Frau auf einmal. »Die Haselnüsse sind zu Gold geworden!«

So schnell es ging, eilte sie zum Tobel zurück und wollte den Korb holen.

Doch wo war er? Hatte er nicht unter einem Berberitzenstrauch gestanden?

Die Frau lief hin und her, schob dornige Zweige zur Seite und kroch durch kratziges Gestrüpp. Doch der Korb war weg, wie vom Erdboden verschluckt.

»Aus der Traum«, jammerte die Frau und ging wieder heim. Mit dem Gold hätte sie ihren Kindern ein schönes Leben bieten können.

Im Herbst lockte der Schatz auch noch eine Magd an. Sie rechte bei der Burgruine Laub zusammen

und entdeckte goldene Schweinezähne. Sie lagen einfach da und glänzten im Gras.
»Ich bin reich!«, jubelte die Magd, legte immer mehr Schweinezähne frei und zählte auf, was sie mit dem Gold machen würde: »Ein Haus bauen, einen schönen Garten anlegen ...«
Daraufhin legte sie den Rechen zur Seite und wollte die Zähne einsammeln.
Aber schwupp, schwupp, sie lösten sich auf. So, als ob der Schatz auf dem Tobel ein Eigenleben führen und den Leuten zum Spaß Streiche spielen würde.
Die Geschichten vom Schatz gingen im Reintal bald von Mund zu Mund.
Die Alten redeten davon. Die Jungen redeten davon. Alle zerbrachen sich den Kopf darüber, wie der Schatz zu heben war.
Es war bereits November, da sahen drei Burschen eines Nachts über der Burgruine mehrere Lichter tanzen. Die Lichter taumelten und schwebten, schlangen sich wie Ranken ineinander und formten sich zu einem strahlenden Kranz.
»Der Kranz hat mit dem Schatz zu tun«, meinte Klaus, einer der Burschen.
»Genau«, tönten die anderen zwei, die Andreas und Florian hießen. »Er zeigt uns den Schatz an. Nichts wie hin, das Gold holen wir uns.«
Die Buben rannten los, doch der Kranz drehte sich auf einmal im Kreis und sprühte obendrein Funken.
»Es ist schon spät, wir müssen heim«, behaupteten Andreas und Florian daraufhin, schlugen einen Haken, als wären sie Hasen, und verschwanden blitzschnell in der Dunkelheit.
»Was für Waschlappen!«, schimpfte Klaus, bog in den Burgweg ein und ärgerte sich über die beiden.
»Geht heim und esst euren Grießbrei«, murmelte er noch, »dann gehört der Schatz mir allein und ich muss ihn mit niemandem teilen.«
Der Weg führte auf eine Bergkuppe, Klaus wurde langsamer und war bald ganz außer Atem. »Los, los!«, spornte er sich selber an. »In der Ruine stehen bestimmt lauter Kisten – oder Fässer gefüllt mit reinstem Gold.«
Bis zur Burgruine waren es noch hundert Meter, da loderte der Lichterkranz auf und glich jetzt brennenden Fackeln.

Was soll's, dachte Klaus und stürmte weiter voran. Das ist nur ein Spuk, ein Trug. Also ist es nicht echt und kann mir nichts tun.

Kurz darauf begann der Kranz zu zischen, als ob jemand Öl daraufgegossen hätte, doch auch das beeindruckte Klaus nicht.

Nur noch ein paar Schritte, dachte er. Nur noch ein klein wenig Mut und er war so reich wie sonst niemand im Tal.

Schließlich erreichte Klaus die Ruine und sah sich überall nach dem Schatz um.

Doch wo war der? Und was lag da für ein schwarzes Wesen am Boden?

Es hatte zusammengekniffene giftgrüne Augen.

War das ein Hund? Oder ein Wolf?

»Verschwinde!«, befahl Klaus, der immer noch dachte, er hätte es mit harmlosen Trugbildern zu tun.

Doch das Wesen sprang auf. Aus seinem Knurren wurde ein grässliches Grollen und das Giftgrün der Augen verwandelte sich in ein stechendes Rot.

Einen Herzschlag später fing die Ruine Feuer und das Wesen sprang mit einem großen Satz auf Klaus zu.

»Lass mich!«, schrie der und jagte in heller Aufregung den Weg entlang, den er gekommen war.

Das Wesen war hinter ihm her. Es schnappte nach ihm. Es blieb erst wieder stehen, als Klaus die ersten Häuser von Rein erreicht hatte.

Auch diese Geschichte ging im Reintal bald von Mund zu Mund.

»Schrecklich, ein Geisterhund!«, flüsterten die Alten.

»Entsetzlich, ein Gespensterwolf!«, raunten die Jungen. »Klaus kann von Glück reden, dass er von dem schwarzen Wesen nicht erwischt worden ist.«

Danach redeten sie nicht mehr über den Schatz auf dem Tobel und zerbrachen sich auch nicht mehr den Kopf darüber, wie er zu heben war.

Alle machten es wie Alma, die Bäuerin vom Mair in der Aue: »Bleibt weg von diesem alten Gemäuer«, warnten sich die Leute gegenseitig.

Anschließend tunkten sie den Finger ins Weihwasser und bekreuzigten sich.

Zauberer Oberleitner

Es war kurz nach Mitternacht. Um den Oberleitnerhof in Terenten heulte der Wind, die Fensterläden klapperten, in der Küche warf Kerzenlicht lange Schatten an die Wände. Der Oberleitner saß mit einem Gast am Tisch und blätterte in einem Buch. Die Schrift war rot wie Blut, auf dem Deckel war ein Totenkopf abgebildet.

»Und?«, fragte der Gast, der niemand anderer als der Teufel war, und zeigte mit seiner klobigen Hand auf das Buch: »Hab ich dir zu viel versprochen?«

»Auf keinen Fall«, antwortete der Oberleitner und strich sein zerzaustes Haar aus der Stirn. »Das Rezept von Seite hundertneun muss ich sofort ausprobieren.«

Hastig stand er auf, kramte in Schubladen und Regalen und schob am Fensterbrett zwei gewaltige Zettelstapel beiseite. »Wo sind denn die Zündhölzer?«, brabbelte er und wühlte auch noch in den Hosentaschen. »Sapperlot, wie zerstreut ich in letzter Zeit bin.«

Der Teufel rutschte auf seinem Stuhl hin und her und fing an, mit seinen Krallenfingern auf den Tisch zu trommeln. »Tja, vom vielen Studieren wird man wirr im Kopf. Du wirst staunen, wie einfach das Zaubern mit dem neuen Buch ist. Ein Kinderspiel sozusagen.«

Er ließ den Oberleitner noch ein paar Minuten gewähren, danach faltete er ein Schriftstück auseinander. »Willst du das Buch nun, ja oder nein?«

Der Oberleitner ließ das Suchen sofort bleiben. »Klar, will ich es, klar.«

»Dann unterschreib diesen Vertrag«, forderte der Teufel ihn auf.

Der Oberleitner griff zu Tinte und Feder. Er kritzelte seinen Namen auf das Papier, ohne auch nur eine Zeile zu lesen.

Umständlich faltete er das Schriftstück zusammen, dann fiel ihm ein, dass der Vertrag doch wichtig sein könnte, und fragte, was er soeben unterzeichnet hatte.

»Was wohl?«, meinte der Teufel und lachte. »Du hast mir deine Seele überschrieben. Wenn in deinem Stall ein weißes Kalb zur Welt kommt, hole ich dich. Und jetzt gib den Wisch her. Ich muss los, in Terenten wartet noch andere Kundschaft.«

Kurz darauf ging der Teufel wieder. Der Oberleitner sah ihm vom Fenster aus nach und musste lachen: »Der hat die Weisheit nicht gerade mit Löffeln gefressen. Im Pustertal hat noch nie eine Kuh ein weißes Kalb zur Welt gebracht. Vertrag hin oder her, dieser hirnlose Höllenbewohner wird mich nicht kriegen.«
Wieder am Tisch, las der Oberleitner noch einmal das Rezept von Seite hundertneun und machte sich erneut auf die Suche nach den Zündhölzern.
Schließlich fand er sie bei den Marmeladen im Schrank und weckte seinen Knecht, der nebenan in der Kammer schlief.
»Mach flink Feuer und stell einen Topf auf den Herd«, befahl er. »Du musst für mich ein ganz spezielles Rezept ausprobieren.«
»Aha, ein Zauberrezept«, freute sich der Knecht, tappte im Nachthemd in die Küche und tat, was ihm aufgetragen worden war.
Gleich darauf ließ er im Topf Krötenfett schmelzen und streute getrockneten Nachtschatten ein. Dazu gab er Wasser, gequetschte Tollkirschen, zerriebene Buchsbaumblätter, gehackte Eisenhutwurzeln ...
»Mehr!«, ordnete der Oberleitner an. »Das muss ein zähflüssiger Saft werden!«
Vom Topf stieg ein Qualm auf, dass die Küche rußschwarz wurde.
Ein paar Tage später klopften drei Zimmerleute an die Haustür und beschwerten sich beim Oberleitner: »Wozu hast du uns herbestellt, willst du uns zum Narren halten? Du hast kein einziges Stück Bauholz beisammen. Womit sollen wir dir also eine Scheune bauen?«
»Wie heißt es so schön?«, antwortete der Oberleitner und hopste über den Hof wie ein Bub, der etwas ausgeheckt hatte. »Abwarten und Tee trinken. Das Bauholz wird gleich zur Stelle sein.«
Er fing den Hahn, der auf dem Misthaufen nach Futter scharrte, band ihm eine Schnur um den Hals und holte den Knecht herbei.
»Du weißt, was du zu tun hast?«, fragte der Oberleitner sicherheitshalber und bat den Knecht, sich zu beeilen.
»Keine Sorge«, entgegnete der, zog den Hahn an der Schnur hinter sich her und ging mit großen Schritten in den Wald.

Es dauerte nicht lange, da kam der Knecht wieder – der Hahn zog ein Bündel Strohhalme hinter sich her.
Der Zimmermeister begann hellauf zu lachen: »Eine anständige Fuhre Holz ist das aber!«
»Und der Hahn ist wohl das Zugpferd?«, spotteten die Gesellen. »Ein Spinner warst du schon immer, Oberleitner. Doch jetzt bist du reif für das Irrenhaus.«
»Wenn Ihr meint«, kicherte der und beträufelte die Strohhalme mit dem Saft, den der Knecht in der Nacht zusammengebraut hatte.
Poff, machte es, piff-poff. Und siehe da: Aus den Strohhalmen war so viel Bauholz geworden, dass es für zwei Scheunen gereicht hätte.
Die Zimmerleute machten kugelrunde Augen und fingen mit der Arbeit an. Der Oberleitner hingegen rieb sich die Hände und begann das Buch mit dem Totenkopf von vorne bis hinten auswendig zu lernen.
Da standen Sachen drin, Sachen, von denen er bisher nicht einmal zu träumen gewagt hatte. Der Teufel hatte Recht. So war das Zaubern tatsächlich ein Kinderspiel.
In den kommenden Wochen ließ der Oberleitner den Knecht weitere Säfte kochen und lernte auch noch das Zaubern mit Sprüchen und Handzeichen.
Das Buch war schon ganz abgegriffen und speckig. Seltsamerweise wurde die rote Schrift immer dunkler und dicker. Der Totenkopf sah fast zum Fürchten aus.
Nach einem Monat Übungszeit hexte der Oberleitner lästigen Leuten Wanzen ins Bett.
Nach zwei Monaten wusste er, wie man Menschen und Tiere unbeweglich macht.
Nach drei Monaten konnte er von einem Tal zum anderen fliegen.
Dazu musste er nur die Arme ausbreiten und zweimal mit den ausgestreckten Fingern wippen. Schon hob er ab und brauste durch die Luft, dass ihm seine Haare wild um den Kopf flatterten.
Bei diesen Ausflügen bekam der Oberleitner öfters Lust auf einen Braten; er fragte nicht lange und jagte im Wald einen Hirsch. Die Jagdaufseher lachte er aus und verzauberte ihnen keck das Gewehr. Auf diese Weise trafen die Kugeln nicht ihn, sondern flogen zu seinen Gegnern zurück.

Eines Tages aber geschah das, was der Oberleitner für unmöglich gehalten hatte: In seinem Stall brachte eine Kuh ein weißes Kalb zur Welt!
Als der Oberleitner das sah, schluckte er und sein Gesicht wurde wachsgelb.
Mit bebender Stimme befahl er dem Knecht, die Zaubersachen in den Bach zu werfen.
»Alle?«, fragte der. »Das Krötenfett, die Säfte ...«
»Ja«, erklärte der Oberleitner. »Alle. Und nun mach!«
Der Knecht konnte diesen Sinneswandel nicht begreifen und fragte weiter: »Wie, das Buch mit dem Totenkopf auch?«
Der Oberleitner wurde laut. »Zum Donner, wenn ich es doch sage! Das Buch auch!«
Daraufhin zuckte der Knecht mit den Schultern, legte die Sachen in eine Kiste und schleppte sie zur Rienz.
»Das soll mal einer verstehen«, murrte er. »Dieser Mann beschäftigt sich seit Jahren mit Zauberei. Und was jetzt? Wegwerfen, pah! Das muss eine vorübergehende Laune von ihm sein.«
Mit diesen Worten schob der Knecht die Kiste in ein Gebüsch, deckte sie mit Zweigen zu und ging wieder heim.
Kaum war er dort, forschte der Oberleitner: »Und, wie hat das Wasser ausgesehen, als du die Sachen hineingeworfen hast?«
»Trüb, was sonst?«, erwiderte der Knecht. »Genau wie gestern und vorgestern.«
Der Oberleitner rang nach Luft, auf einmal glich sein Gesicht dem eines Todkranken.
»Dann hast du nichts in den Bach geworfen, gar nichts!«, schrie er. »Versteh doch, mit der Zauberei muss Schluss sein! Der Teufel holt mich, wenn in meinem Stall ein weißes Kalb geboren wird!«
Nun bekam es auch der Knecht eilig, rannte zur Rienz und zog die Kiste aus dem Gebüsch.
Zuerst warf er eine Menge Zettel in die Fluten – das Wasser gurgelte und schäumte.
Danach kam das Krötenfett dran und der zähflüssige Saft – das Wasser zischte und sprudelte hoch auf.
Zuletzt warf der Knecht das Buch mit dem Totenkopf hinein.

Im selben Augenblick begann das Wasser zu brodeln, färbte sich blutrot und warf solche Wellen, dass sie über das Ufer schwappten.
»Teufelswerk, alles Teufelswerk!«, entsetzte sich der Knecht und musste laufen, damit die Wellen ihn nicht fortschwemmten.
Als er dieses Mal nach Hause kam, brauchte ihn der Oberleitner gar nichts mehr zu fragen.
»Der Bach ... schrecklich ...«, stammelte der Knecht. »Gut, dass die Sachen fort sind. Und jetzt musst du beten. Mit Menschen, die beten, kann der Teufel nichts anfangen.«
Dem Oberleitner leuchtete das ein, rasch kniete er sich hin und faltete die Hände. »Vater unser im Himmel«, murmelte er und »Gegrüßt seist du Maria, voll der Gnade ...« Aus Angst vor dem Teufel setzte er tagelang keinen Schritt mehr vor die Tür. Als er sich wieder ins Freie wagte, entschuldigte er sich bei allen Leuten, denen er durch die Zauberei Schaden zugefügt hatte und beschloss, fortan nur noch Gutes zu tun. So kam der Oberleitner doch noch einmal davon – dem mit den Krallenfingern. Dem Höllenbewohner, dem er so leichtfertig seine Seele überschrieben hatte.

Die Jungfrauen vom Sterzinger Moos

Es war Sommer. Am Zwölferturm in Sterzing hingen weißgelbe Fahnen, die Häuser waren mit Blumen geschmückt, die Leute hatten sich herausgeputzt und gingen beschwingt zum Kirchtag.

Auf dem Festplatz war viel los, Musikanten spielten flotte Lieder, Paare drehten sich im Kreis oder wirbelten kreuz und quer über die Tanzfläche.

Toni saß mit etlichen Mädchen und Burschen am Tisch und unterhielt sich. Nebenbei neckte er Marie, zog sie an sich und drückte ihr einen Kuss auf die Wange.

Gegen Abend stieg die Stimmung. Toni stand gerne im Mittelpunkt und erzählte einen Witz nach dem anderen: Den vom faulen Hans, den von der leichtgläubigen Bärbel ... Die Mädchen kicherten und die Burschen hielten sich die Bäuche vor Lachen.

»Kennt ihr schon den Neuesten? Den von den Jungfrauen im Sterzinger Moos?«, fragte Toni in die Runde.

»Hör auf damit!«, antwortete Peter und lachte plötzlich gar nicht mehr. »Über die Moorgespenster macht man keine Witze. Die gibt es nämlich wirklich.«

»Was?«, empörte sich Toni. »Schon wieder so ein Oberschlauer, der alles nachplappert, was die Leute herumerzählen. Geh, Peter, du wirst diesen Schmarren doch nicht wirklich glauben?!«

Peter wurde rot, seine Stimme ging die Tonleiter nach oben. »Einen Schmarren nennst du das? Das kann nur einer sagen, der noch nie im Moor gewesen ist. Mein Nachbar erzählt da ganz andere Sachen. Gleich wird es Nacht und dann kannst du dich selbst überzeugen. Wetten, dass du es im Moor keine Stunde lang aushältst, du Großmaul.«

Jetzt riss auch Toni der Geduldsfaden, er wollte unverzüglich ins Moor laufen.

Doch Marie hielt ihn zurück.

»Lass den Peter doch reden«, sagte sie. »Im Moor ist es gefährlich, ob dort nun Jungfrauen geistern oder nicht. Du brauchst nur einen falschen Schritt zu tun, und dann ist es zu spät. Für immer.«

»Fang du nicht auch noch an«, brummte Toni und stieß die Luft aus wie eine Ziehharmonika. »Das, was Peter behauptet, ist Blödsinn. Aberglaube, verstehst du. Damit jagen die Leute sich gegenseitig Angst ein.«

Mit einem Ruck stand Toni auf und hielt Peter herausfordernd die Hand hin. »Schlag ein und die Wette gilt. Du nennst mich nicht noch einmal Großmaul, ja! Dass das ein für allemal klar ist.«

Peter stand auch auf, und etliche Musiktakte später stürmte Toni mit ihm über die Festwiese. Marie eilte den beiden hinterher und murmelte: »Diese dummen Kerle! Immerzu müssen sie sich beweisen. Immerzu müssen sie zeigen, wie toll sie doch sind.«

Die anderen Mädchen und Burschen rannten auch los, holten Marie ein und erreichten mit ihr das Sterzinger Moos. Dort wartete Peter und zeigte auf Toni, der einen verwachsenen Fuhrweg entlanglief, dass sein Hemd nur so flatterte und das Schilf, an dem er streifte, vor- und zurückschwang.

»Das schaffst du mit links!«, feuerten die Mädchen Toni an.

Und einer der Burschen scherzte: »Meinetwegen kannst du die Moorjungfrauen gleich heiraten. Vielleicht geben sie dann endlich Ruh.«

Alle lachten, nur Marie stand bedrückt da.

»Gib Acht auf dich!«, rief sie Toni nach, bevor er hinter einer Biegung verschwand. Die Angst stand ihr ins Gesicht geschrieben.

Toni folgte dem Fuhrweg; zuerst war der Boden fest, aber bald wurde er matschig. Allmählich stieg auch die Nacht aus den Weiden, am Himmel hing ein bleicher Sichelmond. Er tauchte zwischen den Zweigen auf, verschwand und kam wieder. Es schien fast so, als würde er neben Toni herlaufen.

Das schmatzende Geräusch seiner Schritte übertönte bald das Lachen der Mädchen und Burschen, ab und zu quakte ein Frosch.

»Ein Frosch, ein Fröschlein, wie gruselig«, witzelte Toni. »Mein lieber Peter, du hast die Wette schon verloren.«

Der Fuhrweg endete an einem Teich, Toni stand vor einem Steg aus kurzen abgesägten Baumstämmen. Links und rechts davon war schwarzes Wasser, Nebelschwaden wogten auf und ab.

Verbreiteten sie diesen eigenartigen Geruch? Kam der von vermoderten Blättern oder von einer verendeten Ente?
Der Steg war schmal; Toni blieb nichts anderes übrig, als ihn auf allen Vieren zu überqueren. Ein Vergnügen war das nicht. Die Stämme waren glitschig, manche wippten wie eine Schaukel, die jemand angeschubst hat. Aber umkehren – niemals! Gewettet war gewettet.
Als Toni den Steg zur Hälfte hinter sich gebracht hatte, flackerten in der Nähe mehrere Lichter auf. Sie hatten einen blauen Schimmer und schienen im Nebel zu tanzen. Gleichzeitig ging ein seltsames Rufen durch das Moor. Oder war es mehr ein Singen? Nun lief Toni doch eine Gänsehaut über den Rücken, er spähte nach allen Seiten.
»Hallo, ist da wer?«
Niemand antwortete. Doch was war das? Kroch da wirklich eine Frau aus dem Wasser? Oder hatte der eigenartige Geruch Tonis Hirn so benebelt, dass er sich das einbildete? Jetzt setzte sich die Frau auf den Steg und strich durch ihr Haar, das bis zu den Füßen reichte. Sie war sehr blass und sehr schön.
»Hier im Moor gibt es viele so wie mich«, säuselte sie und lächelte. »Komm, steig ins Wasser. Ich will sie dir gern zeigen.«
»Viele so wie ...«, wiederholte Toni und drehte sich unwillkürlich um.
Aus den Fluten starrten ihm abscheuliche Fratzen entgegen.
Sie kamen auf ihn zu. Sie ächzten und lechzten und hauchten ihn an. Ihr Atem war kalt wie der Winter.
Im selben Augenblick verwandelte sich die Frau auf dem Steg in ein steinaltes Weib. Ihr Mund hatte mehr Lücken als Zähne, schon griffen ihre spindeldürren Finger nach ihm.
»Verschwinde!«, brüllte Toni und schlug in seiner Verzweiflung wild um sich.
Die Alte klatschte der Länge nach ins Wasser, er konnte über den Steg zurückkrabbeln. Dabei tauchten immer mehr Fratzen auf. Köpfe ohne Augen, schlabbrige Münder ... Sie kamen näher, immer näher.
»Lasst mich!«, brüllte Toni weiter, richtete sich auf und schwankte wie betrunken über den wackligen Steg.

Gleich darauf erreichte er den Fuhrweg und rannte, dass der Morast nach allen Seiten spritzte. Hinter ihm krochen die unheimlichen Wesen an Land.

»Lauf!«, schrie er und spornte sich selber an.

Weidenzweige schlugen ihm ins Gesicht, einmal übersah er einen tief hängenden Ast und stieß mit der Stirn voll dagegen.

Der Kopf schmerzte zum Zerspringen, als Toni auf die Mädchen und Burschen zuwankte.

»Helft mir!«, rief er mit einer Stimme, die seiner eigenen kein bisschen mehr glich. »Ich kann nicht mehr!«

Marie war als Erste bei Toni und griff ihm entsetzt unter die Arme. Er sah fürchterlich aus. Sein Hemd war zerrissen, er hatte tiefe Kratzer und auf der Stirn eine Platzwunde.

»Bist du gestürzt?«, fragte Marie. »Oder gibt es sie etwa doch, diese ...?«

Bevor sie den Satz zu Ende sprechen konnte, kam Peter hinzu und zog Toni weiter.

»Ich hätte nie auf diese Wette eingehen dürfen. Ich muss verrückt gewesen sein. Nichts wie weg, sonst holen uns alle die Moorjungfrauen!«

Hals über Kopf liefen die Mädchen und Burschen zur Festwiese und mussten dort erst einmal Atem holen.

Danach gingen sie heim.

Niemand spottete. Niemand verlor ein Wort darüber, dass Toni nur so kurz im Moor gewesen war.

Sein Anblick hatte allen das Blut aus dem Gesicht weichen lassen.

Die Mädchen und Burschen sahen selbst fast aus wie Gespenster.

Jutta von Braunsberg

Es war früh am Morgen. Ein heftiger Wind fuhr um Schloss Braunsberg bei Lana, trieb Nebelfetzen vor sich her und kündigte Regen an.
Im Schlosshof herrschte aufgeregtes Treiben.
»Auf geht's!«, rief der Ritter von Braunsberg und trieb die Pferde aus dem Stall.
»Nicht so lahm!«, tönte der Verwalter, trug mit Knechten die Sättel herbei und war sichtlich angespannt. »Holt den Proviant und die Decken! Vergesst den Feuerstein, den Funkenschläger und den Zunder nicht!«, befahl er. »Und wo sind die Waffen? Glaubt ihr, der Ritter und seine Begleiter können im Heiligen Land mit bloßen Händen Schlachten gewinnen?«
Gleich darauf schalt der Verwalter eine Wache, die sich mit einer Magd unterhielt: »Steh nicht herum, du fauler Sack, sondern hilf uns gefälligst! Was denkst du, wozu der ehrenwerte Ritter dich sonst bezahlt?!«
Ritter von Braunsbergs Frau Jutta hörte das Gezeter bis in den Saal, öffnete ein Fenster und blickte kopfschüttelnd zum Verwalter hinab. Wie unsympathisch dieser Kerl doch war. Und wie er hinter ihrem Mann herwieselte: unterwürfig, berechnend. Merkte ihr Mann das nicht?
Der Verwalter gab weitere Befehle, unterdessen trieb der Wind Regen von der Gaulschlucht her und warf ihn ans Fensterbrett. Die Tropfen zerstäubten und hinterließen kreisrunde Flecken.
Würde es dem Ritter im Heiligen Land auch so ergehen, fragte sich Jutta. Würde sich sein Leben auf dem Schlachtfeld in nichts auflösen? Der Papst hatte zu einem Kreuzzug aufgerufen. Er, ein Mann Gottes, der sich eigentlich für den Frieden einsetzen sollte. Nahmen die Kämpfe um die Vorherrschaft im Heiligen Land denn gar kein Ende mehr?
Bedrückt deckte Jutta im Saal die Tafel und ließ die Mägde anschließend Brot und Schinken bringen. Die Reise ins Heilige Land war endlos und voller Gefahren. Der Ritter und seine Begleiter mussten sich stärken, ehe sie aufbrachen.

Es dauerte nicht lange, dann betraten die Männer den Saal, aßen rasch, um genauso rasch wieder aufzustehen.
»Wir müssen los«, meinte der Ritter und zog Jutta an sich. »Sprich mit dem Verwalter, wenn du etwas brauchst. Er wirkt zwar ständig gehetzt, aber er scheint sehr zuverlässig zu sein. Während ich weg bin, wird er hier für alles sorgen.«
»Ja«, sagte Jutta, küsste ihren Mann und sah ihn danach eindringlich an. »Komm gesund wieder, hörst du!?« Lieber hätte sie geweint. Lieber hätte sie dem Ritter gesagt, dass sie Angst um ihn hatte und dem Verwalter misstraute. Doch ihr Mann war wie die meisten Männer: verwegen, rau und einer, dem Abenteuer wichtiger waren, als die Gefühle einer Frau. Also schwieg sie.
Kurz darauf ließen die Männer im Hof die Pferde antraben. Sie ritten bis zur Wegbiegung nach Lana, drehten sich noch einmal um und hoben die Hand zum Gruß. Jutta stand am Tor und winkte dem Ritter nach. Dann wurde er vom Nebel verschluckt. Der Wind hatte sich inzwischen gelegt und der Regen war stärker geworden.
Kaum war Jutta wieder im Schloss, kam der Verwalter und strich wie ein Kater um sie herum.
»Kann ich etwas für Euch tun, schöne Frau?«, schnurrte er. »Wünscht Ihr meine Gesellschaft, weil Ihr jetzt alleine seid?«
»Ich bin nicht allein!«, erwiderte Jutta barsch. »Reißt Euch gefälligst zusammen! Ich bin eine verheiratete Frau!«
Mit diesen Worten ging sie zu den Mägden in die Küche und der Verwalter stand da wie ein geohrfeigter Bub. Er hatte aber nicht vor, sie in Ruhe zu lassen. Im Gegenteil: Er nutzte jede Gelegenheit, um ihr nachzustellen. Wenn er Jutta im Hof begegnete, machte er ihr Komplimente. Wenn er sie bei ihrem Pferd im Stall traf, machte er ihr Liebeserklärungen. Natürlich nur, wenn sonst niemand da war. Der Verwalter war schlau. Er war wie ein Raubtier auf Beutezug.
Der Ritter war schon ein paar Wochen fort, da schlich der Verwalter eines Nachts zu Jutta ins Zimmer und ergriff ihre Hand. »Seid nicht so spröde, mein Täubchen«, säuselte er. »So ein Kreuzzug ist hart. Der weite Weg, die blutigen Kämpfe ... Ihr werdet Euren Mann nie wiedersehen und meinen Trost brauchen.«

»Lasst mich los!«, rief Jutta, die aus dem Schlaf geschreckt war.
»Macht keinen Aufstand!«, bekam sie zur Antwort.
Schon beugte sich der Verwalter über sie und küsste voller Gier ihren Hals.
»Verschwindet! Sofort!«, schrie Jutta entsetzt und wand sich aus seinem Griff. »Wenn mein Mann wieder da ist, teile ich ihm mit, was für einer Ihr seid!«
Diese Drohung schreckte den Verwalter nun doch ab und ließ ihn dreinschauen, als hätten ihn Schlangen gebissen.
»Tut das nicht!«, rief er und war plötzlich lammfromm. »Entschuldigt vielmals, Frau von Braunsberg. Das war ein dummer Ausrutscher von mir und wird gewiss nicht mehr vorkommen.«
Hastig verließ der Verwalter das Zimmer und Jutta schloss die Tür hinter ihm ab. »Von wegen Ausrutscher!«, schimpfte sie. »Der denkt wohl, er kann mit einer Frau alles machen!«
Von nun an mied der Verwalter Jutta. Wenn er sie im Hof sah, machte er kehrt, und wenn sie im Stall war, tat er so, als ob er sie nicht sehen würde.
Jutta atmete auf. Sie arbeitete im Weingarten vor dem Schloss. Manchmal nähte sie auch oder stickte in ihrem Zimmer. Diese Tätigkeiten machten ihr Freude, trotzdem waren ihre Gedanken wie Räder, die sich drehten und nicht anhalten ließen. Ständig fiel ihr der Ritter ein. Im Heiligen Land wurde angeblich bitter gekämpft, außerdem litten die Kreuzfahrer an Fieberkrankheiten.
Geht es meinem Mann gut?, fragte sich Jutta. Ist er verletzt? Wenn die Boten wenigstens ab und zu einen Brief bringen würden oder einen Gruß vom Ritter. Ja, so ist es, wenn Männer in den Krieg ziehen. Uns Frauen bleibt nur das Warten und Hoffen und das Zählen der zermürbenden Tage.
Die Monate vergingen und aus den Monaten wurden schließlich zwei Jahre. Dann wurde bekannt, dass der Kreuzzug gescheitert war. Juttas Gedanken waren wie Mühlsteine. Lebte ihr Mann noch? War er im Kampf gefallen?
Eines Morgens kam ein Bote ins Schloss und brachte die schier unglaubliche Nachricht, dass der Ritter von Braunsberg bald heimkehren würde. Er war unverletzt, auch von Krankheiten war er verschont geblieben.

Jutta schickte ein nicht mehr enden wollendes Dankgebet zum Himmel. Wenn ihr Mann auch ein Raubein war, so liebte sie ihn doch und freute sich auf das Wiedersehen.
Sie wollte den Ritter überraschen, schmückte den Saal mit Blattgirlanden und hängte bunte Seidenbänder dran. Danach aber befielen sie Zweifel. Ob der Ritter sich über den Willkommensgruß freuen würde? Oder hatten die Kämpfe ihn noch rauer gemacht? Spröde wie alte Eichenrinde?
Eine Woche später zügelten mehrere Reiter im Hof ihre Pferde.
Da war er, der Ritter, braungebrannt und mit fliegendem Haar.
»Wo sind denn alle?«, rief er. Mit Schwung stieg er aus dem Sattel.
Jutta ging ihrem Mann entgegen, doch im selben Moment überquerte der Verwalter den Hof.
»Endlich seid Ihr da, edler Herr«, heuchelte er und zog den Ritter zur Seite.
Was hatte der Verwalter nur? Wieso zeigte er auf Jutta, die abwartend stehen geblieben war.
Auf einmal ging alles blitzschnell: Der Ritter rannte zu Jutta und hatte etwas ganz und gar Wildes in den Augen. »Sündhaftes Weib!«, brüllte er. »Ich setze in der Ferne mein Leben aufs Spiel, und was tust du? Du hast nichts Besseres zu tun, als mich schändlich zu betrügen!«
Juttas Gesicht wurde schmal, in ihrer Stimme war Empörung und Enttäuschung gleichzeitig. »Um Himmels Willen, ich hab dich doch nicht betrogen! Der Verwalter lügt. Er will sich an mir rächen, weil ...«
»Nein, du lügst!«, unterbrach sie der Ritter und schleuderte Jutta Fragen entgegen, ohne auf Antworten zu warten: »Wer ist dein Geliebter? Ein abgetakelter Adeliger? Oder ein lausiger Knecht?«
Danach spuckte er angewidert zu Boden, packte Jutta am Arm und winkte die Wachen heran. »Los, sperrt diese Ehebrecherin ein!«
Ja, Ehebrecherin hatte er gesagt – seine Worte trafen Jutta wie Peitschenhiebe.
Bestürzt riss sie sich los, flüchtete ins Schloss und irrte dort durch die Gänge.

Da waren die Mägde, die aus der Küche kamen, und da waren die Wachen, die hinter ihr herliefen. Ihre kehligen Laute hörten sich an wie das Bellen von Hunden, ihre schweren Stiefel schrammten über den Plattenboden.
In ihrer Verzweiflung stieß Jutta die Tür zum Turm auf, hastete die schmale Treppe empor und stellte sich entschlossen aufs Sims.
»Ihr kriegt mich nicht!«, schrie sie, dann stieß sie sich ab.
Unter ihr gähnte die Gaulschlucht. In ihr tobte ein Sturm und riss alles mit.
Jutta spürte nicht mehr, wie sie in die Falschauer fiel und die Wellen über ihr zusammenschlugen. Sie spürte auch nicht, wie das Wasser sie hochhob und sanft ans Ufer schob. Sie lag nur da wie ein herabgefallenes Blatt. Die Sonne schien durch die Bäume und warf Licht und Schatten auf ihr Gesicht.
»Jutta!«, flüsterte plötzlich eine Stimme und schien nahe und doch wieder weit weg zu sein.
Jemand hob besorgt ihren Kopf und stammelte: »Gott sei Dank, du ... du hast den Sturz überlebt.
Langsam öffnete Jutta die Augen und erkannte ihren Mann. Er war nicht mehr wütend und er wollte sie auch nicht mehr einsperren lassen. Stattdessen kniete er sich hin und strich ihr Sand von den Wangen.
»Verzeih mir«, bat er und sprach leise, um sie zu schonen, »ich habe dir Unrecht getan. Der Verwalter hat auch die Mägde bedrängt. Das hat sich erst herausgestellt, nachdem du vom Turm gesprungen bist.«
Der Ritter befühlte Juttas Arme und Beine und vergewisserte sich, dass auch ihre Rippen heil geblieben waren. Daraufhin begann er völlig unerwartet zu weinen. »Dieser charakterlose Verwalter hat Schuld. Aber noch mehr Fehler habe ich gemacht. Du weißt ja, wie ich bin. Ungezügelt, draufgängerisch ... Ich flehe dich an, verzeih mir. Ich hätte dich um ein Haar in den Tod getrieben.«
Jutta setzte sich auf und wollte etwas erwidern, doch die Mägde kamen über die Böschung gelaufen.
»Unsere Herrin lebt!«, riefen sie einander zu. »Großer Gott, das grenzt an ein Wunder!«

Als sie bei Jutta angelangt waren, fingen sie an auf den Verwalter zu schimpfen. »Dieser Lügner, dieser kranke Kerl! Aber er wird für alles bezahlen, Herrin. Die Wachen haben ihn in Gewahrsam genommen. Er kommt in ein finsteres Verlies und wird sein Leben lang keine Frauen mehr belästigen.«

Jutta nickte matt und brauchte noch Zeit, um sich vom Sturz zu erholen. Dann trug sie der Ritter die Böschung hinauf.

»Verzeihen«, sagte sie, als er sie am Weg wieder absetzte, »das ist ein großes Wort.«

»Ich weiß«, entgegnete er traurig und hoffnungsvoll zugleich und ging mit ihr schweigend zum Schloss.

Die beiden erreichten gerade das Tor, da ließen Rufe sie aufhorchen.

»Haltet ihn! Er ist uns entwischt!«

Einen Wimpernschlag später stürmte der Verwalter an Jutta und dem Ritter vorbei, bog keuchend nach links und wollte hinter dem Schloss im Wald untertauchen. Doch die Wachen liefen ihm nach und waren ihm bald dicht auf den Fersen.

Dem Verwalter bliebt nichts anderes übrig: Er machte einen großen Bogen und musste in Richtung Gaulschlucht ausweichen.

»Und?«, höhnten die Wachen, als er den Rand der Schlucht erreicht hatte und nicht mehr weiterkam. »Was willst du jetzt tun? Dir Flügel wachsen lassen und zur anderen Talseite fliegen?«

Der Verwalter fluchte wüst und hob einen Stein. »Ich erschlage euch alle, wie ihr da steht!« Schon holte er aus. Im selben Moment aber brach unter seinen Füßen die Erde weg. Rücklings und mit rudernden Armen stürzte er in die Tiefe.

Jutta stand noch immer am Tor und sah nicht, wie der Verwalter in die Falschauer fiel. Sie empfand auch keine Genugtuung, als sie von den Wachen erfuhr, dass sein Leichnam vom Wasser erfasst und fortgespült worden war.

»In mir ist alles durcheinander«, seufzte sie nur und schaute ihren Mann an. »Komm, lass uns ein paar Schritte gehen. Ich muss zur Ruhe kommen.«

Kurze Zeit später saßen die beiden auf einem Hügel.

»Ich hatte so eine Angst, dass du den Kreuzzug nicht überlebst«, erklärte Jutta und erzählte ihrem Mann von dem zermürbenden Warten.

»In die Ferne zu ziehen war ein großer Fehler«, gestand er. »Ich war ständig in Sorge, dass du dich einem anderen Mann zuwenden könntest. Einem, der für dich da ist und dem deine Gefühle wichtiger sind als das Abenteuer.«
Als Jutta das hörte, verzieh sie ihrem Mann und erzählte ihm noch von den Blattgirlanden.
»Du bist wunderbar«, sagte er und war weit davon entfernt, rau und spröde zu sein. Stattdessen griff er in seine Jackentasche und schenkte Jutta ein Andenken aus dem Heiligen Land. Es war eine Halskette mit einem Anhänger, der in der Mitte die Zahl acht und außen herum ineinander verschlungene Ranken darstellte. Die Ranken standen für Verbundenheit und Treue und die Acht war ein Sinnbild für ewige Liebe.

Von Märchen und Sagen

Märchen und Sagen sind Erzählungen, für die phantastische Elemente wie Hexen, Zauberer, sprechende Tiere usw. charakteristisch sind. Sie wurden im 17. und vor allem im 18. und frühen 19. Jahrhundert schriftlich erfasst und seitdem auch wissenschaftlich untersucht.
Einer der wichtigsten Märchen- und Sagenforscher im Tiroler Raum war der Literaturwissenschaftler, Germanist, und Schriftsteller Ignaz Vinzenz Zingerle, geboren 1825 in Meran und verstorben 1892 in Innsbruck.

Der Unterschied zwischen Märchen (Volksmärchen) und Sagen (Volkssagen), die liebevoll auch als „Poesie des Volkes" bezeichnet werden, ist mitunter nicht leicht zu erkennen. Aus diesem Grund ist in diesem Buch jeder Textgattung ein eigenes Kapitel gewidmet.

Charakteristisch für Märchen (Verkleinerungsform von mittelhochdeutsch maere, heute gleichzusetzen mit Bericht, Nachricht) ist eine klare Differenzierung zwischen Gut und Böse. Im Mittelpunkt des Geschehens steht meist eine Figur, die im zähen Ringen mit natürlichen oder übernatürlichen Kräften über sich hinauswächst und am Ende siegreich ist bzw. am Prozess dieses Sich-Reibens reift und erstarkt. Ein weiteres Merkmal für Märchen ist der Umstand, dass sie im Phantastischen verbleiben, sich in der Regel nicht an existente Orte oder historische Ereignisse anlehnen und von Ort zu Ort in unterschiedlichen Varianten vorkommen.

Sagen (Gesagtes) hingegen sind geortet, d. h. an reale Orte gebunden. Unerklärliche Vorgänge, besondere Spielarten der Natur, Ereignisse wie die Kreuzzüge oder Personen, die tatsächlich gelebt haben, wurden für unsere Vorfahren zum Anlass, objektives Geschehen und subjektive Wahrnehmung zu Sagen zu verweben. Im Unterschied zu den Märchen neigen Sagen zu einem dramatischen Ende, das als Warnung zu verstehen ist und den moralischen Wert der Erzählung unterstreicht.

Marianne Ilmer Ebnicher

Marianne Ilmer Ebnicher

Die Kinderbuchautorin, Lyrikerin und Rezensentin Marianne Ilmer Ebnicher ist im Vinschgau aufgewachsen und lebt nun in Bozen (Südtirol, Italien). Die bereits mit mehreren Stipendien bedachte Schriftstellerin kann auf verschiedene Veröffentlichungen im Bereich Kinderliteratur verweisen. Zwei ihrer Bücher wurden ins Italienische und Koreanische übersetzt.
www.webalice.it/ebnicher

Jakob Kirchmayr

Jakob Kirchmayr, unverwechselbar durch seinen unbändigen Strich, lässt seiner und des Betrachters Fantasie freien Lauf. Geboren 1975 in der Tiroler Landeshauptstadt. Studium an der Akademie der bildenden Künste in Wien. Zusammenarbeit mit internationalen Verlagshäusern. Zahlreiche seiner Publikationen sind nicht bloß Bestseller, sondern schlicht: schön. Konsequenterweise kürte der Hauptverband des Österreichischen Buchhandels eine davon zum „Schönsten Buch Österreichs“.
www.jakobkirchmayr.com

STIFTUNG
SÜDTIROLER SPARKASSE

Wir stiften Kultur